走吧！

我们一起去旅行

格子　云帆　非鱼◎著
非鱼◎手绘

民主与建设出版社

·北京·

© 民主与建设出版社，2020

图书在版编目（CIP）数据

走吧！我们一起去旅行 / 格子，云帆，非鱼著. —
北京：民主与建设出版社，2020.3
ISBN 978-7-5139-2908-0

Ⅰ.①走… Ⅱ.①格… ②云… ③非… Ⅲ.①游记—
作品集—中国—当代 Ⅳ.①I267.4

中国版本图书馆CIP数据核字（2020）第026196号

走吧！我们一起去旅行
ZOUBA! WOMEN YIQI QU LüXING

著　　者　格　子　云　帆　非　鱼
责任编辑　刘　芳
插图作者　非　鱼
摄　　影　格　子　云　帆　非　鱼
封面设计　中尚图
出版发行　民主与建设出版社有限责任公司
电　　话　（010）59417747　59419778
社　　址　北京市海淀区西三环中路10号望海楼E座7层
邮　　编　100142
印　　刷　河北盛世彩捷印刷有限公司
版　　次　2020年9月第1版
印　　次　2020年9月第1次印刷
开　　本　710mm×1000mm　1/16
印　　张　24
字　　数　357千字
书　　号　ISBN 978-7-5139-2908-0
定　　价　89.00元

注：如有印、装质量问题，请与出版社联系。

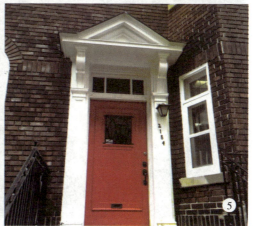

加拿大

1. 当地杂志的图片：蒙特利尔的冬天

2. "梵高图案"的碟子

3. 上亿年的古树，和海边的小屋交相辉映

4. 张国荣曾经到过的餐厅

5. 蒙特利尔的小街，偶尔可见的红色小门，如在欧洲小城

欧洲

1. 俄罗斯红场：花草、面包与鸽子　　2. 布鲁日雨水浸润的小河　　3. 里尔：地铁站里的光线，如同光阴

4. 里斯本：大航海时代纪念碑　　5. 西班牙：马拉之屋的屋顶

欧洲

1. 萨尔茨堡：震撼的古堡与城墙
2. 雨中的瑞士：小山坡上的童话小屋
3. 马斯特里赫特的云彩
4. 马斯特里赫特大学的小路和落花
5. 哈尔施塔特：美丽的天鹅
6. 哈尔施塔特

日本

1. 三十三间堂

2. 清水寺的日本抹茶

3. 日本街头的中国古典书籍

斯里兰卡

1. 归程路上的白塔

2. 豁然开朗的桃花源

3. 夕阳与椰林

4. 酒店后面就是大海，2019 年这里也许被轰炸

5. 老城区的壁画

6. 佛的国度，佛的小花

丹麦

1. 哥本哈根的公园

2. 安徒生塑像

3. 小美人鱼

4. 哥本哈根超市门口的自行车

5. 欧登塞旅馆主人和他养的鸡

瑞典

1. 隆德大教堂
2. 赫尔辛堡港口塑料垃圾做成的鱼
3. 隆德大教堂的天文钟
4. 隆德露天博物馆的女巫
5. 卡尔马的小朋友在野餐
6. 18 世纪教授的家

瑞典

1. 斯德哥尔摩市政厅

2. 1991 年诺贝尔奖颁奖晚宴餐具

3. 斯德哥尔摩

4. 金色大厅

德国

1. 柏林大教堂

2. 楚格峰

3. 阿尔卑斯山下

4. 老天鹅堡与新天鹅堡

济州岛和香港

1. 成山的日落

2. 我和泰迪

3. 偶来小路的风景

4. 香港摩星岭上的风景

5. 汉拿山炒饭

德国

1. 杜塞尔多夫莱茵河边的酒吧

2. 奔驰 Smart 汽车展示楼

3. 科隆巧克力博物馆内的 "巧克力树"

4. 马格德堡冬天里戴红色毛线帽的广告柱

5. 莱茵河畔的波恩大学

挪威

1. 观鲸路上　　2. 挪威境内北极地区的荒原与大海　　3. 挪威的大西洋之路

4. 北挪威清澈见底的海水　　5. 挪威罗弗敦群岛的傍晚

德国

1. 虚位以待（麦琴根）　　2. 草丛里的密室入口（巴登巴登）　　3. 巴登巴登的秋意

4. 雪中的秘密（马格德堡）　　5. 傍晚的克虏伯花园（埃森）　　6. 也想看看博登湖（林道）

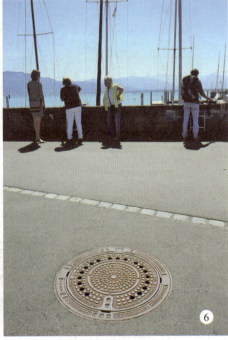

欧洲

1. 魔环镇守彩色古镇
   （德国 罗腾堡）

2. 此路通往茜茜公主的家
   （德国 帕森霍芬）

3. 沐浴在北欧阳光下
   （挪威 某个小镇）

4. 在暮色中欢度圣诞
   （瑞士 洛桑）

5. 坐观流水
   （奥地利 萨尔茨堡）

6. 彼得·梅尔无数次从这里走过
   （法国 卢尔马兰）

法国

1.圣诞节的安纳西湖

2.凡尔赛的拉朵娜喷泉

3.里尔大广场的女神圆柱与钟楼

4.从"鹫巢"村埃兹眺望地中海

目　录

001

146

238

PART ONE
格子的旅行

又见欧洲

从俄罗斯到葡萄牙

欧洲最美的就是
中世纪的小雨

灰色的古堡
下着细雨的广场

有时候风吹过

2015 年 7 月 8 日
中国上海浦东机场

第一站：俄罗斯

原本现在应该在俄罗斯了。计划是坐火车去，但后来终于败给现实。7天 7 夜的火车很让人向往，但是终究只能坐飞机去。不过也很好，我很喜欢俄罗斯，虽然那个国家让人觉得过于冷峻。红场的天空和冰激凌，同样让我怀念和向往。还有火车上的北极光。

忙到最后一刻，临行前还把一堆杂事做了。但是踏上旅程的那一刻开始，心情就轻松了。我经常觉得：旅行前的准备才是最忙碌的，等你踏上征程的那一刻开始，倒是可以开始随遇而安。

昨天晚上交了所有的稿件。早上还跑去买了隐形眼镜，再一路飞奔到机场。一个小时内办理登机、安检，走的是 VIP 通道。因为直接被广播点名，所以直接 10 分钟内绿色通道过关。临行前又收到好友的 PPT，那是中国日报《二十一世纪学生英文报》的一个作业。死党就是死党，时间来不及，我做了原始稿，让她帮我美化了一下。然后又和出版社编辑好友通了电话，定下稿件的日期。最后居然还去租了一个随身 Wi-Fi。简直神速！又险些把护照弄丢，幸好一场虚惊。

在这样美好又各种乱哄哄的时局背景之下，我又出发。

重见莫斯科机场

2015年7月8日　莫斯科时间

莫斯科机场居然不能过关

到达莫斯科机场，过安检时居然不能出关。我问了一个懂俄语的中国人，据说有一批名单被禁出关。

我一开始以为他们开玩笑，后来才知道是真的。不过后来我发现有个中国旅游团，莫名其妙也有几个人不能出去，才觉得荒诞真实存在。我觉得自己肯定没问题，就是觉得很滑稽。大家都觉得好笑，也觉得无聊。幸好好友在网上安慰我。半个小时以后，安检姑娘报了我的名字，顺利出关。

终于到了，我安全了。莫斯科河还是安静地流淌，天空的色彩还是重若油画。红场在远处，阿尔巴特大街就在不远的地方。

终于眼皮开始打架。此时此刻，这里依然是白夜。

此时此刻

俄罗斯又是白夜

现在是晚上九点多

天空还是灰白

2015 年 7 月 9 日
又见红场

今天我要去红场和阿尔巴特大街，还要去莫斯科湖畔逛逛。

我原以为随身 Wi-Fi 可以随时随地上网，突然发现还有 9 个小时的权限了。白白浪费十几个小时。现在只有 8 个小时了，我得省着花了！前几年在韩国机场用过类似的，但那在韩国境内确实是无限上网。咱们终于也推出类似的，但在消费的时候为什么不告知有时间限制呢？

后来才知道那是一场虚惊。随身 Wi-Fi 确实可以 24 小时随时随地上网。当我确认之后，顿时觉得自己阔绰起来。

莫斯科红场的露天咖啡馆

又到了美丽而熟悉的红场，风吹过，特别舒适。红场的天空很蓝，朱可夫将军的雕像依然伫立。整个红场的城堡是彩色的，童话一般。

我又站在红场的中间

风吹过片片的白云

远处的钟声响起

五色的城堡

童话的世界

风儿又阵阵吹过

天上的云
飘过的风

列宁墓在身旁
图书馆在身旁

就在广场上
看着白云
吹着风

今天的古姆大厦人山人海，我只好落荒而逃。不过终于找到了一瓶眼药水，这两天眼睛微疼，可以对症下药。觉得自己找东西还是有些水平的，好好得意了一番。

第一次去古姆大厦，安静得几乎没有人。今天的古姆大厦人山人海。看了一圈赶紧走，全世界的安静都悄悄溜走了。

红场旁边有个亚历山大公园。里边可以看到阅兵式，然后是大片的草地。前面有一湾流水，可以看到一些雕塑。最有名的雕像是《渔夫和金鱼的故事》，是普希金写的童话。可是这个童话是讽喻现实的，放在今天，仍然有意义。我还找到了 4 年前的麦当劳，依然人山人海。但 4 年前，这里到处可见看书的年轻人，现在都捧着手机了。

2015 年 7 月 9 日
俄罗斯司机宰客记

今天最精彩而无奈的，应该是宰客记。我在红场叫了一辆出租车去阿尔巴特大街，俄罗斯司机居然找不到阿尔巴特大街！这位年轻的司机一圈一圈地绕，一直在调整导航仪。我以前去过阿尔巴特大街，后来我看到他路过一个熟悉的拐角，我告诉他应该就在这里。他说不是，然后继续绕。

一会儿又堵车了。后来我再问他一些问题，却是答非所问。一个俄罗斯司机居然找不到世界闻名的阿尔巴特大街，我相信这不是我的问题。后来没有办法，也怕再绕，只好说，你把我送回酒店去吧！

这位司机却是怎么绕怎么开，哪里堵往哪里开了。我也不生气了，看最后怎么结局吧。到了地方也没多说，让司机开了发票，我就下车了。

回到酒店。总价格近 1500 卢布，是早上价格的 3 倍。我拿着发票，到酒店大堂经理处投诉。我相信，以我这样的弱势群体，和司机理论肯定没用，一则他装作听不懂英文，二则就算叫来警察，也不知道如何处理。所以我直接找酒店，因为他们必须对住店客人负责。那位大堂经理人很好，她听了以后打电话给有关部门交涉，说明天会给我一个答复。

我想好了，大概有两种答复：一是不了了之。如果一个别国的游客，在某个国家的基本权益得不到保证，那我以后选择不再来。我个人从此以后也和俄罗斯的司机们保持绝交，老死不相往来。二则有小交代，不知具体状况。即便如此，我依然感谢在旅途中碰到的帮助过我的好人们。

黄昏时分，步行去阿尔巴特大街。费尽一番周折，终于找到了阿尔巴特大街。淡蓝色的普希金故居仍然在那里。但我高兴不起来，依旧漫无目的地瞎逛。偶又迷路，碰到一位英语很好的游客，他告诉我是英国人。俄罗斯人

莫斯科司机

基本上是不太会给你指路的，一则他们不太懂英语，二则他们就算懂也故意装作不知道。这个我以前知道一点儿，因为第一次来的时候，俄国导游 Linna 曾经向我们说过一点俄罗斯人的骄傲，他们哪个国家的人都看不起，警察也爱罚款。但是 Linna 很好，她深谙中国文化，在中国学过 4 年中文，有着深厚的中国古诗词功底。我这次是过境，也就两三天的时间，上次 Linna 告诉我们一些事情，今天才有深刻的体会。但是我深信这里还是好人多，否则，今天的红场之旅不会这么尽兴。

今天最应感谢的是在路上回过头帮我的那位陌生的英国游客，我问了好多人，几乎绝望的时候，他回过头来告诉我应该怎么走。更让我感到温暖的是：我在街角碰到了几个中国人，于是随意问道：阿尔巴特大街在什么地方？他们说：喏，就在旁边！好温暖！我最后也发现了，那个拐角就是今天下午的出租车路过的，那位俄罗斯司机愣是装作不知道开过了！

大家也许会奇怪，今天的游记是不是在发牢骚？其实不是，我想，本人游记的最大特色，是真实地反映每一个地方的风土人情。以平民的视野，反映这个国家的美好与不美好。写自己的高兴，也写自己的狼狈。这才是真实的世界。世界很大，世界很美好，世界有时候也不如我们想象中的美丽。

许多时候，书本学习的不一定正确。你一定要自己走一走，才能真正了解一个国家，一方水土，一片人情。

2015 年 7 月 10 日
阿尔巴特大街的一场雨

早上，还是决定去阿尔巴特大街。穿过地道的时候，有街头艺人在拉小提琴。阿尔巴特大街如昨，散发着浓郁的艺术气息。那家麦当劳还在，普希金故居也依然静立。昨天我没有再逛下去，因为今天还有一天可以慢慢逛。蓝天之下，阳光也好。我喜欢这里的建筑，还有散碎的繁花。这里有许多街头艺人的画，质量参差不齐。有真正的艺人，也有做生意的商贩。路边有许多工艺品店，卖的是俄罗斯套娃。上次我就没买，今天也是看看就好。风很大，坐在露天的长椅上，看游客来来往往。

阿尔巴特大街有许多露天餐馆和咖啡店，都装饰得很漂亮，不奢华，但总有繁花绿草。中午在一家街头餐厅歇脚，居然点到了中国的饺子——不过被改良，既来之则安之吧。这两天一直想查汇率，同学在网上告诉我：据说是 1∶9.2。3 年前我来的时候是 1∶4.5 或 1∶6。卢布又贬值，怪不得这里的老百姓这么不痛快。其实我现在喝的咖啡还好，120 卢布，大概 12 元，比国内便宜。但俄罗斯其他消费很高。好在我待的时间不长，明天就撤。

在露天茶座，突如其来就一场大雨，无聊中又想起了昨天的不愉快，随意涂鸦一番：

莫斯科的街头
总让人有些迷茫

那曾经向往的
北国列车
是父辈传承下来的梦想
然而漫步在莫斯科
的街头
那些冷峻而陌生的眼神
并不像
书中所写的那样

我徘徊在阿尔巴特大街上
那里的游人来来往往
这里有很多的故事
还有色彩浓重的天空
与惆怅

阿尔巴特的大街很轻松
但是它的文化内涵
和我们所学的不一样

街头突然下起了雨
我就躲在了露天阳伞下
突然之间就下起了雨
我就躲到了一家咖啡馆

　　曾经有一位俄罗斯的故人

　　她念过一首中国的诗

　　海内存知己

　　天涯若比邻

　　我觉得那些美好一定会存在

　　莫斯科的迷茫会过去

　　雨停了太阳就会重新再出来

　　太阳重新出来了

　　又会露出旧模样

来自俄罗斯司机的道歉信

　　回到酒店后，大堂经理告诉我：有一封道歉信送到我的房间了。回去一看，原来昨天维权成功了：酒店的大堂经理帮我找到了相关部门。对方给我写了道歉信，退回所有钱款。非常感谢这位名叫 Ludmila 的大堂经理，她的微笑和真诚，让我在异乡感到温暖。俄罗斯人民大多还是友善的，彼此尊重，世界依然很美好！

温暖的酒店工作人员 Ludmila　　　　　莫斯科司机退回的费用

　　这是他们退回的所有卢布。我一分也不会动，带回国内做永久的纪念。谢谢这位和平天使，她叫 Ludmila。

我非常感谢这位和平使者，后来送了她一本我的游记作为礼物。Ludmila 很高兴，她说会作为留念一直珍藏。她说如果以后有俄文版的，叫我也寄给她。后来我和她聊天，问她是不是一直在这里，我可以寄书给她。她说不知道明天会怎样，因为也有许多工作上的压力。

下午我又出去逛，路过俄罗斯的一家手机店。看到手机价格，我大概能够明白他们的生活状况了。我去他们的手机店看了一下，基本上没有苹果手机，用的是本土品牌或诺基亚。不知道能不能上网。这些手机均价1000 多卢布，我几乎不能相信自己的眼睛。他们服装常常卖到 5 位数，除以汇率就是我们的 4 位数，但是手机却是 4 位数，除以汇率大概就一两百。也就是说，一两顿饭就能买一个他们日常的手机，难怪俄罗斯人会有一些想法。这次觉得他们的汇率又贬值，所以他们日常生活会比 3 年前更不容易。这应该就是如今俄罗斯普通百姓的寻常生活。所以俄罗斯人民的不快乐确实也有根本原因。

俄罗斯街头，天空蔚蓝，一抹晚霞。我在莫斯科街头，听着耳边飘来的俄罗斯音乐。生活还是很美好。

明天就要离开。

2015 年 7 月 11 日
俄罗斯，临行之前

阳光又透过窗台洒满房间。现在是当地时间早上 5 点多。我还可以打盹，闹钟还有一个多小时才响。在法国的好友留言：今天我们可以在法国见面啦。期待！

即将临行，再写一段昨天碰到的事情。在阿尔巴特大街喝完饮料，结账的时候我付了整钱。他们找回的零钱有许多分币。按说不可能，因为俄罗斯到处可见角币。其实我们以前学专业课时候学过，用角币给小费都是非常不礼貌的事情，况且用分币找回客人？我看看那位服务员，知道我又被欺负了。不过我笑着问他，你确认是这些零钱吗？服务生也笑着说：是的。我笑着点头，然后把几个角币拿出来，最后留下分币给他说：不好意思，这是你的小费。我看到那位服务员的笑容僵硬。虽然我不懂俄语，也不能和他理论，但是简单的英语大概还是听得懂。中国有一句话叫作：己所不欲，勿施于人。既然你把零钱给我，我就还给你。这也叫作外交之道。我走的时候，那个服务员笑容非常僵硬，我冲他笑笑就走了。这段我原来不想写，因为昨天后来的结局很完美。我不想再煞风景。但现在还是要写出来，因为，这就是真实的俄罗斯。其实我也没有不高兴，因为拿走零钱的不是我。

临行，饭店派了一位司机送行。一路畅行无阻，蓝天白云横穿其间。又是一抹蔚蓝的色彩。到了机场，这位司机问了好几个人，帮我找到了法国航空。价格公道得一塌糊涂：1700卢布，比我们自己的中国司机还便宜。我差点不相信自己的眼睛。离别的时候司机问我：你会不会再回来？我说：当然！我会再来！

又见阿尔巴特大街: 普希金故居

第二站：从俄罗斯到法国，见到老同学

告别莫斯科，第二站是从巴黎到里尔。过安检的时候人很少，几乎没人。那位检查的金发姑娘又在我的护照上看了半天。我想难道又出问题了？后来那位姑娘冲我笑笑：可以了！顺利通过。一出安检就觉得心情放松了，然后随意逛。下午飞巴黎再转车去里尔，希望一切顺利，和正在法国学习的死党会合！

临行的时候，我看到候机大厅的窗外一片蔚蓝，云层很低。

天空
已是蔚蓝

3个多小时后，到了巴黎戴高乐机场。在那里可以直接转火

郊外天空的云彩

车去里尔。打电话给好友，她已经在家做好牛肉汤了。等我上了火车，她也从家里出发，去里尔火车站接我。

从巴黎火车站出发。这里的人们很友好，雷锋叔叔很多。有许多主动帮助搬送行李的，主动帮助老人儿童的。我随意问路，刚才帮助过我的女孩子就坐在我旁边的座位上看书。欧铁还是很慢慢悠悠的，一路绿色草甸，直到远方。

一小时后到达里尔。好友已经在车厢外等我了。异国他乡见到好朋友，特别亲切，一下心情放松。一路走一路说起俄罗斯见闻，大家都觉得不可思议。

作者初到法国里尔火车站

地铁里尔站里的光线，如同光阴

看了好友的小住处，特别温馨。她一边下厨，一边和我说了一堆在法国的趣事和囧事，我忍不住地笑。

就这样，在里尔，很安静。好友在做攻略，我写游记。此时此刻，晚上 10 点。还是白夜。

2015 年 7 月 12 日
中国人在里尔

早饭后，我们去了里尔美术馆——那是法国第二大美术馆——莫奈、梵高的画都在这里。地下艺术宫殿荟萃古代艺术：古希腊古罗马古埃及艺术在这里都有踪迹可寻。还有 17 世纪的中国瓷器，非常具有历史感。

里尔美术馆

　　下午，出了美术馆就下雨了。雨中的里尔大广场安静而清澈，我们在大广场对面的咖啡座里吃饭聊天。法国人真是悠闲，至少现在，我的节奏也是这么慢慢悠悠的。

　　晚上大家做攻略：攻略是这么看着地图直接做出来的。西线否掉了，大家决定去北线。里尔离比利时很近，据说一个小时的地铁就可以到比利时边境。我们明天去边境的布鲁日。

　　晚上8点多的里尔，还像在白天。好友家在顶楼3层，窗外景色很好。晚饭后她在洗碗，我边看书边和她聊天。主题是她前几个月在法国的租房经历。现在她租的是一室一厅的小公寓，麻雀虽小，五脏俱全。好友把它布置得很温馨。刚来的一个月，她租不到房子，只有住在朋友家。在法国租房子必须有法国的银行卡，否则房东不会租给你；银行又必须有固定地址才可以给你开卡，否则会认为是黑户。当时的境况比较惨，她天天找房子跑银行跑各种部门，一直到一个月以后，终于有房东肯租房给她。然后又用挑来的东西一点一点地布置这个空房子，慢慢生活才安定下来。有段时间她办不了银行卡，也不敢花钱，有时候连20欧元也不敢乱花，因为怕银行卡取不出钱。在那样不敢打车、不敢随意乘坐地铁的日子里，她还被偷了一辆自行车。不过这样的日子终于过去了，我很佩服她。

2015 年 7 月 13 日

看着地图就出发了 布鲁塞尔的雨

昨天晚上继续做攻略，今天去布鲁塞尔。临时看地图，看着看着就决定去布鲁塞尔。

从里尔火车站去布鲁塞尔，半个小时，从法国到比利时，弹指一挥间。

到了布鲁塞尔。出站后，故意没打车，坐地铁去了。结果发现坐反方向，不过只有 3 站，再折回去重新坐。就这样稀里糊涂地找到公寓。结果我们自己笑话自己：从法国到比利时半个小时，从比利时车站到公寓，找了一个多小时。

里尔火车站

我们几个都大脑缺氧，我觉得头疼得很，估计在地铁里待久了。又是高原反应的症状。于是就在公寓里午睡。

醒来后头痛情况缓解好多，我们就出去逛。布鲁塞尔下雨了，古老的城市，石板小路被雨水冲得发亮。路上行人慢悠悠的，打着伞，像一幅宁静的油画。

燕子在微信里留言：再次感同身受那异域。那是席慕蓉的一首诗，我们少年时代都读过，非常喜欢。来布鲁塞尔，是昨天晚上和好友临时决定改变的行程。她原来想租车，后来觉得有技术难度，我们还是决定坐火车。我看了地图就觉得喜欢布鲁塞尔，因为第一离法国最近，第二就是席慕蓉的那首诗。

到达布鲁塞尔

燕子提起，正值布鲁塞尔下雨，于是无聊中涂鸦：

布鲁塞尔的雨
下得无声无息
燕子说
那是异域的一种乡愁

许多年前
席慕蓉有一首诗
一首异域的忧伤
就是这里
古老的布鲁塞尔

下着小雨的布鲁塞尔街头

下午在布鲁塞尔大广场闲逛，去了充满中世纪风格的大广场和圣米歇尔大教堂。比利时的感觉非常好，和平宁静。每个人都是善意而温和，他们的笑容真诚而善良。

比利时还是著名的巧克力中心。据说这里有著名的巧克力博物馆，我们在火车上听到一群留学生说：一定要去巧克力博物馆看看。我们没有找到巧克力博物馆，却一路看着琳琅满目的巧克力，小姑娘们都喜欢。

又是一阵骤雨。我们在广场上的一家咖啡馆避雨——顺便烤火喝咖啡。我非常喜欢那家咖啡馆的火炉，一下温暖起来。热巧克力，加上服务员甜美的笑容，我们也深受感染，觉得快乐而温暖起来。

布鲁塞尔街头的巧克力

今天最开心的莫过于吃到中餐。好友的小朋友有句至理名言：西餐的好吃只是口里的，中餐的好吃是到胃里的。

2015 年 7 月 14 日

布鲁日，中世纪的小镇

最后 8 分钟买了一班去布鲁日的车票。

今天坐的是 IC 列车，城市间列车。这是双层列车，没有固定座位，跳上就走。

布鲁日也在比利时境内，中世纪小城。离布鲁塞尔很近，一小时来回。我们准备早上去，晚上回。

布鲁日的马车

车票也好奇怪，没有车次没有发车时间没有站台号码，全靠售票员告诉时间和站台。

10 点多钟赶到布鲁日。这是一个中世纪的小镇，建筑很古老。今天天气不好，雨下得很大，风也很大。雨中游老城，有时可见中世纪的马车经过。只是天冷得不行，我们找到了一家咖啡馆躲雨。

今天的重点是巧克力博物馆，我们躲过了一场大雨后，找到了巧克力博物馆。收获颇大：最早 Coco 起源于美洲玛雅，从远古时代就有。后从南美传到欧洲，从西班牙到法国，再到欧洲各地。比利时在欧洲以生产巧克力而闻名。我们在博物馆现场看了巧克力的制作，还品尝到了现场美味。

下午随意逛。从一个街角穿越到另一个街角。路上偶尔飘过的巧克力味道，还有咖啡的香味。马车叮叮当当的声音，城墙上的钟声，在清朗的雨后都特别美妙。

布鲁日是个非常美丽的小镇，它既有布拉格中世纪广场的古老而浓郁的风格，又有威尼斯旖旎的水上风光，还有剑桥清朗的红墙和白云。所以布鲁日那么美，可惜只有一天时间打来回，晚上又回到布鲁塞尔。时光匆匆，不知今夕何夕。

2015 年 7 月 15 日
布鲁塞尔广场的一首诗

早上再去逛一圈，下午回里尔。好友一早有事先回里尔了。我再多留半天时间，慢慢逛。

一早在街头，布鲁塞尔又下雨了。雨中的街角，还碰到像混混（混混是我的小狗，边境牧羊犬）一样的小狗。在广场上慢慢逛，找到了前天喝过咖啡的地方。今天还是挺冷的，穿着厚风衣，找地方烤火。

欧洲最美的就是
中世纪的小雨

灰色的古堡
下着细雨的广场

有时候风吹过
有时候吹散了
行人的伞

布鲁塞尔广场的咖啡店可以烤火

就这样，悠然到了下午。在中国餐馆吃了干炒牛河，心满意足，于是准备回程。

从布鲁塞尔到里尔的火车

这次在比利时境内全程地铁。坐了 3 站地铁到火车站，花了 10 分钟。原本以为可以接上下午 3 点前的火车，可是最近的一班火车要 16：17 分，坐上火车半个小时就可到里尔。可见等待的时间比国与国的距离长。非常有意思，这样的体验或许在欧洲才可以找到。

好友在网上催我，什么时候回去。我说马上，可惜困在火车站。

无聊的时候好友传了一条新闻给我：7 月 14 日法国国庆当天事故频发：南法石油基地爆炸起火，疑似"人为事件"；里昂郊区青年连续 3 天烧车打砸事件发起"7·14"示威运动，号召推翻现政府、夺取总统府。

吓了一跳，看来这次在法国国庆去比利时的策略是对的。

顺利坐上火车。即将告别布鲁塞尔。这是一座美丽的小城，希望以后再来。布鲁日更美，这次比利时是额外的礼物，谢谢好友的攻略。一会儿就回里尔再次与她会合。

比利时是我到过的第 29 个国家，这次可能要破纪录了。

耳边突然掠过一句席慕蓉的诗歌：

请为我唱一首出塞曲……

这首诗歌不适合比利时，但却适合此时的心境。

——写于布鲁塞尔到里尔的火车上

2015 年 7 月 16 日
里尔火车站的送别

一大早赶到里尔火车站。好友送至站台内。谢谢好朋友，下次再见！继续出发——第三站：里尔—巴黎机场—巴塞罗那。

火车的月台，经常会想起毕业季。来到月台，不自觉地就想起 20 世纪末的往事。不过今天的离别是快乐的，还有 5 分钟就开车，我催着她走。因为这样，火车开动的那一刻，就不会有别离。

　　和好友挥手告别。她坐地铁回家，我等火车开，顺便写诗。过了10分钟，火车开在了绿色的草甸上，我的诗也写好了：

　　　　小城百年空悠悠，万里旷野欧铁行。

　　　　挥手自辞白云意，堪比唐时踏歌声。

　　这是一首《赠好友》，最后一句是从《赠汪伦》里面化出的。

离开里尔，天空的云彩

　　她看到后，给我留言：刚刚又复习了一遍《赠汪伦》！真是很有意思啊，她都已经到家了。

　　有时候，时空就是这么交错。

第三站：早上里尔，中午巴黎，黄昏巴塞罗那

西班牙机场书店

　　早上里尔，现在巴黎。我在巴黎机场转机。离开里尔的时候还穿着厚厚的风衣，现在已经是短袖——至少差了一个季节。炎热的夏天来了。

　　终于过了安检，今天在机场有点一波三折。从 2 号航班楼到 3 号航班楼，等机场大巴很久，挤上车才发现又像去年在雅典，一群人在那里等车子，不知道去哪里。车子又不来，又无人维持秩序，一阵乱。到了 T3 问询处问航班，忽然被告知没有这班航班。当时我就蒙了，我觉得网上订的航班系统不会有错，但是对方就说没有这趟航班。

巴塞罗那街景

　　后来我打电话给好友，又打给国内携程，一开始他们也确认无疑。后来查了半天告诉我，国内系统里的航班号到了国外就改变编号了。我第一次碰到这样的事情，不过运气还算好，终于顺利进站。没有被拒入关就太运气了！否则我还得再买一张机票去西班牙！

　　两三个小时后，顺利到达巴塞罗那。出了站，下来就打到车。运气很不错，载我的是西班牙老爷爷。巴塞罗那的黄昏还像中午时分——欧洲太阳落山都很晚，要晚上 10 点左右。整个城市蓝天白云，一下子迷人起来。南欧的风格要欢乐一些，大街上的人们都穿起了夏装。和欧洲其他城市比，巴塞罗那感觉街道很幽静，满街的树叶，建筑非常沉静而古典，感觉是淡淡的木白色，非常具有岁月的质感。这个城市就在绿树间，偶尔投下光阴的痕迹。

2015 年 7 月 17 日

感冒发烧，闲逛为主，开启休闲模式

昨天感冒嗓子疼，咳了一个晚上。估计最近太累了，冷热交替。从布鲁塞尔的深秋到巴塞罗那的夏日，终于病倒。今天暂时休息，到街头逛逛，买点药。

快近中午，虽然很不舒服，还是要出来逛逛。巴塞罗那的寻常街道都是这么美，大街上的花花草草，古老的树荫，长椅上的阴影。街头小巷，街角处的咖啡馆，大街中间的遮阳处，都很美。这里的建筑尤其美，西班牙风格，华美而古典，半隐在绿树间。这里是南欧，离地中海和非洲都很近，所以也带有地中海沿岸的微热的风。

吹风的时候，不禁感叹：

现在我在街头吹风，脑子一片混沌。

药店还没找到，不如坐下发呆。

打油诗就是这样的风格吧！

今天身体不好，随意逛逛，没打算去景点。喜欢这里的街道，随意走了走，风是热的，不过在阳光下走的感觉比待在房间好。吃了点东西，才发现这里消费远低于法国和比利时，咖啡 2 欧之内，一顿吃的 10 欧左右就很好。我又到一家小超市补了点东西，梳子、零钱袋和 T 恤，一共才不到 7 欧。当时我怀疑自己看错价格了，店里的姑娘告诉我正确无误。半小时后回到酒店，要了一张地图，准备好好研究一下。大堂的服务生说：不用做攻略，你要去的地方都在我们附近。就在这条大街上。闹了半天我已经到庐山了，只是不知它的真面目。也不做攻略了，回房间倒头就睡。养足精神再说。再醒来，一堆同学留言问候了，谢谢大家。好友说她也不舒服，叫我们今天就以休息为主。林姑娘是医生，现场指导抗生素专业名词了。今天我就开启休息模式，休息为主。

闲逛瓷器店

逛到一家源于 1824 年的瓷器店。随意逛着，非常喜欢里边的瓷器。后来看中了一套，3 个绿碗，一个灰白色的茶碟，价格也不贵，3 个绿碗加起来不到 35 欧，比国内好看又便宜太多了。我很想买，又怕没法带。两位工作人员很好，一位是经理，一位是售货员，他们说如果我带不回可以寄给我。一边帮我查资料一边计算，我说如果买不走怎么办？他们说没关系。最后他们不厌其烦地帮我查每个商品代码，并计算价格。很有趣，其实我们只要算乘法和加法，总数就出来了，他们是一个代码一个代码地加。我也不好催他们，也不好意思笑，因为他们非常认真。结果计算出来了，一共 55 欧元。如果加上运费，还要 53 欧元。我当时觉得不可思议，运费和瓷器差不多价格了。想了一会儿还是没有买，虽然很漂亮，我很想自己带，但是觉得带着太沉，邮寄吧，又觉得太贵。所以犹豫半天。但这两位工作人员非常好，他们说：没关系，你可以慢慢想。过两天来也没关系！虽然很想买，想想放弃了。带着瓶瓶罐罐回去多麻烦！

漂亮的西班牙瓷器

这套漂亮的瓷器后来狠狠心买下了，
现在就在我的家里

漫步巴塞罗那街头

下午休息。

黄昏时分，继续漫步巴塞罗那街头。这里很有意思，许多餐厅开在大街上。晚风中已经凉快了好多，坐在大街上乘凉，看来往的过客。我喜欢这里的绿树，不是绿得发亮，或者像北欧、西欧那样青绿得带着润湿的空气，它的绿间或着灰白色，似乎有着地中海烟尘的味道，却那样低调而悄然立在尘世。大街上的人多起来，人们出来晚餐了。这里的人们很友好，到处是笑容。

我在大街的长椅上小坐，看着来来往往的行人，和慢慢变淡的天空。

7 月 18 日
读书笔记：生命的尊严

早上的巴塞罗那，不算安静，也不算嘈杂。可以听到外面汽车的声音。早早地下去吃了早饭，又上来看了会儿书。

刚看到一段话，有感：

30 岁的人看马戏，最见不得的就是驯兽，明明是山林之王，却被迫做这些小丑取乐的动作，为了一口吃的，失去了自由，失去了尊严。现在的我们，何尝不是呢。

写得非常好，想起了某个电影名片中的一段话：有时候，你在一种牢笼里，你憎恨它。久而久之，你又依赖。当某一天你想冲出那样的牢笼，你会发现你还是需要牢笼。内容大致如此，但我觉得，如果能自由地飞翔，为什么不自由地飞？那些你依赖的制度也许永远存在，离开它你会飞得很累。但是，为了自由，你必须飞，也许飞到没有力气的那一刻。这就是生命的尊严。

西班牙国家艺术博物馆

巴塞罗那博物馆的美术展览（一）　　巴塞罗那博物馆的美术展览（二）

　　西班牙国家艺术博物馆，举世闻名。它的外观以宏伟的人造瀑布而著称，我是坐大巴从山顶，逐级而下到达艺术宫殿，再往下看到顺流而下的瀑布，可俯瞰全城，景色蔚为壮观。再逐级而下，到了瀑布之下仰望整个瀑布，也不禁叹为观止。随后进博物馆待了半天，这里荟萃着西班牙历代名家之作，从古代神话开始，一直到古代宗教、古代绘画、近代绘画以及各种流派。我在里边待了半天，一边逛一边听。这里不能拍照，只允许外围有限的几张。这里的绘画和古罗马有很大的渊源。据说有一些画曾被盗，后西班牙政府从国外购回，放在这个永久的艺术宫殿。

著名的米拉之家

米拉之家

　　米拉之家，安东尼·高迪为米拉夫妇所建。米拉夫妇是当时贵族，他们的房屋一边出租，一边自住。地面一楼商用，楼上自住。

　　米拉新婚，在此建筑。邀请高迪为其设计。建筑风格挑战现代与传统，当时绝无仅有。

漫步米拉之家的天台，仿佛置身于另一个世界。1984年被列入世界遗产。这是高迪为米拉家族所建——高迪设计很少为单独的设计，有其独特的设计理念。顶楼38件雕塑大多为烟囱。所有烟囱顶上都设计为奇特的帽子。还有3个设计成独特的马赛克风格。另外还有两座宗教物，也称为两座赎罪堂。

米拉之家的模型显示，整栋建筑没有承重墙。这充分显示了建筑师的匠心。

高迪崇尚自然，深入钻研大自然，研究动植物，并把它转化到自己的作品中。阁楼上的拱顶和各楼层的房间中，到处可见这样的自然元素。

高迪将家具视为建筑的基础部分：认为家具非摆设，应兼具美观与实用功能。主家具以橡木和白蜡木制成，线条柔和，符合人体功能。

巴塞罗那博览会

巴塞罗那在19世纪末到20世纪初发展成为一个国际大都会。曾开展1888年万国博览会和1929年巴塞罗那博览会。进入20世纪后，城市从乡村向现代化城市发展。时代巨轮向前转动：汽车代替马车，电灯代替煤油灯。这也代表着巴塞罗那的历史。

7月18日
巴塞罗那，转眼3天

巴塞罗那转眼3天。觉得这个城市还是非常值得一来。

转眼之间，走了许多国家。前几天和好友聊起，好像已经走了很多很多国家，好像随时可以出发，也随时可以停下。尤其是欧洲，城市的建筑和风格其实都差不多，但每一个地方的人文是不同的。北欧简单透明，南欧热情明快，西欧内敛而含蓄，中欧纯净而婉约，东欧冷峻而不羁。最有意思是法国，有时大沙文主义，有时文质彬彬而拒人千里。最不可思议的是俄罗斯，和我们书本里学的完全不一样。

从 2011 年开始，走到现在，想去的地方已经快走完了。南美可去可不去，但真想去，也不是没有可能性。真要不去，也没有什么遗憾。我已经去了 90% 想去的地方了，应该很满足很感恩。我们不可能 100% 实现自己的梦想，不可能走完所有的地方，总要留点遗憾吧。

光阴，巴塞罗那的静思

2015 年 7 月 19 日
大街小巷，落叶飘过的城市

如果没有昨天的探路，今天的行程不会这么轻松。昨天把最主要最花时间的博物馆和米拉之家看掉了，今天可以比较随意。

美丽而安静的早上，走在一半阳光一半阴凉的地方。这样的小街道感觉很好，空气那样清新。有时候看到路人骑车走过，在那样的街道上，觉得生活很安宁。

走在这样的大街小巷

风吹过

落叶飞舞

一片片的飞絮

也慢慢落下

在欢快的西班牙音乐中出发

在加泰罗尼亚广场附近，在一阵欢快的西班牙音乐中，我出发了。穿过大王宫、中世纪广场——那是 14 世纪，商人开始贸易最主要的地方。

然后在海滨下车。这里是一个蓝色海滨，棕榈阵阵。广场上的音乐很奇怪，有阿拉伯风情。我正纳闷间，看到广场上有一个音乐节标志，原来是来自非洲的音乐。最后居然发现了拿着拍摄神器——自拍杆的老外，中国制造正在迅速占领海外市场。

西班牙的建筑，典雅而美丽

逛了一个小时，又重新跳上另一辆大巴，过滨海港口向山上行驶。过米罗基金会、奥林匹克游泳池，又到了绿树成荫的西班牙国家艺术博物馆。这里有鲁本斯、希斯莱和米罗的作品。

于是下车，又来到了昨天下车的地方。树荫下很是凉快。头上的小碎落叶飘落。今天不去博物馆，只为坐在这里，吹吹山风，看看鸽子，看落叶从头上飘落。

山风吹细叶，天空隐蝉鸣。
何处落花雨，树下数光影。

我在树荫下，碎花慢慢飘落，极美。

西班牙民俗村

如果不是到了下午，我还是不想离开。后来又去了西班牙民俗村歇脚。

西班牙民俗村，有些古罗马的感觉。拾级而上，是一个小城堡。那里的建筑是土黄色，是地中海的颜色，带着古罗马的味道。古希腊颜色是象牙白，这是古罗马和古希腊的区别。这里最美的，是许多窗台上的小花，有淡绿色的，有浅粉色的，有嫩黄色的，都夹杂在绿色的树叶中，在窗台下各种漂亮的挂盆中。我常常在这些花下恍惚，这么美的花儿，到哪里去找呢？

西班牙民俗村空中吊篮

待了很久离开，最后继续坐大巴，一口气坐完全程。偶尔看到街上骑车的路人。正好大巴的耳机里介绍：西班牙街头有许多自行车，巴塞罗那的交通也很堵塞，许多人就把汽车放置在家里，出门换作自行车了。这倒挺好的，我觉得咱们国人也可以借鉴，与其堵车，不如骑车。这样比较接近于事物的本质。

晚上 8 点多的巴塞罗那还像我们的黄昏四五点，大街上的余热已经全部散尽。漫步在大街上很舒服，坐在树荫下的长椅上，就像乘凉一般。看着人们在大排档来来去去，看着狗们在大街上来来去去。风吹过来，很舒服。这两天也真累了，明天好好休息，后天又要换一个地方。

2015 年 7 月 20 日
一个被乌龙的早上

早上 8 点不到，被电话吵醒。前台说：你预订的车子到了，可以去机场了。我一阵着急，还糊里糊涂地谢了他们。挂了电话，发现自己很悲惨，好像还没有整理东西，也没有清醒。难道我记错时间了？今天走还是明天走？我查了一下机票，应该是明天走。再看看日历，好像今天确实是20号。于是打电话给前台，我应该是明天走，再次确认一下，是否是他们弄错了。他们后来说：确实是明天。终于在稀里糊涂的情况下，弄清楚了被乌龙的状况。网上又看到老五留言，她下周要去瑞士捷克三国，商务旅行做现场翻译，真棒！可惜我要回去了，碰不到了！

今天被这里的小朋友萌了一把。早上下去吃早饭的时候，咖啡机出不了水了。我在那里独自研究起来，突然身边就多了两三个五六岁的小朋友。他们也对着咖啡机好奇，有一个给我咖啡胶囊，要我扔进去。说了一堆叽叽咕咕的童语，我没听懂，估计西班牙语。扔进去以后水也没出来，这几个小朋友又帮着我按不同的键，继续叽叽咕咕。我又笑，也没法不理他们。那么小的孩子就那么无私地帮助你，不理他们说不过去。好在这时，服务生来了，他看了机器说：没有水啦。于是把水加满。小朋友看到满意地笑了。我也乐，冲他们笑笑。他们就跑回他们爸妈身边去了。一会儿又跑到别的地方去帮助别人了。

这两天逛得太累，早上在房间整理博物馆的内容。又看了西班牙国家艺术博物馆的某些画：西方的绘画早期都是宗教故事，他们一幅画就是一个神话或故事。到了中世纪才有其他流派如印象派等，我觉得印象派和我们中国画的道理是相通的。但中西文化的背景有很大不同。

再逛瓷器店

下午休闲逛街，从书店小工艺店逛到瓷器店。在书店，觉得自己是个文盲，这里基本都是西班牙文。好不容易看到一本中文的，才觉得好歹有些底气。看到西班牙文，我就想起一位故去的好友。她学美术专业，原来英语并不好。但她为了出国攻读艺术类专业，先是学习了英语。后来为了求学又读了一个西班牙小语种。非常有才，可惜已故去。有时我想到她，就觉得人生无常。

然后又回到那家瓷器店。这些瓷器都是艺术品：有些古典，有些后现代主义。犹豫了好几天，终于决定买下那天看中的瓷器。既然邮寄，我又加了一只漂亮的白色花瓶，非常古典而具有艺术感。现在很少有一眼看中又念念不忘的好瓷器，听好友的建议，好东西可遇而不可求。带不走，就邮寄吧。其他东西就不买了！谢谢那家瓷器店的 PAUL 和伊丽莎白，他们还是那么友好。我把前几天为他们写的文章给他们看了，也给他们看了大家的评论。许多朋友喜欢他们的瓷器，他们听了很开心。

来自西班牙的瓷器，唯美艺术，全都搬回了家

巴塞罗那瓷器店的工作人员

付款的时候，有点小麻烦。他们居然找不开 50 欧元的票子。所以店里的另一个女孩子 Nelly 带我去银行换钱。于是我还体验了一下这里的银行，服务非常友好。银行排队的人很少，一会儿就到了，换票子的时候我要求把 50 欧换成 10 欧小票，他们没有丝毫惊奇和怠慢，也是一丝不苟，态度认真。一会儿兑换成功，回到店里顺利付款，顺利邮寄。

在欧洲带一些小散票就可以了，可以打个车，他们所有的费用都可以刷卡的。也不赞成带许多现金。我在欧洲已经学会了怎么用零钱钢镚了。很值钱，有时候几个钢镚就是一顿午饭。

转眼出来快两周了。明天要去里斯本，这是本次行程的第四站，也是欧洲总行程的最后一站。我一共去了欧洲若干次，完成了那首前年我写的诗歌。从中国出发到莫斯科，一路从东欧到中欧，再到二战的柏林墙。然后从北欧到南欧，从卖火柴的小女孩开始，一直往南到雅典，最后到里斯本。最后再飞到卡萨布兰卡。不过诗歌总归是诗歌，去莫斯科的火车不能实现，另外去卡萨布兰卡也不能实现。但我花了两三年时间完成了这首诗歌的大部分，也非常满意了。里斯本之行，就在明天。

傍晚时分街头觅食。这里华灯初上，却仍在黄昏时间。我大概不习惯西班牙的美食，总觉得太咸，味道过浓也许是西班牙美食的特色吧。后来干脆要了矿泉水。不过远处有一位老人在拉手风琴，很好听。风又吹起，晚间又开始凉快。我就这么吃着不算好吃的晚餐，听着音乐，听着隔壁桌的两个女生在露天下感慨她们年轻的人生。原来老外也不是都乐天，她们也有烦恼。

2015 年 7 月 21 日（上）
第四站：机场的朝霞，初到里斯本

清晨，巴塞罗那还在沉睡。迎着朝霞出发——今天是本次旅程的第四站，飞往葡萄牙里斯本。

全世界的机场都差不多。从巴塞罗那机场出发——早上赶飞机的心情很好，机场落地大玻璃窗外一片朝霞。有人说：能把握早上的人是幸福的。看着朝霞，我很幸福。

具有热带风情的里斯本海岸

两个小时后，到达里斯本。天空似乎比巴塞罗那更蓝，植物也更绿，空气也更新鲜。

里斯本是葡萄牙的首都，气候为海洋性气候，所以感觉比巴塞罗那舒适凉爽很多。这里的民风比巴塞罗那更淳朴，也比巴塞罗那更友好。

今天载我的司机是一位里斯本老人，感觉非常热情友善。一路和我介绍里斯本的天气有多好，他觉得这里是最美的地方。给我的建议是一定要多走走，可以走到湖边，走走大街，更能领略里斯本的安静和美丽。

安顿后，就沿着一条树荫的大街散步。当地人告诉可以走到河边。这里的建筑和树荫，更有光阴的痕迹，更有热带的感觉。

步行到他们的火车站，很像俄罗斯的火车站：很奇怪的是这里有很多黑人。

继续前行，歪打正着走到充满石子路的小山坡上。当地人告诉我：城堡快到了！这里晚上6点多仍是烈日当头。

里斯本与巴塞罗那有很大不同。巴塞罗那还是有着伽泰罗尼亚地区的文化底蕴，它的文化与古罗马有渊源。整个城市的底色是灰色而内敛的，建筑极其古典，有巴洛克式的典雅，也有哥特式的冷峻，还有罗马式的厚重，更有后现代主义的惊喜。但是里斯本是在海边的，有着浓郁的乡土风情。颜色浓郁而奔放，对比非常强烈，不时可见黑色棕色人群，以为自己来到了非洲。曾经去过美国和墨西哥附近的一个小镇，当地有着浓郁的南美风情，有一种海洋的蓝色基调，这里也是类似的感觉。

山坡之上，临风而坐

现在我在山坡上，临风而坐。风吹着，吹走了一天的疲惫。只是有点犯愁，一会儿得找个地方打车回去。

每天都在记流水账。流水账记完了，我就该回去了。

还有四五天，真有点归心似箭。

2015年7月21日（下）
黄昏时分，邻座的中国人

晚饭快结束的时候碰到几个中国人，倍感亲切。他们要吃饭，店家在招客。他们就问我好不好吃。我说还不错。他们就坐在我隔壁桌，随意聊了几句。这是两对中年夫妇，孩子在这里参加夏令营，他们跟着过来了。那两对中国夫妇的行李跟着另一架飞机去了别的城市，结果只能和机场保持联系。他们有点感慨：连衣服都没有了，只能吃了晚饭就近找个商场买些换洗衣服。

我们隔着桌子聊天。聊起欧洲感受：我说已经出来十几天，终于找到人和我说中文了。可高兴了。我觉得大概 20 来天就是极限吧，想回中国了。聊了几句就告别，我去海边，他们开始晚餐。

一路下山，再去海边。

里斯本街头即景

黄昏时候的里斯本

里斯本是一座很奇特的城市：有时候我觉得它像在欧洲的老城，有时候我觉得它像在上海的外滩；有时候我觉得它像在一个不知名的山坡；有时候我觉得它像在古老的罗马广场；但现在，我却像到了旧金山的渔人码头。还有着说不上的非洲风情；居然还有酷似金门大桥的铁桥，远处是蔚蓝的大海，海上的游船和海鸥；还有，岸堤边拉着大提琴的艺人。

这位艺人唱的歌词大意是：每个人都在为生活而忙碌，为什么有人不快乐；有人追逐金钱，每天追逐金钱，而我只要朋友。就让我在这里，为你歌唱。大意如此，现场翻译。

夕阳西下，落日余晖。快 9 点了。打车而回。这里的司机很友善，他并不知道酒店确切的地址，还帮我问了路人两三次。结果价格只有 5 欧，是我在欧洲打车的最低价格。

2015 年 7 月 22 日
吹风，绿树下的小诗

早上，收到了老妈的画。她学画不到 4 个月，在异乡，看到老妈的画，感觉进步神速。

早上天气不错，我就在街头无所事事地逛。风就这样吹过来，我就坐在绿树下。看了几首诗，看看路人，看看街景。

我在街头

无所事事地走

吹风

看一首古代的诗

看一旁异域的景

吹风

这样

就很好吧

坐着大巴逛里斯本

葡萄牙里斯本，穿梭在大街小巷的旅游大巴

　　然后去坐大巴。大巴里有免费 Wi-Fi。这里的音乐也好听，像南美乐曲的风格。后来想想，西班牙葡萄牙曾在南美殖民，音乐同系就不奇怪了。

　　太阳太肆虐，我从二层逃到底层。挑了个好位置，一边听大巴里的语音导播，一边看风景。

　　就这样出发了：海风、山风、音乐、蔚蓝的海洋。在盘山公路之间，在海滨公路之上，在绿树繁花之间，在古堡古垒之间。

路过奇怪的四月二十五日大桥：原来由美国设计金门大桥的公司所建。怪不得和旧金山的金门几乎一模一样，怪不得昨天晚上我刚看到的时候，会那么奇怪。

收获了一路美景，听了一路的歌曲。解说词也记录了一些，如下：

旅行大巴的出发地点是中央广场，是纪念马克思彭巴侯爵所建立的。他是当年灾难后重建的领军人物，也是当地教育、渔业、葡萄酒业的创始人。中央广场既是十月革命中心，也是现代城市中心。

然后大巴经过亨德斯里尔大街，亨德斯公爵是当地著名人物，他把火车引入葡萄牙。再过安东尼大街。这里是葡萄牙工业发展的重心，也是购物大街。

里斯本：天空和海岸

大巴的中心地带是达伽马纪念馆。据介绍，葡萄牙是悠久的海洋国家，而里斯本诞生在七座山上，和罗马人很接近。腓尼基人是这里的最早的人们。

这里早期有很多民族，如腓尼基人、古罗马人、后来的阿拉伯人等。古罗马文字对其有影响。1139年建立第一个王国。17世纪开始航海，开拓未知海域，也被称为大航海时代。

在大航海时代的3座堡垒。如圣安东尼堡垒等。

达伽马纪念馆、大航海时代纪念碑，是大巴所到之处最经典的地方，也是大航海时代的象征。

而后大巴再继续蜿蜒在海边的山路上，穿过一路的绿树繁花，最后到达海边小镇卡斯卡耶斯。这是一个非常美丽的沙滩小镇。12 世纪初，这里曾是小渔村，后航海时代这里是通向各个地方的起点。后来欧洲大陆的许多贵族聚集在此。这个城镇与海洋有着密切的联系。

卡斯卡耶斯小镇，休闲时光

我在卡斯卡耶斯小镇停下，吃了点东西，吹海风。

手机拍到没电。回来的时候，倒因此而轻松，听了一路的曲子，看了一路的风景。后来在大巴上，居然在音乐声和海风里睡着了。醒来的时候，车上的耳机里在介绍：车上放的是葡萄牙当地的音乐法朵，这可以代表葡萄牙的音乐本质，悠扬、动人而具有忧郁的内涵。通常是用大提琴加当地的十二弦吉他演奏。怪不得那么好听，曲子有一种魔力，到后来，车上所有的游客都停止拍照，只是在那里静静地听音乐。我走了那么多国家和城市，从来没在车上听过那么好听的音乐。这也是里斯本之行的意外收获，好听。

里斯本的海边公路和路上的音乐

葡萄牙，里斯本，给我如此奇幻之印象。确实不虚此行。

近傍晚时分回到酒店，歇到八九点才出去觅食。太阳刚下山，介于黄昏和傍晚之间。突然就起风了，街头的树叶纷纷飘落。街上的人们不知何时都披上了外套，一个个面色严峻起来，行色匆匆。

瞬间，从炎热的夏天到了秋天。

抬了头，就见空旷的天空中，一弯冷月斜挂。树叶纷纷而下，惊起几只飞鸟。

2015 年 7 月 23 日
里斯本，再次出发

里斯本，清晨。

天空如此之清澈，明净而蔚蓝，没有一丝杂质。

我在前天做了一些功课，决定把他们的 4 条旅游线路都坐一次。结果发现收获是好的，但是眼睛太累。这里的天空太蓝，紫外线太强，阳光太强烈，一不小心眼睛就被刺得不舒服。这倒是有点冷幽默，始料未及。

再次出发，这次是另一条路线。里斯本是一座山城，还有许多穆斯林的历史。在这里可以看到许多穆斯林，应该是 7 世纪之后从海上过来的。

经过他们的盘山公路，来到 98 世界博览会馆，这里有水族馆，还有达伽马纪念馆。达伽马是葡萄牙著名的航海家，他开拓了一条从大西洋通往印度洋的水路。中世纪欧洲九大文明古国，葡萄牙就是其中之一。其中达伽马功不可没。

古老的里斯本法朵音乐

里斯本，古老的老城，让人炫目的墙面艺术：有马赛克艺术，有陶瓷艺术，又有厚重的多元文化。古代罗马人、摩尔人、穆斯林、阿尔塔法人、犹太人等先后在此，留下了许多古老的文明。这些墙面艺术就是这些多重文明的反映。

一路伴随着法朵的歌声，到了老城中心地带。有蜿蜒曲折的石子山路，有

里斯本：歌剧晚餐的经典——法朵音乐

威严古老的犹太教堂，有岁月斑驳的古老墙面，也有来自各国匆匆的人们。

突然之间就来到了我第一天来的海边广场。原来不经意间，我就到过了最美丽的地方。

里斯本的阳光，变幻的气候

下午骄阳似火，太热了。回去歇着，躲太阳。打算四五点再出来，可以凉快些。后来发现，下午 5 点以后的日照比早上还厉害。今天失策，眼睛被太阳刺得睁不开。晚上 7 点了，阳光还是那么灼热，这里的天气太古怪。我感觉和非洲的沿海城市有些接近。

里斯本的空气是真的好，但阳光过于浓烈。我觉得下午 3 点以后不宜外出，七八点后才可以稍稍出来逛。太阳在晚上 10 点下山，早晨 6 点就出来了。

我还是觉得西欧、中欧和北欧的天气更好。这里的感觉近热带，晚上起风又很冷。估计是典型的地中海式气候。气候反差比西班牙更浓烈。

葡萄牙，就是这样一个让人感到神奇的国度。我觉得南欧的个性较欧洲其他地方，更为浓郁，文化也比欧洲其他地方更多元化。第一眼的感觉是色彩过于浓郁热烈。这两天我都在太阳底下奔走，天气炎热有点在预料之外。我到底怀念着中欧的平淡、北欧的纯净了。甚至西欧不期而来的小雨都让你怀念，和某些街头烤火的时刻。

我更喜欢清冷的季节。

2015 年 7 月 24 日
广场上的森林公园，一首小诗

今天天气很凉快，我在附近的公园散步。天还是那么蔚蓝，云层很低。

> 我在广场上的森林公园里
> 这里的酷热已散去
> 清风拂过
> 我在等待去城堡的大巴

我在广场的绿地长椅上

这里的天空万里

团团白云如雪

就这样看着天上的云朵

盼望着有一场法朵的演出

我在长椅上

吹着凉爽的风

透过树叶

可以看到万里的白云

就这样等待

就这样盼望

一场出海的郊游

一场法朵的演出

再过两天就返程，原本计划就在此地无所事事。但是这里天气太热，不能像中欧、北欧那样可以随便找个咖啡馆看人看书聊天。后来还是买了一张 2 日大巴票就出发了。只要在路上，风吹过就会很凉快。

我研究了这里的 4 条大巴旅游线路，最美的是橙色线路，所有的地方都是美景，没有一丝废笔。只不过里斯本是个很奇怪的地方，我去过其他国家其他城市，旅游大巴很多，每隔 5 分钟或者 10 分钟就会来，所以才是随时上随时下，但里斯本的旅行大巴的间隔时间要一个小时甚至更长，所以今天我差点吃尽苦头。

大航海时代纪念碑

我在大航海时代纪念碑前下车，看了一场航海博物馆和中东地区艺术展。收获不错，还发现了我们中国的景德镇瓷器。出了博物馆，发现四周景色秀美，一步一景。又去了马路对面的大航海时代纪念碑——那是葡萄牙的辉煌时代，葡萄牙曾经在这里建立了海洋文明和殖民时代，那段历史，将永远载入他们史册。

里斯本：大航海时代纪念碑

我坐在岸堤之上
身边是大航海时代的浮雕
远处是四月二十五日大桥
天空万里如雪
白云在头上
风从水面过来
远处的音乐在飘扬

这样的思绪，若有若无。可以在遥远的过去，也可以在遥远的未来。

在纪念碑前的地上，有一段铭文。大意如下：在15世纪到17世纪大航海时代，葡萄牙在南非好望角曾经牺牲过很多水手和船员。所以建立纪念碑以怀念那段开拓疆土的人们。

在纪念碑旁，穿过一个电梯可以登塔凌绝顶。就这样，到了大航海时代纪念塔最高处：一览里斯本全城。白云与蓝天交相辉映。

美不胜收。

大巴很慢是因为经济萧条?

继续下一站。等车的时候,又是下午两三点。这次又有点稀里糊涂,十几个人在那等橙线,结果原本只要等5分钟的车子居然等了一个多小时。等车的时候认识了一个来自美国的女孩子,她说今天是她最后一天,因此要好好享受,计划把最美的橙色路线走一遍。我说我也差不多,今天是最后第二天,想不到这里这么慢,等车等得让人着急。这姑娘说了一句笑话:我认为这里的人不太有时间观念。我听了就笑,确实如此。不过这里的人也挺好的,但他们确实不在乎时间。难道是和经济萧条有关? 我看到这里的大巴,每一小时才出发一次,那是不是整条线两三辆车就够了? 总之在太阳底下等车的滋味实在不好受,我和那个美国女孩子就互相自嘲一下。不过她们来了4个人,等到后来也都无可奈何。

一个多小时后车子终于来了,其他公司的车也走了好几辆,就是不让我们上。因为我们的车子是 Gray Line 的指定公司。其实这公司不错,也许是葡萄牙整体经济不景气吧,所以不能像别的城市有足够的车辆。这才是问题的关键。

卡斯卡耶斯小镇

上了车子,也不敢再在中间站下车。直奔今天主题:卡斯卡耶斯小镇。这里风景绝美,12 世纪后开发,许多欧洲贵族都喜欢到那度假。蓝色海岸线一碧千里,椰树丛生,一路法朵的乐曲。只有当地的音乐才配得上这里的美景,因为当地的人文和自然融为一体。

可惜我后来手机没电了。最美的风景只有留在心里了。

就这样很安静地坐在路边的长椅下,

卡斯卡耶斯:古老的石屋

等到晚上 7 点多，车子缓缓而来。反正里斯本的 7 点，太阳还正高照。

在小镇停留一小时。返程的时候又等了一个多小时的车。后来居然又碰到同来的那几个美国姑娘。她们也去小镇逛了一圈。等车的时候再彼此笑笑，连牢骚也没有了。

返程，一路法朵的音乐。终于累了，看看窗外的风景，听着法朵的歌声，就这样在蓝天碧海风声中睡着了。

2015 年 7 月 25 日
葡萄牙的最后一天

今天是葡萄牙的最后一天。

原本今天想去听一场法朵音乐会。位置都定好了。后来忍不住又去了卡斯卡耶斯海边，看到了最美的风景。回来以后过了 8 点，非常累，所以取消了法朵音乐会。

也不遗憾，因为车上又听了一天的法朵。伴随着蓝天白云，波涛阵阵。音乐与景色完全融合，就像内蒙古的草原，只有内蒙古的长调才配得上；而里斯本的海洋和天空，只有这里的法朵才配得上。

卡斯卡耶斯的海边小屋，阳光透过拱门留下的是悠远的时光

许多时候，音乐无国界。因为真正的音乐是融合着当地的风情，所以法朵，与蓝色的海洋和天空的白云相配。

我已经走到卡斯卡耶斯的尽头，再也没有路。蓝色的大海晶莹剔透，美得不能用文字表达。这就是我今天一定要再来的原因。蓝色大海，椰林阵阵，古堡巍然。粉墙宫殿与椰林交相辉映，哥特式建筑与沙滩相得益彰。远处是碧蓝碧蓝的大海，银光闪闪，波光粼粼，海面上星星点点的游艇与各色小舟，随意漂着。

风吹过，椰林阵阵。一路走过，都是绝佳美景。

又去参观卡斯卡耶斯博物馆——博物馆坐落在卡斯卡耶斯的尽头，进去之后，推门而入发现，这又是岩溶类型的民居——这是非常奇特的卡斯卡耶斯地形，据说曾有考古学家专门过来考察，并制成当地 Discovery 节目。

我想起了以前去土耳其的时候，卡帕多其亚也有类似的岩溶地形，不过卡帕多其亚地区曾经有着耶稣的传说。这里更生活化和科学化。

总之，非常值得，不虚此行！前两次是探路。今天收获了最美丽的大海。一个地方走了3次才真正发现它的美，我也有点佩服自己了。

海边的午餐，海天与美食一色

又在海边坐下，享用一顿午餐。极美，今天点餐也点出了最高水平，一位年长的侍应先生亲自给我示范怎样剔鱼骨。

蓝色海面，波光与小舟。海天一色，美食与美景。

我已经很满足，不虚此行。

卡斯卡耶斯，阳光沙滩

美好的晚餐，温暖的人情

回到城里，已过8点。我决定不去听音乐会了。在海边已经看尽美景，人生已经很满足。音乐也在车上听了，不用锦上添花了。

　　回来以后决定到大堂吃点饮料小食就算晚饭。到了下面，我对一位很友好的服务生说要一杯橙汁和一块蛋糕。等了一会儿，那位服务生就把橙汁和蛋糕端上来了。他很不好意思地说：橙汁不是很好喝，因为今天的橙子不是最甜，可能会有点酸。我说没关系，因为我当时又累又渴，喝点冰的我就觉得很好。于是这位服务生就下去了。他还送了我3个小点心。我就觉得非常好，虽然橙汁确实略涩些，但我对他们的服务非常满意。

　　一会儿，吃完了。我要结账。那个服务生居然和我说：不要钱，因为今天的橙汁不好喝。我说：这怎么可以？我不能吃白食。那个服务生认真地对我说：因为橙汁的甜度是他们产品的标准。这次是属于不达标，所以绝对不能收我的钱。我以为自己的听力不过关，所以再让他说一遍。结果确认无误。我也很认真地对他说：我必须要付钱给他，因为我觉得橙汁和蛋糕真的很不错。那个服务生坚决不收，再三再四强调这不是他们的产品品质。我实在被他的认真精神感动了，于是非常认真地谢了他！糊里糊涂地就被免单了！但我真觉得葡萄牙人民真的很厚道，非常好！

　　想起了3年前的土耳其奇遇，也类似。一个土耳其埃及市场的珠宝商一定要送我手链，我再三再四推不掉，引起围观。结果只好收下。作为回报，我和那位土耳其珠宝商说要把故事写出来给中国的朋友们看。他很高兴。今天，我也和那位葡萄牙服务生说：要把故事写出来，给我们的中国朋友看。因为他们太认真太诚信了。那位服务生也非常高兴！

　　最后一天在葡萄牙，在里斯本。非常美好。

　　谢谢这里的蓝天白云，谢谢这里厚道的人们。

加拿大

从太平洋到大西洋

碧云天，黄叶地。烟波绕云逸。

落叶纷纷似花落，回首凝碧，此处是晨曦。

异乡客，在思旅。林间小坐枫叶城。

满眼湖光，远处山色，白云似雪意。

忽而红叶落身畔，不觉便似枫叶雨。

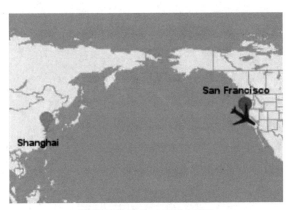

从中国到加拿大，跨越太平洋

2015年10月15日　北京时间
就这样出发了

　　就这样出发了。这次的行程非常匆忙，定了机票以后，我基本就没有查询关于加拿大的任何资料。前两天去买了一本《走遍全球·加拿大》系列。昨天晚上赶了一堆稿子，今天大清早就出发了。

　　今年明显地工作量大增。近几年，我一直觉得在路上，就可以保持走走停停的心情。但今年5月之后，工作量骤然增加，有时在路上，也是一个事情接着一个事情。7月在欧洲的时候，甚至还在做PPT。

　　我倒有些怀念刚出发时候的心情，那时候，闲散得只是走走停停，看看路上的蓝天白云。高兴了就写游记，不高兴了就随意逛逛。心情简单得近乎透明，所以写下了那么多文字。

　　年初的时候，办了加拿大签证。也没想好什么时候走，潜意识里大概是想看10月的红叶。后来一忙就忘了，一直到上个月，和一位中学时代的好友联系上了。她说看了我的书，非常喜欢，约我有空去加拿大。我后来就看了机票，又觉得自己快要忙到崩溃，那就溜出去转一圈吧。反正今年的主题是和朋友们在一起，7月去欧洲找好友，10月也可以去加拿大看小群。

　　定了机票以后，又有了很多事情。原本我想退票，但后来想想损失太大。去了就去吧，9月底到10月初事情一件接着一件。一定要出发了，就算到了温哥华发发呆、看看书、逛逛街，也是好的——这是走走停停的心情。

翻了大半本《走遍全球·加拿大》，基本有了一个路线的雏形。可以从西岸到东岸；也可以在温哥华待着，一样也是岁月静好。

于是不紧不慢地，就这样出发了。

此时此刻，飞机又飞在太平洋上空。对着飞行图我又发呆——这才是辽阔的星球，广阔而深远。

2015 年 10 月 15 日　加拿大时间
从旧金山到温哥华

加拿大机场的墙饰

温哥华的机场公路，路过了一片美丽的草地

今天一天在赶路，从晨曦的旧金山到下午的温哥华。穿越了一片枫树林，到达下榻的地方。

到了下榻之地就累得不想动。和地主小群联系了以后，约好明天见。再也没力气了，昏天昏地倒时差。

醒来已是加拿大时间半夜 12 点。赶紧补记一篇游记。其实就是两首诗。

之一

飞越太平洋

我又来到旧金山
穿越太平洋的整个夜空

夜空
有一道美丽的弧线

有时候
在地球上空飞行的
某个瞬间
觉得自己那么渺小

我又在飞行
在太平洋东岸飞行
从旧金山到温哥华
是否要过一个洛基山脉？
那里红枫成林
那里绿树成荫

之二

来到枫叶国

我已经到达了枫叶国
加拿大红枫美得炫目
一路开过

一树一树的红叶

一树一树地变幻

地上落叶片片

风吹过的时候

一地金黄

一地暗红

写完诗歌，已是半夜。想起白天的美国人民还有这里的加拿大人民，都是雷锋叔叔或雷锋姑娘。一位加拿大女士，怕我不认识路，拿了纸笔帮我写好一二三四，提醒的都是路线重点。另一位年轻的姑娘干脆在机场帮我带路。这些路途中的故事，感觉非常好，如同这里的枫叶枫树，明净自然而开阔大气。

2015 年 10 月 16 日
温哥华的街头，与小群见面

早上的温哥华清冷而舒适。在温哥华街头闲逛，路上的行人匆匆。有人穿着短袖，有人穿着厚厚的外套。街头的树木点缀着城市的颜色，几丛小花就显得城市格外美丽。

中午不到就和小群见面。许多年不见，岁月依然美好。我记得第一次见她在高一，那年暑假她穿着一身蓝色衣裙，非常飘逸。

今天叙旧，聊了很多话题。然后我们就在城里逛。温哥华是个很美丽的城市，到处可见的树木和枫叶，有些黄绿，有些深红，配上辽阔的蓝天白云，我觉得非常大气而开阔。

温哥华街头，城市建筑

温哥华街头

到了温哥华之后，让人感觉吃惊的是中文在这里的重要性。中文是温哥华的第三官方语言，到哪里都可以看到中文标识。机场直接有中文指示牌，第一天从机场进市区的时候，坐在车里到处可以见到中文广告牌。最有意思的是左边是繁体中文，右边毗邻的就是简体中文。

小群带着我，坐着温哥华的地铁和公交车来到伊丽莎白公园，很安静，满眼的绿意，大片草坪，各种颜色的枫树静立其中。最喜欢的是半山腰上的餐厅，开在绿树繁花间，犹如世外桃源，还可以围炉烤火。

温哥华山上的烤火之处

温哥华的山顶餐厅：和小群在一起

就这样谈天说地的，从中午到傍晚。说起了小群在这里的移民生活，她女儿在这里读中学。小群很有见地，记得我们今天聊的最有意思一段话，大意如下：在我们这样的年龄，应该不能再看漂亮与否，没有任何意义。现在的我们应该求心安，多一件衣服少一件衣服也没有任何意义。名牌包包也没有任何意义。相反做一些小事情倒很开心：比如小群，能做一盆精致的点心，就是一件非常快乐的事情。

2015 年 10 月 17 日

现场攻略：订下了去蒙特利尔的机票

今天终于要过完了，非常辛苦的一天。

做攻略的那天通常会死很多脑细胞。看书、看各种网站、价格比较、机票、酒店，一堆杂事。还要看汇率做数学题。

终于把去蒙特利尔的机票定了，根据最优惠的价格定时间。再定最后 4 天温哥华的房间，蒙特利尔市中心满房，携程没房了，最后在 BOOKING 上抢到最后一间房间。然后要延续温哥华两天住宿，但现住饭店没房了，明天还要去前台交涉。

就这些任务花了一天时间。到现在刚收工。

温哥华美术馆门前碰到的留学生：他们除了看展览，也给美术馆做义工

还好下午出去逛了一圈，还去了当地的一个博物馆，做了一个现场采访。晚上还赶了两篇文章，一个是北京的活动，一个是南京的专栏。

突然就觉得自己溜出来是对的，工作量太大。

终于可以休息了。已近午夜，虽然离海边很近，我还没看到大海的颜色。

2015 年 10 月 18 日

在大街小巷看枫叶

今天，在大街小巷看枫叶。

温哥华之美在于秋天的各种枫叶，静到极处，落叶满街而飘。

落叶之静美，就是永恒。就这样走在大街小巷。

温哥华的街头，最喜欢的是这些红色的枫叶

满地的落叶

2015 年 10 月 19 日

在罗伯特大街闲逛，各种艺术品

温哥华街头的瓷器店

清晨，在罗伯特大街闲逛。这里的枫叶特别美，走在大街上，满街飘叶。枫树夹杂其间，煞是好看。

我闲逛到一家非常卡通的礼品店。这家礼品店的主人是一位 70 多岁的老太太。打扮得非常庄重，一丝不苟。年轻的时候应该是个美人。每天很早就来把门打开，虽然还没有客人，但是非常认真而优雅，好像是店里的国王。她笑起来也非常温暖，眼睛里又藏着岁月的痕迹。

　　这两天每天我都会到这礼品店逛逛，一来二去的，和这位老太太都有些面熟了，每次来都会笑着聊两句。我并没有买什么，只是和老太太说喜欢她们的瓷器。老太太听了很高兴，欢迎我经常去逛逛。

　　从礼品店往前走两条马路，有一家画廊，里边多为毕加索、达利等大师的原创作品。画廊的负责姑娘还和我演示了他们的成品过程。不过这些作品多为后现代超现实主义，我比较喜欢古典主义。但价格与国内比实在不能比，每一件画作的平均

温哥华街头的画廊

价格大约加元 4 位数到 5 位数，比国内的天价便宜太多。

落日之时，枫叶之畔

　　后天要去蒙特利尔，重新订了两天的房间。安顿完毕就下午了。因为离湖边很近，又出去逛了一圈。

　　沿着湖边走到了斯坦利公园。突然就有了碧云天黄叶地的意境。今天天气阴阴的，有几滴小雨。湖边很冷，有人跑步，有人穿棉衣。冬天快要来临了吧？

　　落日之时，枫叶之畔。黄昏渐起，冬日将现。

2015 年 10 月 20 日
湖边诗歌，烟波绕云逸

　　早上，在湖边看了一会儿诗歌。养成了在旅途中看书写诗的习惯，身边一池湖水。

　　在湖边散步。累了，就坐下歇脚。湖水清澈，远山白云环绕。枫叶飘落，各种颜色，像花雨一般。

温哥华的海边：烟波绕云逸

碧云天，黄叶地。烟波绕云逸。

落叶纷纷似花落，回首凝碧，此处是晨曦。

异乡客，在思旅。林间小坐枫叶城。

满眼湖光，远处山色，白云似雪意。

忽而红叶落身畔，不觉便似枫叶雨。

闲逛斯坦利公园

树与光阴

今天的主要任务是逛斯坦利公园。那里风景如画，昨天我只走了外围，来回两小时。后来同学在网上留言，她以前骑自行车花了两小时。我有点发怵，后来决定坐马车。果然决策非常正确，看到的都是最美丽的画面。

一路美景美不胜收，树木参天，而纯净透明，透过树梢可以看到蓝天。

斯坦利公园（Stanley Park），也翻译为史丹利公园，以红杉等针叶树木为主的原始森林是公园最知名的美景。公园里立着原住民所制的图腾柱，手工精细，文化气息浓厚。

今天坐的马车古色古香，据说这里的马车已有100多年历史。我们的马车夫其实是个热情而美丽的姑娘，一路为我们讲解这里的许多故事。斯坦利公园原来居住着这里的第一民族，即原来的印第安土著，所以在园内看到了很多印第安图腾。

一路最美的还是那些参天的古树，常常在阳光下散发光芒。大美无言，可以净化心灵。我常常在大树下发愣，看着阳光穿过树梢而无语。

上亿年的古树，和海边的小屋交相辉映

2015 年 10 月 21 日

从太平洋到大西洋，从温哥华到蒙特利尔

今天一天在赶路，从温哥华到蒙特利尔。

5 点闹钟响起。又是匆匆赶路的一天，从西岸到东岸，再加两三个小时，就赶上回中国的总时间了。

临时采访司机，加拿大的年轻人压力很大，报纸从收费到免费

五六点的温哥华还像在深夜。载我去机场的司机是当地人，他很健谈，问我是哪里来的。还没等我回答，他居然告诉我中国人现在很有钱，目前在富豪榜上的人数要超过美国。我说我不信，他说新闻上就是这么说的。我说这个现象并不好，因为中国两极分化很厉害，这很不公平。他对我这个观点表示赞同。然后聊到了当地的物价，非常昂贵，所以当地年轻人压力很大。许多年轻人还和父母住在一起，因为他们难以独立。这又让我吃了一惊，因为我一直认为西方的年轻人会和父母分开生活。然后我们又聊起当地的报纸，他说当地的报纸现在是免费，因为大家都不买，直接从网上看。许多报纸已经免费了，像咖啡馆那样的场所都免费送。目前的温哥华竞争很激烈，教育费用非常高，物价涨得厉害。这位司机说20年前他的第一份工作是每天早上送报纸，每天早上4点起来。那时候的报纸是收费的。但是现在的变化那么大，他们感到生活压力越来越大。现在他有3个孩子，2个女儿，1个男孩，虽然生活辛苦，但还是比较开心。

8个小时的飞机，从温哥华到蒙特利尔

温哥华机场的志愿者，
帮我解决了机票问题

温哥华的机场很现代，一切登机程序都自助机器上完成，非常方便。我在一位亚裔姑娘的帮助下，顺利换好登机牌。行李也是自动存取的，一位五六十岁的机场工作人员说：我把行李交给他就可以，工作人员会帮我们运送行李，不用等待。几分钟不到就顺利过安检，非常方便。

飞机顺利起飞。特别奇怪的是，中途在科罗纳机场转机，大家都下

了飞机。结果只有我一个留在飞机上。我很纳闷，后来乘务人员告诉我，会再有乘客上来的，叫我放心。这是中途转机飞机。

后来让人奇怪的是：这架飞机在第二个城市又降落了，居然还是中转站。我又留在飞机上了。乘务员对我说：你就跟着飞机飞一天吧。以前我觉得电影《小鬼当家》的场景是不可能发生的，怎么可能坐错航班呢？现在我觉得真有可能，这趟航班是横穿加拿大的，如果我贸然下飞机了，很有可能就走错航班了。现在只好继续我的第三站——今天真是一场飞行旅行。

第三站的飞机太奇怪了。我身边坐的是当地白人，除此之外还有各个国家的人，看到有若干印度人，还有若干穆斯林。其他的应该是当地人。有许多孩子，也有哭闹的小孩，我差点怀疑自己来错了地方，一个小小的飞机，居然像个联合国。有顽童吵闹，热闹无比。

加拿大的国内航班路线

飞机上有几位乘务员，几个白人，其中有一位是黑人。我一开始觉得他很神气，因为以前在美国芝加哥碰到一些黑人司机和服务生，一开始戒备心很重，后来觉得他们很友好，所以觉得他们应该比较阳光。但是这趟飞机上的黑人乘务员给我的感觉却与美国相反。开始的时候没感觉，因为我全程跟这趟飞机，所以看出他对这趟乘客的完全不同态度。第一趟航程基本都是温哥华的本地老外，所以他的服务很职业。第二趟也差不多。第三趟因为机上来了不同国家的人们，他的态度有了变化。对于白人乘客他依然彬彬有礼，对于其他国家的人们他开始傲慢或无视。后来有个印度小孩要找妈妈，他干脆很不客气地让小孩回到自己的座位上去。我彻底惊呆，感觉不应该如此。

飞机上不提供午餐，我和隔壁的当地白人各买了一个三明治。对我们的态度也不一样，对白人是恭敬，到我这里比较简单。我问他各种三明治味道有什么不同，他没有回答，显得很不耐烦。我随意挑了一个，结果旁边的老外也挑了一个。后来老外问我好吃不好吃，我说不好吃，如果不是饿了，我真不会去买。这位老外表示同意，他也觉得非常不好吃。就是饿了没办法。结果这位黑人乘务员的服务让我们觉得都不满意。这是不是也有一些种族歧视在里面？但是我觉得飞机上其他乘务员不这样，倒是这位乘务员显得与众不同。

前几天 Raven 在网上问我，是不是又有人惹我不高兴了？我说没有。今天这个黑人老外确实让我不高兴，惹恼的还不是我一个人。不过我暂时不和他一般见识，因为他已得罪了一群人。但加拿大有种族歧视，这是我以前完全没有料到的。难道这位乘务员想表现自己特别高人一等吗？我倒想不出所以然。

夜晚，终于到蒙特利尔。下了飞机，迎面听到蒙特利尔的第一语言居然是法语。

出了机场，一股清冷的寒风，不禁打了个冷战。这里已是冬天了。

今天
我就像坐了一趟车
从第一班车坐到了末班车
从凌晨到夜晚
从加拿大的西岸到东岸
从太平洋到大西洋

2015 年 10 月 22 日
蒙特利尔的一天

今天很闲散，刚刚还是早上，逛了方圆 5 里一圈，晒了一会儿太阳，吃了两顿中国菜，转眼就是晚上了。

中国那边正是早上，大家的一天开始了，我的一天结束了。甚至，下午我还赶了一篇稿子，在对面这座小山之下，在窗前的书桌边，就这么晒着阳光，听着呼呼的北风赶稿子。

蒙特利尔的小街，偶尔可见的红色小门，如在欧洲的小城，岁月静好

一天就这么过去了。黄昏以后，时间过得极快，转眼就天黑了。温度骤降，我围着厚厚的围巾，从头到脖子，包得像个熊一样，只露出两个眼睛。蒙城的晚上很冷，风很大，走在街头，感觉风是可以推着你走路的，一不小心就会跌倒。

但白天，这里美得安静。阳光是透明的，树木和古老的建筑交相辉映，红白相间的小屋，临街而置的花草，黄砖红墙边的阴影，古树参在其中。就这样感觉岁月静好，忘了时间。

从清晨到傍晚

清晨的街道，下着小雨。路上很安静，几乎没有行人。和热闹的温哥华相比，这里果然清冷好多。有时候我就怀疑到了法国，有时偶尔可见牵着小狗的人们，很是悠闲。这里有着浓郁的欧洲风情，街道很窄，清冷而空寂，但是几盆花草就把它变得极为美丽。

午后，我在房间休息。窗外大风呼呼，如同当年在欧洲因斯布鲁克的

光阴，在蒙特利尔的小巷

一个小客栈的那个意境：当你老了。

若是老了，这样的岁月和时光，也很好。

冬天，就是这样的意境。

窗外的大风呼啸

窗内的暖意阵阵

在这样的一个午后

并没有出去闲逛

岁月也是可以静好

我在房间里

晒着冬日的阳光

听着窗外呼呼的大风

山上的树木渐渐萧瑟

冬天就在不远的地方

谁知道傍晚的寒风这么凛冽。晚上出去觅食，居然找到一家中国餐馆吃生煎包。真是太有水平了，不禁暗自得意。但回去的时候，这里的温度骤降，我用围巾把自己围成了一个厚厚的熊。

2015 年 10 月 23 日
冬日的阳光

今天霜降，这里也是大风。

因为风大，一出门就觉得寒风凛冽。所以，这时候会躲在房间里写文章。在房间里因为避开了大风，又有暖气，反而觉得暖和。

午后在房间里，写着文章，晒着太阳就打瞌睡了，远山萧瑟而温暖，和外面的寒风刺骨相比，倒不像冬天。

蒙特利尔公寓的阳台

在冬日的阳光里醒来
在冬日的阳光里发呆
外面已是冰冻如霜

前些日子
这里刚下了第一场雪
山上的枯草已衰
阳光下的那些树木
却安静
似乎严寒与它们无关

我在冬日的阳光下
与它们隔窗而望
在冬日的阳光下发呆
在冬日的阳光下醒来

　　突然想起了冰岛。这里离冰岛应该并不远吧？查了一下地图，其实还隔着大西洋，但在地图上，冰岛属于北美板块与亚欧板块交接处，所以离蒙特利尔应该不远了。后来查了一下飞机时刻表，果然几个小时就到冰岛了。

2015 年 10 月 24 日

蒙特利尔到冰岛并不远，总有一天能走到

当我昨天查找地图的时候，异想天开地要查蒙特利尔到冰岛的距离。我记得冰岛属于欧洲板块与北美板块交界处。查了地图，果然近，甚至从冰岛至蒙特利尔，比到欧洲大陆近。地球是圆的，无论往东走还是往西走，总有一天能够走到尽头。去年我在冰岛，以为走到没了路。可我现在在加拿大，走着走着，似乎又要看到冰岛了。甚至理论上来说，冰岛到美洲大陆的格陵兰岛，比欧洲大陆都近。这次一不小心，又快走到北极圈附近。但是冰岛更寒冷，有白夜。这里还好，就是太阳下山很早。但是当我再次查阅这张地图的时候，就觉得，如果我再买张机票去冰岛，从理论上来说，也是可行的。就是没有必要了。不过以后如果有机会写小说，可以写个结尾：冰岛在望，踏着地球走了一圈。隔海相望居然是蒙特利尔。

小说可以有夸张的成分，可以这么写。游记必须真实。其实真实是这样的：去年一个人在冰岛天寒地冻得狼狈，当时觉得自己也挺了不起的。当时也觉得到了冰岛，也许是走到了北半球的尽头。不过现在看来，再飞一段就是蒙特利尔。世界很奇妙，就这样打通了。

下面的计划是：在蒙特利尔再待两天，重返温哥华。然后再从温哥华经旧金山回中国。

餐厅是个小社会

周末的早餐时间可以稍晚些。到了餐厅，已经很热闹了。这里的餐厅是自助式，也不算大，所以通常大家也不浪费地方，有时也会随意坐着。老外重视早餐，我在旅途中也养成了好好吃早餐的好习惯。有时一天就吃两顿，但早餐营养好，通常不会有问题。餐厅就是个小社会，大家都聚在这聊天。又碰到昨天在餐厅认识的那位餐厅服务老太太，她一眼就认出了我，冲我打了招呼，还给我特地端来了咖啡。我连声道谢，聊天的时候，老太太告诉我，她在这里工作，也会被排挤。有可能过几天就会有年轻人

来代替她。我只能安慰这位老太太了。坐在我对面的是个 20 多岁的姑娘，很腼腆地和我笑笑。回过头，就是两位老爷爷，他们聊得正欢。

山麓下的诗歌

清晨在山麓下散步，空气非常清新。我在国外，非常喜欢散步。或许是空气的原因，特别清新。一路可以看这里的风景，随意拍拍，都是绝美的照片。

在山麓下散步
落叶漫天
远方是萧瑟的山林与树木
近处是一地碎叶

在冬天的北极圈附近
有没有漫游的梅花鹿？

在这里写了一首诗：
蒙特利尔的小山和梅花鹿

我又异想天开了，有没有一只梅花鹿？

这里的树木深沉而浓郁，往往参天直入云霄。那些树梢就那样不经意地横亘着，透过树叶望上去就是蓝天白云。在这里，常常会在某一棵树下站着，然后就有一种深远的意境。

中世纪般的老城

下午逛老城，继续沉醉在这里蜿蜒的石子路上。远远传来的教堂钟声，中世纪般叮当的马车，常常让我觉得重回欧洲的某个古镇。最美的还是这里的枫树，金黄色的参天而立，像一把巨大的透明的伞，遮住了大半个教堂。然后飘来的是流浪艺人的琴声，那些琴声或悠扬或欢快或悲伤，在这接近北极的地方回荡。

蒙特利尔老城的音乐广场

风很大，还是呼呼地吹过。我很奇怪为什么这里温度并不低，但风一起却让人难以抵挡。有同学网上回答我：纬度高，从河口出去就是格陵兰岛，今年还是当地暖冬，否则早风雪交加了。往年 11 月，这里早就积雪过半米了。

后来在一家温暖的咖啡店避寒，随意涂鸦两首：

（一）

蒙特利尔老城

一个悠闲的下午

枫叶摇曳着时光

大树底下的蓝色多瑙河

这个流浪的艺人

慢慢地弹着老吉他

一路的花草

一路的小店

还有叮叮咚咚的马蹄声

（二）
老城即景

天
太寒冷了
和布拉格完全不同

风
肆虐地乱舞
四点以后就想逃离

但
这里最美的音乐
坐在路边墙角的姑娘
拉得一首好风琴

任凭
风怎样吹

　　天色将晚。5点以后的蒙城又狂风肆虐，好不容易打到一辆车，落荒而逃。在这样靠近北极圈的城市，5点以后就最好不要外出活动了，否则气候太寒冷。到了下榻之处，跑回房间，瞬间温暖。我甚至还自己做了一顿晚饭，还有打包回来的小食。但我也觉得很幸福了。

蒙特利尔的公寓厨房　　　自己在小厨房做的晚餐

2015 年 10 月 25 日

客栈烤火

此时此刻，一天快结束了。外边北风呼啸，非常寒冷，客栈的大厅有炭火，我就坐在一边烤火。

大厅很安静，偶尔有晚归的客人。前厅接待的小姑娘有空了，也会冲我笑笑。

蒙特利尔的最后一天

今天是在蒙特利尔的最后一天，好像过得也很悠闲，慢慢地逛完了这个城市，甚至还有时间去了超市，买了些食物，做了晚饭。

早上下雨，整个城市都是阴沉沉的，小巷全部打湿了。这样的阴雨天应该待在室内，可还是忍不住逛了一圈。路上行人很少，但花花草草还是很美，只是被风雨打过，有些凋零。在山脚散步，我隐约觉得这里是这个城市最美的地方，安静而无人打扰。

不远的地方有个超市，我去逛了一圈，买了些今天的晚饭和水果。

蒙特利尔大巴

自从发现客栈的小厨房很好用，我就决定自己动手，丰衣足食。旅途中可以自己做饭，其实很容易让人沉静，在一个城市慢慢行走，有时却也自得其乐。

回到客栈，在会客区小座。国外的公寓式客栈会有一个会客区，一个半开放的区域，大家都喜欢坐在那里聊天。也有人在那里喝咖啡。有人看书。我一般写点东西，喝点咖啡，对面有一桌人在谈公务，主题居然是中国的某些教育。我在外的时候也会无意中听别人聊天，有时喜欢和当地的老人聊天。老人是城市最有智慧和故事的人群，不是吗？外面还下着雨，我就在室内看看写写听听，是个温暖的早上。

中午随意热了点吃的，加了一些水果和牛奶，倒也对付过去。中午其实不饿，权当完成任务。

晚霞染红了天边

下午的主要任务是把没有逛完的地方都逛一遍。坐着大巴游蒙城，这是我的保留节目。从城市广场开始，唐人街与蒙特利尔老城毗邻而望，一路过去，唐人街一路饭店可见，与蒙特利尔老城一街之隔。老城中马车悠然而过，似乎悠远的时光在马蹄声中穿梭而过。再穿过大学城，一路金黄色的林荫道，长长地走了五六里，似乎时光也停驻在这一路金黄的林荫道上。

城市的最后一站是艺术馆，可惜来不及下车了。走马观花，到此一游。

最美丽的是上山公路，那里有教堂，有一路的风景。教堂、古老的石屋、一路翠黄的树木，蓝天是它们的背景。开到夕阳西下，深蓝色一片，晚霞染红了天边。

一个下午一晃而过，真是一个完美的旅程。

一个完美的旅程

晚上回到公寓，甚至还有空做了一顿晚饭。外边呼呼的寒风，我有温暖的晚饭。非常幸福。

5点多钟的时候，还在城里逛，大部分商店都关门了，只有书店还开门。我看到有许多圣诞卡，圣诞的气氛依旧浓了。

明天我就离开。此时此刻，我在烤火。真是一个完美的旅程。

当地杂志的图片：也许这才是蒙特利尔的冬天

2015 年 10 月 26 日
蒙特利尔到温哥华

今天一天在路上，从蒙特利尔到温哥华。

护照插曲

出发时有一个小插曲：

蒙特利尔机场。一望无际的天空与云层，顺利过了安检。但是今天又是一场虚惊，在出租车上找不到护照了，当时我的脑袋里有无数个绝望和反应：1. 护照忘饭店了。貌似不可能，我每天都检查的。2. 护照在别的包里。检查了身边的包都没有。3. 护照丢了。不太可能。我对护照一向仔细。4. 护照被盗。这条最有可能，但小偷干吗要我的护照？

为此我一阵冷汗，想了几条对策：1. 回饭店。找到护照，再返回机场。但基本赶不上这趟航班。这已经是最好的结果。2. 回饭店。找不到护照，然后我得找警察。3. 后面的行程全部作废。我要到蒙特利尔去找中国大使馆，否则寸步难行。4. 温哥华后续住宿和机票全部作废。不知能不能准时回国。想到这里，我就绝望。于是连忙叫司机停车，我再找找，不行就回客栈，反正去机场毫无用处。这位司机非常耐心，他一开始问我确认是不是护照在我的包里，叫我再找找。找了几次找不到，司机就说，那么打电话回饭店，问问前台，让她们帮助找一下。他把手机借给我，我打回去，和前台姑娘说明情况。我们下了高速，在路边等结果。这个时候，司机又问了我好几遍，你确认没放错地方？我说确认无误啊，我有固定放护照的地方。司机说：你确认？你最后一次见到护照在哪里？我说：好像是昨天晚上，也许是昨天下午，我检查了一下，确实无误后才出去玩的，因为害怕丢护照，所以不放在身边。司机说：那你再想想，人们的确认无疑往往是要有误差的。我突然想起来，好像昨天有一个把护照放到别处的细节，但我记忆非常模糊。司机说：你再想想。我突然想起行李箱还没找。后来跑到车子后座，找了边层的一个口袋，果然在那里！一场虚惊，但是这位雷锋叔叔真是太好了！

继续出发，一路聊天，司机告诉我：有时候我们的思维会犯习惯性错误。他一直在提醒我，但我还是没有意识到！在最后 10 分钟的时间里，这么冷静地处理这件突发事件，而且处理得这么完美。这位司机真的可以为师，他笑笑说：他是一个非常冷静的人，有一次，一位医生乘客把她的钱包落在他的车上，信用卡什么都在。但是他一直等了两小时，那位医生从医院出来的时候，还不知道自己的钱包丢了！

后来司机只多收了我 10 加元，作为等候和误车的费用。我又给了他 10 加元，表示我的谢意。我问他可以写下这个故事吗？告诉中国的朋友，他很高兴地笑了。真是个雷锋叔叔！

归程

后来的旅途就比较顺了，一路归程。加拿大西部航空公司总体有些傲慢，大概他们只愿为欧美客人服务。但最后一班飞机上，一个 20 岁出头的空姐特别活泼开朗，对每个乘客都非常好。有时还很卡通，把大家逗乐了。靠着这个姑娘的个人魅力，我们才扭转了对于加拿大西部航空公司的整体印象。

又是一路风景。连飞八九个小时，到达温哥华已是深夜。

下榻的地方风景如画，但我已经没有力气欣赏了。

2015 年 10 月 27 日
休闲的一天

今天是比较休闲的一天。

昨天飞了七八个小时，加拿大真是国土辽阔，从东岸飞回西岸，又是那么久。蒙特利尔和温哥华的时差是 3 小时，不过我已经养成了没有时间差的习惯，看到太阳升起就起来，看到月亮升起就休息。这样反而不受时差所累。

海边的树林，像一把巨大的伞

但今天还是累了。不是为了时差，而是因为飞了七八个小时，加上路上的时间。差不多近 12 个小时。

《上海壹周》停刊，纸媒式微，全世界都无奈

今天的任务就是休息。早上醒来就很晚，偶然看到几个朋友在转《上海壹周》停刊的消息。非常惊讶，这份报纸曾经是引领沪上时尚小资们的标志性报刊。2005 年的时候我有一位朋友告诉我们：某报的主编要请她写文章。这份报纸的风格是都市时尚、明星人物、海派生活方式。当年我觉得远高于真正的生活。但这份报刊的定位就是应该高于生活，引领时尚的一种生活方式。我觉得那个时代的文艺青年们应该比较推崇。

这份报纸在当年应该有一定的影响力。今天看了朋友圈，有若干朋友说：《上海壹周》停刊了。有些惊讶，纸媒式微？同类型的还有《外滩画报》等，但我觉得《外滩画报》要做得更好。不过上周我从温哥华去蒙特利尔，送我去机场的司机告诉我，当地的报纸，从 20 年前的收费到现在的免费派送，是一件无可奈何的事情。因为互联网时代，内容都可以在网上免费而得。所以，有些报纸平媒式微，落花总被雨打风吹去，有一定的道理。当年的《上海壹周》，传递的生活方式是超越生活的，而互联网的今天，传递的就是生活。这大概也是报刊式微的原因吧。这是一个时代远去的标志，有些可惜。特意记之，希望我真正喜欢的那些纸媒，一定要坚持住。经历风雨才见彩虹。

好吃的早餐，加拿大艺术美术馆

今天早餐很好吃，水果加面包营养早餐。摆盘太漂亮了——阳光又有营养。我和好友在网上开玩笑：需要专业评价一下！她笑嘻嘻地评论：我表示十分想吃！那个盛面包的餐巾折得真漂亮！我还想问她怎么折餐巾呢，可惜她在法国。

下午去美术馆，上次去过，念念不忘那里的瓷器。于是今天专程赶回，为的就是梵高和莫奈的瓷器。买好以后开始犯愁，怎么带呢？实在不行只有背回来了。

这套美丽的碟子我带回来了

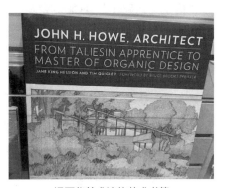
温哥华美术馆的艺术书籍

然后心满意足，在美术馆的阶梯上晒太阳：

坐在美术馆外的阶梯上

晒着暖暖的阳光

这里坐着一些无聊的艺术家

有些在发呆

有些在晒太阳

也许他们在想一些人生

也许他们就是无所事事

有些看鸽子

有些在阳光下看书
有些啃着面包

我在阳光下
身旁有着今天的收获
有一个梵高的向日葵
有一个莫奈的睡莲

从下午到晚上，逛了一大圈。做了两个采访：一个是八大洲旅游的专业人士韩国姑娘，一个是日本画家。都是随机采访。我发现可以开始做"格子·在路上"的采访专题。又欣赏美景若干，还发现了一条懒懒的大狗。

流水账

晚上继续逛继续觅食，居然找到海鲜饭。点菜水平越来越长进，点了一个意式海鲜饭，里边有牡蛎和贝壳，味道和咱们的番茄海鲜汤饭的味道很接近。今天吃饭超支了，明天去小超市吃，一则费用平衡一下，二则也须控制饮食。

晚上收到 Raven 的一篇文章，非常专业。另外云儿的诗集已经出版了。大家都很忙碌，也很有成就感。很奇妙的是，我们隔着万水千山，却依然那么相近。

今天就这样过去了，真是忙碌而又闲散的一天。

适合记流水账。而我确实也记了流水账。

2015 年 10 月 28 日
雨中的温哥华

雨中游温哥华

今天阴天，时有雨。天气阴冷，我穿上滑雪衫。

今天的主要任务是坐着大巴游温哥华。

没想到，雨中的温哥华更美丽，一切都是透明的。

一路速记，记下了温哥华的历史和景点。回去整理，就是一篇完整的温哥华。

这样的雨天，待在室内才是最好的。

晚上一直淅淅沥沥的，我在房间赶稿子。很安静，其实旅途中的雨天和风雪天都值得珍惜，往往这样的天气，如果看书或写稿，更能感觉安静的意义。

夜已深。明天最后一天，后天就是归程。

天，时有雨。天气阴冷。

2015 年 10 月 29 日

斯坦利公园的 Green Tea，张国荣曾经到过的地方

　　最后一天，和小群约好在斯坦利公园的 Green Tea 见面。原来想得很简单，Hop on Hop off 的大巴就在饭店门口，坐到斯坦利公园的英吉利海滩下车，再走几分钟的路程即可。后来在相同的时间坐错了大巴，走了另一条线路。幸好司机帮助，又把我带到距离英吉利海滩最近的一站，他告诉我步行过去即可。结果花了一个小时才走到。虽然迷路了，但风景极美，又是意外的收获。谁说意外不是收获呢？我和小群说，以后我要写一篇文章，叫作"迷路的时候，风景也很美"。

　　走到森林深处，就是一个漂亮的小木屋，在繁花绿草之间。这家餐厅非常漂亮，据说当年张国荣在加拿大的时候，经常会和友人来这里吃饭。

　　我们一人一份汤，然后两人点了一份海鲜。问服务生可以给我们两个盘子吗？服务生说当然可以。于是吃得尽兴，一点都不浪费。

临行前，小群为我送行，
约在了张国荣曾经到过的餐厅

我们的午餐　　　　　　　　　　　餐厅菜单

　　加拿大的消费较之美国高很多。温哥华的消费物价也很高。他们的消费一般要在后面加小费，一般小费在 10%—15% 之间。有时候如果觉得做数学麻烦，可以直接加小费，人均 2—3 加元或者再高一点不等。我们这顿午餐并不贵，两人加起来不超过 300 人民币。我觉得价格很公道。这么美的地方，环境那么好，服务生的服务都是那么具有艺术感。

每一个人都是少年派

　　其实今天和小群聊得更多的是曾经的一些挫折和困惑。每个人都会把各自精彩的人生呈现给大家看，但是很少会告诉你她们曾经承受了哪些压力和困惑。年轻的时候会认为：有些事情可以通过努力做到，只要努力就可以。到了一定时候就会觉得：有些事情努力也未必会有用，有些事情你一直在努力，到了一定的时候你会觉得，一点没有用。小群她们曾经事业很成功，但是有一天，发现突然失去了很多功名与事业。这些不是简单的落差，而是巨大的反差。每个人都会经历这一关，我也曾经有过巨大的落差，但是每个人都是这么过来的。在经历的时候，不会说一个字，因为别人帮不了你什么，只有靠自己才能走出来。走出来的人会更好，一切都会云淡风轻，但身在其中的人会很辛苦。无论如何，我们都会越来越好。只要不以成败论英雄，不以金钱论英雄，寻找心灵的安宁，即可。我突然想起了少年派，那个在海上一次次与老虎搏斗的少年派。每个人都是少年派，只是最辛苦的时候，大家都不会说出来。

夜雨正浓

　　又走了一个小时回到入口处。我又找不到车站了。小群又陪我走了一大段路，中途我们去星巴克找洗手间。然后又在星巴克小坐，聊起她的友人。聊到黄昏时分。夜雨骤降，在雨中等到一辆出租车，然后挥手道别。人在旅途，总有一些让你温暖的人，和一些让你感动的事情。正如这场夜雨。明天凌晨即将归程，离别也是这么自然而又应景。

　　最后一天，窗外夜雨正浓。

2015 年 10 月 30 日

从温哥华到旧金山机场，第一缕阳光

凌晨四点多，去机场。出租车内有 Wi-Fi。我在出租内又做了一些现场记录。夜雨很大，风雨兼程。飞机 6 点起飞，4 点多钟的时候，我还在路上。

今天过安检的时候不顺，机器居然读不出我的掌印。后来换了一台机器，通过了。我问他们为什么，他们说：可能机器坏了！可见有时机器也会犯错，只是实在误了太多的登机时间！

美国旧金山机场转机

8 点多到达旧金山机场，第一缕阳光洒满了机场。

一路转机。这次运气还不错，不用重新出关再安检。但一路也像走迷宫，从 1 号航站楼跑到 3 号航站楼。不过旧金山机场的指示牌做得很好，跟着走就好。累了就在旁边的椅子上坐一会儿，休息一会儿再继续。

在旧金山机场我把剩下的 60 加元换了，就换了不到 33 美元，顿时不会做数学了。在货币兑换处看了汇率牌价，觉得人民币好像跌了一点。换点美元是为了有些零钱，好歹我到了美国，不能身无分文。

我用换来的美元买了一些小食品，就所剩无几了，好歹算是到此一游。

秋日童话

正在这个时候，远在日本的同学云长发了一首秋天的童话给我，是写给孩子们的，写得真美：

在机场上看到了云长的一首小诗

秋日童话
云长

牵着你柔软的小手
走在落叶缤纷的林间
阳光斑驳地轻摇在发际
犹如梦幻公主的皇冠
在你清澈的眼中，
我看到了上帝打翻的调色板
渲染颜色的美丽妙不可言

你欢快地穿梭于树间
捡拾着散落的树果
那是小松鼠搬家时掉落的果实
要收起等到他们过冬时来找的那一天

你稚气的声音
舞动着想象的翅膀
融入了午后秋阳的温暖

并肩坐在你们身边
仰望夜空繁星满天
我问你是否看得见圆月里的玉兔
你告诉我看到了饼干
月亮的味道应该是香香甜甜

嬉笑追逐于秋樱花间
你们的笑颜与鲜花一样灿烂
日子如天马行空般飞去
沉淀做天空城堡的世外桃源
而我
这一刻
轻抚着百年老树的年轮
感谢生命的收获
多希望时光静止的魔法
能让这个秋天的童话持续永远

这才是秋天的童话啊。可惜，现在我在旧金山机场，困得快睁不开眼睛了。

还有一个小时飞机起飞。

这里有着悠久的历史
佛牙的传说从四百年前开始
有一种传说叫舍利子
有一种传说叫佛的慈悲

这里到处都是人山人海的头
有虔诚的少女手捧莲花
有慈祥的母亲怀抱孩子
有身披纱丽的老人坐在树下

而太阳和月亮的雕像
是这里永恒的神权

我们赤脚走在阳光下
最后的圣泉浇在脚上
那也是佛的庄严与洗礼

2016 年 3 月 21 日

世界那么大，你才刚刚开始

斯里兰卡，是一个美丽的佛教国家。
带着书本又出发了

斯里兰卡，也许是旅行中的第三十几个国家了。今年年初计划是亚洲的某个国家，因为诗集还没有出来，说好带着诗集去日本和云长同学相见，所以日本就推迟了。然后看着地图，最感兴趣的地方是斯里兰卡。

与我同行的是小学同学蓉儿，我从小学四年级的时候就认识她了。我们两个常常玩在一起，跳个橡皮筋，或者一起做作业。小学毕业后，我们两个书信来往，一直到大学毕业我回到上海。

后来认识的小群，是蓉儿的中学同学。都是很好的朋友。这两天小群带着女儿在美国旧金山一带游玩，蓉儿和家人请了假，我们两个约好了去斯里兰卡。

自从周游开始，每一站大家都知道。有一天蓉儿和我说："我一定要和你走一站。"我那时候五大洲都快走完了，于是我和她说："我觉得自己想去的地方都去过了，也有点不想走了。你要想出游，我陪你走一程。"蓉儿马上安慰我："世界那么大，你才刚刚开始，怎么就打算结束了？"当时我觉得真是快走完了。蓉儿同学马上纠正了我的想法，她觉得我可以一直这么走下去，走到退休，头发花白的时候。

烟花三月，斯里兰卡

于是，继续周游的梦想，再次出发。她正好有假，选择了几个城市。后来觉得日本现在樱花季，都是人，以后再去。我看了朋友们发的斯里兰卡的图片，觉得非常美，于是就定下了斯里兰卡。我又询问了刚从斯里兰卡回来不久的好友，她觉得斯里兰卡难度不大，攻略完全可以去当地做。好友们也给我发了一堆斯里兰卡的资料，但我不是计划控，也没打算按常规线路走。现场做攻略是我最喜欢做的事情，所以还是既来之则安之吧。

一直到现在，我在飞机上。随意写了两句——第二本游记，主题应该是：和朋友们在一起。去年夏天去法国看了好友，11 月去加拿大看了小群，那么在这样的一个烟花三月，我们就去斯里兰卡吧。

2016 年 3 月 22 日
科伦坡机场，凌晨现场攻略

凌晨，到达斯里兰卡首都科伦坡。出机场，一路安检、换当地货币，再订车，现场攻略。机场人员 Anura 非常热心，在我们订车的时候现场咨询，给我们推荐了后几天的行程。斯里兰卡攻略渐渐已成雏形，后面几天估计可以玩得八九不离十。今天的汇率是 100 美元兑换 14 300 卢比。顿时有底气。每人换了 100 美元，不过出租车一下花去了近 3000 卢比。出门在外，花着卢比，一掷千金，感觉很是大气。有点当年印尼的幽默。

只是夜已很深，眼睛睁不开，到了饭店，感觉晕乎乎地在飘。酒店的服务生把房间弄错了，后来在 Booking 里反复确认，证实我还是对的，前台服务人员终于答应换了房间。一直到凌晨 3：30。

外面夜已很深，窗外是印度洋的大海，不见颜色。

走马观花，佛的国度

中午打车到当地火车站。落实了后天的火车票。这里的工作人员服务很不错，一直给你很多好建议。我感觉最后两天可能要包他们的车子——前面几天先自由活动。

饭店的一位白发老爷爷司机很不错，等我们订了票以后，带着我们城市半日游。到了一个繁花似锦、绿地成荫的地方，我们让他停下，在公园里逛了很久。虽然这里是热带雨林，烈日炎炎，但是在里边逛着，却是非常安静。

我看到了一尊金色的佛像，在阳光下庄严肃穆。心中顿时虔诚，但却怎么也拍不下照片。我觉得对于佛应该心存敬畏，于是走走看看，在阳光下，在树荫下，写了一首小诗：

佛的国度，佛的小花

佛的国度

这是一个古老的公园
对面的一座古老的西班牙建筑
佛的雕像就在那里庄严肃穆
而我却敬畏
不敢按下那一幕

这是一个古老的公园

人们在那里静穆

风吹过的时候

有一些庄严和思绪

坐着当地的突突车逛集市　传说中的荷兰老医院

回到酒店后，歇了片刻。又坐着当地的突突车，去当地的市场买拖鞋。这次我少带了一双凉拖，早上经过商场，偶然看到一双普通的凉鞋要5000多卢比，贵得离谱。后来也不在意，感觉当地的市场买应该会便宜。司机告诉我们Local市场也贵，我们不相信。他叫我们按十分之一砍。结果到了那里，也没什么好看的拖鞋，我不喜欢穿夹趾拖鞋也不喜欢有跟的，结果挑了双最普通的平跟凉拖。对方居然开价6800卢比，我毫不犹豫地还到680卢比。最后砍到700卢比。这个价格乱到让人看不懂，后来告诉司机，司机说450卢比就可以了。他又说带我们去其他地方买东西，我连忙客气地拒绝了。

荷兰老医院即景

荷兰老医院的大院子

又去了传说中的荷兰老医院，《孤独星球》旅行书上推荐的，居然在不经意的逛街中碰到了。那棵古老的大树，不知道多远久的历史了。绿树白花，安静而悠远。我在树下歇脚，坐了很久，凉风习习。

夕阳落日

　　晚上在海边逛。一路领略当地风情，时不时地看到穿着黑袍或者白袍的穆斯林，还有印度人和各种人群。远处的孩子们在水里是快乐的，我在人群中穿行。夕阳很美，映红了大海。

夕阳下的落日海边
孩子们在快乐地歌唱
微微的海风轻拂
这里有穿着黑袍的伊斯兰人
有穿着白袍的穆斯林
还有穿着印度服装的老人们

远处的佛堂
安静
还有古老的荷兰老医院

这些背影都可以
慢慢模糊在夜空
只有落日在远处

曾经感动我的云霞

2016 年 3 月 23 日

科伦坡一日，带着地图去旅行

行程开始了。今天很简单，带着地图去旅行。

我在地图上圈了 4 个地方，从科伦坡一区到七区，从花园、学校到博物馆。司机是酒店的一位老人，我总觉得国外的酒店会善用老人。以前我去土耳其、雅典的时候都碰到过老人，他们的服务都极其专业。

这位名叫 Nihol 的司机昨天带着我们去火车站，下午带了我们去了一些地方。感觉服务非常好，常常超出了预定的时间也不问我们多收费用。我们都是要求主动再付他一些车费，否则过意不去。Nihol 很善意地笑笑，并不计较。

肉桂花园，时光的味道

我们去的几个地方，第一站是肉桂花园。这是著名的富人区，中产阶级聚集的地方。这里繁花似锦、绿树成荫，房子很古老，似乎透露着时光的味道。Nihol 说这里的植物和房屋已有很长很长的历史，大约 200 多年。这里还有各种植物，各种颜色各种造型。Nihol 能分辨出不同的植物，他从地上捡来一些树叶，告诉我们：有些是用来清血的，有些是用来止疼的，有些是用来做成可可的。我觉得一下子碰到了一位高人，像武侠小说里的扫地僧。

一路交谈，我们知道 Nihol 有一个非常幸福的家庭：他本人是司机，兼职是音乐艺术，他自己做过 CD；他的太太在大学教书；20 岁的女儿是当地闻名的儿童图书编辑。他还赠送了一本他女儿的书籍给我们。

科伦坡大学，又见凤凰花

第二站是科伦坡大学。这里的植物非常幽静，学生们安静地坐在树荫里。可惜不让拍主校区的图片，大概是伊斯兰的风俗。不过光影很美，听着蝉鸣也足够了。

科伦坡大学非常安静，在主校区走了一圈，常常可以看到学生带着笑容走过。年轻的时光总是让人羡慕，不分国籍。我又看到了当年看过的凤凰花，红色的花朵开在绿树间。很自然地想到了当年和莹莹、阿文她们在夏威夷看到的凤凰花。那是专属于年轻学生的毕业季——凤凰花，是一种青春的象征。

路上经过一个巨大的石佛，有数墙之高。于是停下，在佛前停驻。我非常虔诚地敬拜，但不敢拍照。总以为佛是庄严肃穆的，不敢拍照轻慢。只一两朵佛前的白花，就已足够。

斯里兰卡历史博物馆，佛国历史

第三站是斯里兰卡历史博物馆。斯里兰卡是一个佛教国家，博物馆里有许多佛龛和石雕，有一个卧佛和敦煌很相似。斯里兰卡的古代文化受印度佛教影响很深，各种石雕也代表着他们的古代文明。这里还可以见到很多中国的瓷器，有许多是郑和下西洋的时候带过来的。在斯里兰卡历史博物馆可以看到许多中国的景德镇瓷器，还有许多古钱币。斯里兰卡历史博物馆最有意思的是看到各类竹简，刻的也是文字，不过不是中国的文字，而是他们自己的文字。这些都是最珍贵的资料，可惜不让拍照片。

斯里兰卡博物馆

　　我查阅了一下斯里兰卡历史：斯里兰卡，古称"兰卡"（汉语音译楞伽）。中国古书称之为狮子国、僧伽罗国、僧诃罗国等。僧伽罗系梵语Simhala 一词的音译，意为狮子。古代阿拉伯航海家称其为"塞伦底伯"，意为"宝岛"，"锡兰"一称即由此演变而来。1972 年改称"斯里兰卡"，"斯里"为尊称，无词义，目前"锡兰"一称仍通用。

　　僧伽罗王朝时期约在公元前 5 世纪，维阇耶建立僧伽罗王朝（又称维阇耶王朝）。公元前 377 年，维阇耶的曾外孙槃陀迦阿巴耶夺得王位，建都阿努拉达普拉。他修建水库池塘，开创了僧伽罗水利文明。公元前 250 年前后，印度孔雀王朝的阿育王派其子来岛上弘扬佛教，受到王家的欢迎。至公元前 2 世纪左右，僧伽罗人放弃原有的婆罗门教信仰，接受了佛教。

　　僧伽罗语为官方语，社会上层通用英语。首都科伦坡。居民 69.3% 信奉佛教，15.5% 信奉印度教，7.6% 信奉伊斯兰教，7.5% 信奉基督教。穆斯林人口约 124 万余人，主要居住在科伦坡、普塔拉姆等地区。

伊斯兰老城区，破旧而浓郁的当地特色

　　第四站是伊斯兰老城区。非常破旧，但有浓郁的当地特色。这里基本没有游人，我们在古老的巷子里穿行，到处可见斑驳的光影投射在古老的泥墙上。有时可见迎面而过的黑袍伊斯兰女子，或者不知从哪个年代冒出的路人。我们还在路的拐角看到一个小学校，书声琅琅，我在墙下立了一会儿。但总觉得不够安全，终于没有待得太久。

斯里兰卡老城区　　　　　　　　　　老城区的壁画

晚餐的美味螃蟹，大树下的音乐

传说中的美味螃蟹

晚间终于吃到了美味螃蟹。最不喜欢做攻略，可我这同学偏要吃美食。不过关键时刻也为难不了我，逛着逛着就逛到了。昨天预定，今天尽兴而去。唯有美食与螃蟹不可辜负。

夜凉如水，有乐队在演唱。大树下的音乐，都是我们熟悉的老歌。

凉风习习，煞是安静。

2016 年 3 月 24 日

科伦坡到康提的火车

今天一天在赶路，从科伦坡到康提。计划中要坐一次火车，不过我这慢旅行碰到我那急性子的同学，只好暂时妥协一下。

我们的火车经过斯里兰卡的茶园

一早赶上了火车。还是司机 Nihol 送我们，其实酒店到火车站很近，我们定 Nihol 的车，是为了确认他能准时送我们赶上火车。斯里兰卡的火柴盒火车站很小很破旧，也没有泰国的火车那么干净。我们提早 20 分钟进站，站台上已经满满是人了。有时候可以看到站台上迎面而过的火车，红灰色的，外层雾蒙蒙的，像铺上岁月痕迹的灰尘。火车走了好几班，后来有一班比较干净的火车停下，我们随着众人上了车。车厢里乱哄哄的，乘客们来自各国。行李很重，后来有一位当地人把我的行李扛上了行李架。安顿好，突然有人拍我的肩膀，是那位当地人，递给我一张纸，原来是聋哑人，靠捐赠为生。纸上写着各国乘客的捐赠，有英国、法国、日本等。都是1000、2000卢比或10欧元、20欧元不等。我想想还是应该给他，总不能给中国人丢脸。我找了找自己的当地卢比，还有几千，就打算给他1000。蓉儿在旁边制止我，她说有可能是骗局。说给个200或500卢比就好。我没有500卢比，给了那个当地人200卢比，他摇摇头。我想算了，出门在外就当做好事了，再说行李也是人家帮助搬上去的。于是就给了1000卢比，就当看看当地的风情吧。人总要有恻隐之心，管他真的假的。一会儿火车就启动了，外面是绿草丛生的树林。

从科伦坡到康提的火车，最美的风景就是盘旋在高山上的丛林。一层层，一片片，满眼的热带绿色丛林，直入云霄。火车慢慢开入丛林，看着外面的蓝天白云，还有丛林，顿时觉得刚才的不快一扫而空。

康提的世外桃源，桃花源记

千辛万苦，到达康提。又是一路山路，我们叫了一辆当地的中巴车，几经无人可走的山野之路，坑坑洼洼，险象丛生。当我们快到绝望的时候，忽然豁然开朗，车子拐了几个路口，到了一个绿草繁花之地。

最后到达的地方，却如同世外桃源。在群山之中，山峦如聚，夕阳如画。远处的湖泊安静而唯美，像是一块碧玉。我又想到了曾经看过的一篇中篇小说《蓝月谷》。主人公在云南山区长途跋涉后，一路风尘仆仆，四处都是古老的马帮之道。但是到了最后，却到一深谷，晚上月如钩，远离尘世。

黄昏时分在湖边散步。远处孩子们的笑声散了，近处是夕阳下的水波。碧波清而幽

豁然开朗的桃花源，就在康提的山谷中

静，群山广阔而深沉。

　　真是世外桃源，不觉想起了陶渊明的《桃花源记》。真正的桃花源大概是没有的，也寻不到出口，就算找到了出口，复入谷中，也许再也找寻不到其来处。桃花源，是一个不太可能找到的地方，但是我们可以珍惜——这些寻找桃花源，并且几乎可以到达的时光。

　　此时此刻，我在天空之下。深邃的天空，远处的群山，没有星星也没有月亮，但是湖面对岸的白色伞面，如白花般在夜色中绽开。美得如同童话：

水中的倒影

美得有些不像人间

倒映在水面中的白色的伞面

就这样

如白色的睡莲

在苍穹与群山对岸

开在深邃的星空之下

静默而灿烂

2016 年 3 月 25 日
写在前面，我们需要有一种把不完美变为完美的能力

　　今天的行程是从康提到印度鲁瓦。其实这是一个错误的行程，原来我们打算到 Galla，然后待一天，直接去机场回国。但我订酒店的时候系统错误，Booking 的酒店从 Galla 跳到了班图塔。

　　直到昨天晚上去订车，才知道酒店不在 Galla 而在班图塔。当时瞬间晕倒，这属于系统误差，我定的 Galla 的酒店怎么可能跑到班图塔呢？后来才知道 Booking 犯了一个系统错误。当时我想放弃班图塔，虽然是不可逆转的预定，但是为了去 Galla 可以放弃班图塔的酒店。后来同学劝我，不用浪费房间，可以放弃 Galla 直奔班图塔。我觉得这个方法可行，于是找到酒店

的工作人员，定下今天的行程计划。

还是非常感谢酒店订房部协调 Thilanka 和司机 Sunanda。Thilanka 是一个可爱的姑娘，她听着我的计划做了一个时间表，上午玩 Kandy，下午出发去班图塔。路上十来个小时，看堵车状况。司机 Sunanda 是早上才认识的，但是非常阳光。一路服务热情周到，基本上该去的地方都去到了。他们的时间观念非常强，Sunanda 执行 Thilanka 的时间表，上午的时间表几乎分毫不差。中午我们提出要去当地的商场和超市，Sunanda 硬是从山上直接给我们开回了市内，找了一家很有当地风味的商场。服务真的没话说。

有时错误的计划也是一种礼物。人生可以不完美，但是我们需要有一种把不完美变成完美的能力。这也就是以怎样的态度来面对人生。

清晨的峡谷和桃花源

山谷之中的清晨非常安静。在那里我一直觉得身在桃源。碧波如镜，群山环绕。清晨的阳光照在山川峡谷上，我就着美景，沉思而忘返。

桃源的意义在于它的终不可及。幸好，我们有陶渊明的《桃花源记》，这便足够。这大概也就是桃花源的意义。

匆匆离开。一路泥泞小路，翻山越岭，尘土飞扬。一路坑坑洼洼，很奇怪司机怎么能开这么陡峭的小路，估计骑着自行车也是很难通过的。

康提小城，两边都两层的小楼

慢慢到达市区。一路颠簸，又开始堵车。Kandy 的堵车我们在昨天已有见识，身为斯里兰卡第二大城市，实际只是一个小城，他们的建筑多为二层小楼，土坯结构，有时也有各种图案。我觉得很像中国七八十年代或更早的城镇。虽然城小，但是堵车却厉害，昨天下午来的时候堵了一个多小时，现在又堵了很久。大概是因为城市建立在山坡之上的缘故吧？

佛牙寺：洁白的莲花

佛牙寺　　　　　　　　　　　　洁白的莲花

　　佛牙寺是康提古城最值得去的地方。佛牙寺是斯里兰卡著名的佛寺，位于康提湖畔，又称"达拉达·马利戛瓦"（Dālada Maligawa），始建于1595 年，以供奉斯里兰卡国宝释迦牟尼的牙舍利而闻名，是佛教徒的朝圣之地，香火鼎盛。

　　我们去的时候，人山人海，还要脱鞋才可以进去。有许多少女手捧莲花，她们圣洁的眼神，可以净化人们的心灵。

　　今天地面的温度应该有七八十度。赤脚走在地面上像在烤着火一般，疼痛难忍。我曾经赤足走在棉花堡，那里的地面和水流冰冷，但走完以后如神仙般舒服。这里的佛牙寺，室内阴凉，双脚在那儿并不疼痛，但一到室外就疼痛难忍，如在火山上行走，应该比在棉花堡更难以忍受。

　　赤脚走完之后，在佛牙寺的顶层，用他们的圣水浇沐双脚，终于觉得清凉而舒爽。在阳光下，我觉得那是佛的庄严与洗礼。

佛牙寺中的太阳和月亮

佛牙寺

这里有着悠久的历史
佛牙的传说从四百年前开始
有一种传说叫舍利子
有一种传说叫佛的慈悲

这里到处都是人山人海的头
有虔诚的少女手捧莲花
有慈祥的母亲怀抱孩子
有身披纱丽的老人坐在树下

而太阳和月亮的雕像
是这里永恒的神权

我们赤脚走在阳光下
最后的圣泉浇在脚上
那也是佛的庄严与洗礼

下午的山路，司机 Sunanda 友好的笑容

下午，穿过热带丛林，吃了路边的椰子汁。从清晨到傍晚，穿过一个雨林带，终于来到了一个风景如画的地方。

路上的印度光碟　　　　　　　　　　　　路边小摊

司机 Sunanda 特别阳光，一路开过各个小镇。他总是微笑着，我们问他一些问题，有时请他停下，帮助我们买水果，或者帮助我们找一些当地土特产。他不管路上辛苦，一直笑得灿烂。一路 8 个小时的车程，他始终微笑，彬彬有礼。

离别的时候，大家也互道再见。他又要开 5 个小时的夜路赶回康提，我们让他路上小心。再见，一路平安！

夜晚，海边的二首诗歌

傍晚时分终于到达海边。一路奔波，累得不想动了。晚上的海浪拍岸，就这样在海边，听着大海的声音，写下两首诗：

（一）

我在海边

听着海浪的声音

这边的大海没有灯光
但我在菩提树下
可以看到自己的影子
投映在树影间

万籁俱寂的夜晚
可以听见大海的声音
还有耳边的虫鸣

（二）

碧海听潮，天地间，却见万卷残云。
银浪逐雪，烟波踏雾。惊涛如回眸。

2016 年 3 月 26 日

海边，悠长假期

今天终于感觉有点像悠长假期了。昨晚到达的时候，看到那片蔚蓝的大海，我觉得再也走不动了。我和同学说：今天绝对不去任何景点，我要好好休息一天。

夕阳与椰林

就这样，听着大海的声音，感觉到时空的深邃。海浪拍打着沙滩，在菩提树下的月影，气势宏伟，意境唯美。

离海很近，听了一夜的海风和浪涛，很有东坡先生大江东去，卷起千堆雪的意境。

早上醒来，一眼望去，就是一望无际的大海。

若不是长途辛苦的跋涉，便有如此的美景给你，也不会真正体会其中的意境。这大概就是旅行的意义。

可惜晚上就要离开。

尾声，归程

傍晚开始便是归程。路上沿着海边公路而行，一幕幕的美景，黄昏海岸，椰树参天，紫红暗红的晚霞，一直到海天尽头。

归程

路上的一个小时车程，绝美而壮阔。写不出这样的美丽，只有记在心里了。

此时此刻，我们坐在候机室内。突然发现，我们一周前下飞机的地方，便在此处。10 分钟之前，又下了一拨客人，大概是和我们相同的航班，同样时间到达此处。一个星期之前，同样时间我下飞机，很好奇地看着玻璃窗内候机室里的人们。现在，我在候机室内，在同样的地方，看着窗外到达的人们。只是，一个在窗外，一个在窗内。如此而已。

我想起了《大话西游》，菠萝菠萝蜜。

冰山之湖泊兮，沐浴之阳光兮。

今朝不知何处兮，独怅然而彷徨。

蓦然见青山崔巍兮，悠然而沉醉兮。

天鹅悠然而湖上兮，世事纷然而遗忘兮。

2016 年 6 月 15 日
浦东机场·深夜

此时此刻，我在 79 号登机处等候登机。

这一次，偷懒了，因为欧洲去过多次，游记随意，大多数只是用诗记录。

我想去布鲁塞尔的广场逛逛，看看那个烤火喝咖啡的火炉还在不在？

给爸爸打了电话。爸爸说他买了杨梅，很好吃的样子。

然后，我就登机了。

就这样，开始了行程。

2016 年 6 月 19 日
马斯特里赫特大学：金色的夕阳

阿姆斯特丹的清晨

上午和表妹一杺在阿姆斯特丹碰头见面，她还在马斯特里赫特大学攻读法律硕士专业。暑假没有回上海，我们约在阿姆斯特丹，逛了梵高博物馆和阿姆斯特丹的大街小巷。然后，受她妈妈所托，我跟着她回到马斯特里赫特大学，看看她学习的地方。

马斯特里赫特是一座很安静的小镇。街上行人很少，整个学校就坐落在小镇里，沿着一条缓缓的河流，就可以从学校的宿舍区走到教学区，但丝毫不觉得身在学校的围墙之中。在那里，你只会觉得沿着欧洲古老的石子小路，慢慢地走一条很长很长的路——仿佛回到了几百年前的欧洲小镇。

6月的欧洲，清凉，穿着薄薄的外套。走在马斯特里赫特大学的小巷，可以看到河对岸的夕阳慢慢升起。整个古城像染了一层金色的光芒，与远处的河流融成了一片。

就这样，慢慢穿过一个古老的石桥，走到了教学区一带的小路。也是蜿蜒曲折，一路绿草繁花点缀其间，偶然也见落花阵阵。

马斯特里赫特大学的小路和落花

落花
古城朝露径，小径幽绿深。
却见落花地，不知思绪纷。

2016 年 6 月 20 日
布鲁塞尔机场，持枪的大兵

我们到达布鲁塞尔机场的时候——外围有巡警执枪执勤，感觉确实有冷战的气氛。不过如果询问他们有关航班或出租车的事情，这些士兵还是很客气。他们还是笑容满面地回答你的各种问题，你丝毫不会感到有任何冷战的气氛。

只不过这样的出行，到底有些冷幽默。

从布鲁塞尔机场转机

2016 年 6 月 21 日
哈尔施塔特，冰蓝的湖泊

哈尔施塔特，依然出尘

我们一路飞机火车，赶到哈尔施塔特。湖水还是一片冰蓝，让人忘却尘世，不知今夕何夕。

冰山之湖泊兮，沐浴之阳光兮。

今朝不知何处兮，独怅然而彷徨。

蓦然见青山崔巍兮，悠然而沉醉兮。

天鹅悠然而湖上兮，世事纷然而遗忘兮。

2016 年 6 月 23 日

哈尔施塔特，最美的瞬间

在哈尔施塔特待了两天，即将离开。我在船码头之前的咖啡座前小坐，等候小船过来。这家古老的咖啡店，正是我两年之前第一次冬天到过的地方。那时候的哈尔施塔特，人烟稀少，美得像仙境。如今游人渐多，我有一些愧疚，我曾经写过一组哈尔施塔特的游记。有时候最美的风景不必写出来，否则一不小心就成了人山人海的景点。

清晨的哈尔施塔特，小镇中心

马上要离开了

我在古老的船坞前

我在这家古老的咖啡店

看着湖面上

泛起的粼粼波光

看着路上骑着自行车的路人
看看这家二楼的花屋和小阳台
还有 身后的钟声响起
雪山在望

2016 年 6 月 24 日
萨尔茨堡的诗歌

在萨尔茨堡山脚下，赋诗四首，摘录二首：

哈尔施塔特：美丽的天鹅

天鹅

在冰蓝和灰绿的湖面上
他们自在地漂流
在冰蓝和灰绿的湖面上
他们自在地忧伤

萨尔茨堡：震撼的古堡和城墙

萨尔茨堡的山脚

在山脚下思绪如飞

萨尔茨堡
山脚之下
古堡与飞鸟
互映
山石与绿荫
齐辉

教堂钟声阵阵
时光回溯
回溯到二战时期的古堡
雪绒花
慢慢飘过

2016 年 6 月 25 日

穿行在阿尔卑斯山脉的列车

从萨尔茨堡到苏黎世，我们选择了欧洲黄金线路的火车，列车在阿尔卑斯山脉穿行，山上白云朵朵，雪山片片。

列车在阿尔卑斯山脉穿行
远处的雪山和云朵
近处的丛林与山石
还有绿色森林中的红房子
雪山而下的湖泊
化成了晶莹的水

2016 年 6 月 26 日

苏黎世的雨

雨中的瑞士：山坡上的童话小屋

瑞士苏黎世，我们下榻之地在山坡上。这两天一直下着淅淅沥沥的雨，山坡上空气清新，推了窗，一片绿意。

无题

苏城向晚骤雨清，客舍清新山麓音。

羌笛已远故乡意，听雨似是雪山吟。

也似西湖绿荫浓，却如瑞士雪意凝。

忽而大雨又纷纷，便如霰雪飞半生。

2016 年 6 月 27 日

最后一天闲逛苏黎世，也许这里是世界上消费最高的地方

苏黎世的街道

最后一天的闲逛苏黎世。最后我还要留 65 瑞士法郎打车。瑞士真是寸土寸金，消费贵得很难承受，我这两三天也没怎么吃 100 瑞士法郎就没了，平均一杯咖啡 5 瑞士法郎，一杯水也要 5 瑞士法郎，一个沙拉 15 瑞士法郎左右，甜品 10 瑞士法郎左右，正餐主菜 30 瑞士法郎左右。我在这里没怎么敢点，每餐希望控制在 30 瑞士法郎之内。但根本吃不饱。这里的人工确实贵，是西欧的两倍，中欧的 3 倍。但公共交通还算便宜，一天 24 小时的交通通票 8.6 瑞士法郎。

我在瑞士，第一次感觉，一日三餐每顿都要好好算计。这在其他任何国家是没有的事。

以此恩格尔系数证明，瑞士也许真的是世界上消费最高的国家。

2016 年 6 月 27 日

瑞士山顶的诗歌

最后一天，在瑞士山顶，吹风看草，看雪山。

瑞士山顶

应怜幽草此山中，雪湖远隔云崖深。

黄昏几点红屋影，芳草天涯鸟啼音。

绿树白花

绿树白花间，坐看两不厌。

百鸟林深处，朝云日暮寒。

禅意

晨钟惊飞鸟，绿树隔山间。

不记世间事，欲说已忘言。

最后一天的瑞士山顶

瑞士山间，门前小坐

2016 年 6 月 30 日
回到上海：世界依然美好

归程的伊斯坦布尔机场

真是山间一日，世上已千年。

今年暑假最火的大概是世界杯，我这半月在欧洲，也在路上的小咖啡店瞄过几眼欧洲杯，但是我压根儿不知道支持谁。后来我就看欧洲的山山水水去了。

英国打算脱欧了，据说英国人民也挺生气。但是世上没有后悔药，如果离开了，就要真的离开了。

在英国的林林，这个从来不问政治的表妹也表示郁闷。因为天下大事和她无关，但是英国脱欧后，英国房价要涨了，她们原来打算买新房子，可能要搁浅了。

"怎么没有关系呢？连小孩子们都在吵架。"弟弟才十来岁，放学回家路上和他的同学在辩论。当然，小孩子对于英国的态度，取决于他们家长以及自身在学校的态度。

我糊里糊涂地听着这些事情。

但好像和我没什么关系。

瑞士的山脉那么空旷，在山顶，一切是那么空旷而与世无争。

奥地利的草地那样碧绿，空气中都是青草的味道。

还有荷兰，那个签订《马斯特里赫特条约》的地方，竟然是个小镇，精致幽美而忘却世间烦恼。那里有一个和剑桥差不多的大学，傍晚散步，偶尔可以看到有几个学生，在小镇上来来回回。

还有许多缥缈的景色，惊鸿一瞥。

这次出去，我并没有写现场游记，也没有发朋友圈。只是安安静静地在路上走，用心体会着这里的山水。

就这样，就很满足了。

但是，这次出去，确实觉得欧洲寂寥：我在布鲁塞尔转机的时候，看到持枪的大兵在机场里走来走去；在荷兰某个小城转车的时候，看到铁路线上甚至是冷清，到处是开工的机器哄哄乱鸣。也许欧洲经济真的不景气，工地那么多，许多地方在重建。但是到了奥地利和瑞士，还是觉得生活美好。但是哈尔施塔特已经不是当年那个与世隔绝的地方了，它的游人渐渐多了起来，到底让我失望。

瑞士没有让我失望，但它的物价奇贵无比。我在那里待了三四天，不敢随意吃饭。吃饭也是天价，是欧洲其他城市的两到三倍。

但是当你到达苏黎世山的山顶，看到一望无际的草地，远处的雪山，还有远处山脚下的苏黎世河，觉得一切的辛苦都是值得的。

早上还看到一条新闻：6月28日伊斯坦布尔机场爆炸；而在那时，我正在多哈机场转机回国。

真是说不出的世界。但就算这样，世界依然美好。

清冷的日本

温暖的人情

从大阪到京都
从京都到东京

清水寺的雨
鸭川河的云

有一些友情
有一些唐风
有一些诗意

2017 年 10 月 25 日

清冷，第一眼的日本

日本大阪机场

刚下飞机，扑面而来的是空旷的云朵和清冽的寒风。

第一感觉是：日本国，清冷。

初到大阪

飞了两个多小时，就到大阪了。

一早赶到浦东国际机场，下午近一点出发。一路昏睡，醒来三点多就到了大阪机场。感觉没出国门一样。

不过下了飞机，就是一股清冷的寒风，一下子清醒了不少。

机场天空的云朵红层晕染，大片压近地面。空旷而大气。

日本机场简约而朴素，但非常干净。一尘不染，地面干净得能照出人影。

今天的汇率是 15.31，我暂时还不知道怎么算。钱一把一把花出去了，从机场到市区巴士 1000 多日元，一瓶水 180 日元，两日游套票 3300 日元，我还不知道具体折合人民币是多少。

总觉得日元很阔气，动辄几千几千，但是折合人民币大概乘以 0.06。刚入境暂时没有什么大感觉，我不懂日语，这里的服务人员基本可以说中文。

原来想坐地铁或打车去市区，但打车太贵，要 15 000 日元左右；地铁要从一个航班楼换到另一个航班楼还要转车。第三种方法是：有一个机场大巴可以去酒店，不过要等到 18：40。昨天同学云长还特意给我留言，这种方法应该是最好的。我到了机场又询问了机场工作人员，她们也觉得我坐 18：40 去酒店的班车是最佳选择。

日本机场的工作人员真是细致专业，她们一点都不觉得麻烦，用地图画了 3 种路线，告诉我各种交通方法的利弊，然后她们帮我选择了一个最佳方案。

昨天晚上还在做攻略，很晚了在网上碰到同寝室的大学同学。我们随意聊起来，说到一些旅行中的琐事，我觉得旅行中出点小差错是常有的事，不用怕犯错，人人都按正确答案旅行多没意思。旅行的精彩之处就是各种不同点，而这些不同点正是由每个人的性格、处事方式以及一些突发事件衍生而出的。所以我在旅行中通常会有两三种方案，有时候就做个选择题，有时候也可能不用原来的方案，到了当地就随遇而安了。

现在离开车时间还有 20 分钟，我在 7-11 买了一杯热饮，正好又写了一段游记。等待的时间就这么打发过去了。

日本计划是全球计划倒数第二站

日本计划是一个月之前定的，也是旅游大计划的倒数第二站。我总觉得日本太近，可以随时去，不知不觉走了一大圈了，日本一次没去过。所以要去看一看，这个毗邻而居的国家，是否如书中描写的那样？有一个好友曾和我说过：去日本，看唐朝，不知道是否是真？

我有一位好友很喜欢日本，她是读中文系的，游记中的文字绝美。我在她的文字中读出了中国古典美学的意境。几年前我看到她的文字就心生向往，但日本之行总是一次又一次地延期。不知怎的，我内心深处对于日本总有抵触情绪，总觉得不想去日本，就这么拖着拖着，再这么拖下去南美都要提上日程了，我决定有时间把日本走了，否则我的旅行大计划总有一些遗憾。

日本街头

日本街头的美食

安顿下来已经快晚上 8：30 了。我才发现今天一路奔波，都没怎么吃东西。日本的天气清冷，感觉已是深秋初冬。在机场喝了一杯热饮，感觉非常温暖。

安顿好后，饥肠辘辘，准备出去觅食。日本的大街也是繁灯闪烁，到处都有小巷，慢慢地走进去，就有古朴的味道。他们的建筑有些唐风，信步推门进去，就是美食。

晚餐是海鱼泡饭，我很诧异日本能把一碗简单的饭菜做成一件艺术品。看到那么精致的碗碟和饭菜，我就不忍心下筷，总觉得暴殄天物了。也许这就是日本文化吧，一件最普通的事情做到极致，就是艺术。

其实晚上我很想吃一碗拉面，因为热气腾腾的感觉很温暖。可惜没找到，用泡饭充数了。

然后走出小小的日食店，一路吹着风，在两边都是阔叶树的林荫道上行走。晚风吹过，如同走在一个中古朝代。

2017 年 10 月 26 日

见到云长，跟着云长游大阪

好友云长

今天最高兴的事情莫过于见到云长。云长是大学同学，大学毕业不久就来到日本，后来就在日本定居。几年之前她回国路经上海，记得有天晚上商店都关门了，我们几个同学在南方商城的露天石凳上，手中捧着咖啡，在路灯下聊天。这感觉和校园时代差不多，没地方可去了，就随意找个地方坐着。

今天和云长又聊起当时情况，大家也奇怪为什么聊到那么晚。然后又说起一些近况，和云长开始了今天的行程。

一路乘坐各种地铁，参观了大阪今昔生活馆、日本画家船本清司水彩画展览，还有传说中的古大阪城。今天最有意思的是在大阪城坐小火车，在绿意犹然即将泛黄的树叶和蓝天白云的映衬中，大阪城的历史和古迹就这样清晰起来。

大阪今昔生活馆，穿越时空体验江户时代大阪风情

　　大阪今昔生活馆，是江户时代的大阪老街风情体验馆。在展览馆中，按照天保年间（19世纪30年代）的生活原貌，再现当年的大阪老街，各行各业一应俱全，仿真效果令人惊叹。

　　老街的木大门从早上6点到晚上10点开放，晚上10点以后就紧闭了。一天的生活开始，老街两旁，各种店铺林立，从杂货铺到药店，从米店到服装店，还有店铺后面的生活区域，反映着江户时代最平常的老街生活。大街主街道旁有小巷可以穿行，穿过去就可以见到寻常人家的会客厅、起居室还有书画室兼后面的庭院。庭院通常是借景，两三棵树木，古朴而拙雅。

　　厨房通常在穿堂中，有大灶有小灶。古井在街坊后面，几户人家共用。

　　置身于生活馆，短短一个多小时，你能感受到几次白天和黑夜的交错，有时有闪电雷鸣，有时白天，有时夜灯变起来了。你还可以听到孩子的哭声。有时会感到外面在下雨了。

　　小小的古大阪街道，穿越时空，让人感受江户时代风情。

大阪今昔生活馆门票　　　　　　　　今昔生活馆仿真展览

日本画家船本清司水彩画展览，巧遇画家夫妇

今天有个意外收获，是我们从今昔生活馆出来后，正巧楼下有一个美术展览尚在布置中，还没开馆。我们只是路过，见有画展就好奇地进去了。门口的一位女主人也没拦着我们，很友好地表示可以随处看看。

一路看过去，展出的水彩画很是清雅。有一些作品的用色很接近梵高。我和云长边看边觉得不错，后来出去的时候云长用日语和门口的女士聊天，突然告诉我，画家船本正在角落那边亲自布展。我吃了一惊，后来云长又和那位女士聊天，又告诉我原来那位女士是这位画家的夫人，而她本人也有作品参展。我一下子很好奇，请云长做翻译，问了那位女士很多问题。

日本画家船本清司水彩画展览，巧遇画家夫妇

原来他们真是船本清司夫妇，他们的画展明天才开始。船本先生的画作以绿色的意识流为主题，而他的夫人却是善工笔，画的樱花温暖而宜人，还有一些动物栩栩如生。她还用自己亲自烧制的原材料，做成了一件件精美的工艺品。

这对画家夫妇非常平易近人。他们对于布展的工人都非常谦逊和蔼，让人觉得肃然起敬。

小火车游大阪城

大阪城，浓缩了日本的历史

今天最有意思的旅程莫过于大阪城。这是大阪最精华的景点，浓缩了日本幕府时代的历史。

在绿意即将泛黄的树叶和蓝天白云的映衬中，大阪城的历史和古迹就这样清晰起来。这里原来是日本幕府时期，丰臣秀吉为了抵御外敌建立政权而造，后来又经德川家康时代巩固。这些城墙都有几百年的历史，但是大阪城是日本历史的一个谜，因为有许多人想知道，大阪城究竟是丰臣秀吉建造，还是德川家康建造？还是两者兼而有之？

丰臣秀吉已经是日本历史上的一个传奇，从一个贫困人家的孩子，到织田信长的亲信，再到新权力的首领，日本民间到处有着关于他的各种传说和演绎故事。

德川家康是丰臣秀吉的干将，后取而代之而建立德川幕府。从而开启了日本的幕府时代。丰臣秀吉和德川家康在日本历史上的地位举足轻重，而他们的故事的发源地，就是这里的大阪城。

而在夕阳里的大阪城，巍然耸立，上面是高高的城墙，下面是古老的石块。夕阳西下，在落日的余晖中肃然屹立。

2017 年 10 月 27 日

在日本坐地铁，穿梭游览城市

日本的地铁四通八达，打车却奇贵无比。所以坐地铁、电车出行是最好的选择。一般来说日本的地铁有各种颜色标注，要去一个地方，可以先找到那个地方，然后找到自己的所在位置，找到相应的颜色路线找到车号即可出行。

下午的游程是去中之岛坐船，要去淀屋桥站水上码头。我原以为可以免费坐船，因为包含在两天的通行票中。但去了以后才知道还是要收费的，因为只有淡季才可以免费。不过可以用两日通票的打折券，来回 1000 日元。原价 1700 日元，也很不错了。

这里的人们都很友善，问路的时候，一位日本绅士干脆带我找到出口，也不等我道谢就匆匆离开；买票的时候，日本姑娘不太懂英语，当我提出一堆疑问时不知道怎么解释，后来看着说明书指给我看。我看了知道淡季 11 月到 2 月免费，和她确认后她很高兴地点头。最后确认了打折价格，那位姑娘用笨重的计算机打出大大的数字和我确认。在日本，语言有一点点障碍。

从水上巴士到空中花园

从水上巴士到空中花园，今天来回坐地铁，把两日通票的精华景点都完成了。

我在淀屋桥站坐上了水上巴士，这是一种在水上穿梭的小游轮，因为停靠的是几个大阪最经典的旅游景点，所以被称为是水上巴士。甚至经过昨天的大阪城，只是水上看到的风景和山上看到的风景，完全不一样。

从水上巴士下来，又去了梅田地区的蓝天大厦。那里有个 39 楼的空中花园，可以与上海的金茂大厦相比，感觉虽不如金茂高，但是自有特点。经过自动楼梯与直达楼梯的变换，到了 39 楼圆形空中花园，真是眼前一亮。蓝天白云就在面前，脚下可以看到整个城市的风貌。在空中花园的时候我觉得体力已经透支了，脚跟隐隐作痛，于是就在空中花园找了地方歇脚看风景，有飞机从眼前飞过，有地铁在脚下缓缓移动：

> 这是大阪梅田的空中花园
> 三十九层的屋顶
> 整个城市在极目远眺的远处
> 跨海大桥便在脚下
> 脚下缓缓而行的电车经过

我正觉得脚疼，就看到我们老六同学在网上评论区笑话我：我记得昨天某人说脚后跟隐隐作痛，今天打算好好歇歇的！

这个怪我自己，是我自己要出去逛的！

去云长家做客

晚上，去云长家做客。云长带着两个孩子到地铁来接我，在花店见面的时候，觉得很温馨。

云长告诉我，许多日本家庭都有两个孩子，这样带孩子很常见。还有3个孩子的，手上抱一个，一边再带一个。

一到家里，顿时温暖。云长一边做菜，一边和我聊天，同时还要照顾到两个小朋友。我现学现卖给小朋友们读起了中文儿童读物。云长每年回国都会买上一箱中文读物给孩子们寄回来，就是怕孩子们忘了中文。

今晚我住在她们家的小房间，非常温馨。我觉得云长可以开个小客栈，但是又要增加工作量了！

终于写完了今天的游记。夜已很深。

2017 年 10 月 28 日
雨中游京都

从大阪到京都，乘坐阪急快速列车，一个多小时就到了。

云长以和我一起短途旅游的名义，把我从大阪送到京都。一路上看着雨中的景色，不觉就到了京都。我总有种错觉，就好像在上海坐地铁，并没有走出这个城市。大阪与京都之间的距离，半个小时的车程就到了。

早上 10 点多就到了京都，出站就是大雨。昨天还是有些夏天的感觉，今天一下午暖还寒，淅淅沥沥下起雨来。

具有唐风的街道

京都的小巷有些古风，阡陌纵横。我们两个撑着伞，拉着行李，走了一段路，问了几个专业人员，居然在淅淅沥沥的雨中，步行找到了酒店。

这是京都给我的第一感觉，地方很小，雨中微寒，拖着行李撑伞闲逛的旅人，豁然开朗的客栈。有一杯热茶更好，可惜没有喝到。

因为下午才到入住时间，所以我们存了行李就开始今天的京都之行。

一路沿着小路闲逛，发现路口有个免费的书画展，进去一看，书画作品比较简单，但是古老的二层楼阁可以参观，倒是看出一些阁楼的古意。

　　然后开始京都的游程。京都最适合的游玩方式是乘大巴，所有景点大巴都可以到，出租车反而不方便，因为经常堵车。许多国外游客也选择大巴旅行，因为很方便，几乎每站都有景点。

　　秋雨就这么延绵不断。深秋时节，京都的枫叶慢慢由绿转红。远处的红叶总有一些晕染在绿叶中，雨滴从树叶中落下，有些深秋寂寥而又肃穆的意境。林间的石子小路、参天的树林红叶，远处的寺庙是京都秋天常见的，有一些秋雨就更见意境。

　　下午去了金阁寺和龙安寺，感觉京都到处是寺庙，树林、枫叶与远处的寺庙互相映衬，雨中格外幽静。京都因为这些寺庙而古老，在雨中慢行，每一片叶子都是具有生命的。金阁寺有些华丽，以其金色的外形而著名，但是龙安寺却别有一番禅意。进入大殿，迎面而来的是苍劲的书法，占了整整半堵墙面，上面狂草古朴，内容却是来自中国陶渊明的诗歌：结庐在人境，而无车马喧。整整一首诗在墙上，最后一句是：此中有真意，欲辨已忘言。我当时看到大惊，日本怎么会有这样中国田园风味的寺庙？

　　进得大殿中央便是正殿，正殿中间空旷无物，一排歇山式屋檐，正好一片秋雨，一排排雨帘细细密密而下，感觉就是诗中画中的意境。雨帘之前就是一个名曰石庐的院子，有几块大小不一的石头，无一树一木，只有廊下一排石子。但是我们坐在下着雨的长廊木阶梯上，看着眼前的雨，听着脚下石子的声音，突然之间心里就安静了，什么也不想，犹如眼前空空无物。后来云长和我说话，我好像没有听见，好像只有雨水敲打着石子的声音。我真的觉得很奇怪，难道就是这场秋雨，让人感到了这片石庐的意境？听雨也是一种人生的境界，禅宗和中国诗词的境界，似乎就在其中。

　　然后我觉得有些寒冷，雨下个不停，如果有杯热茶解渴御寒就好了。但是此时无茶，我们走到院后，却见林中有一山井取水处，有一竹筒放置其间。只见石碑文字解释：知足常乐，人生便可少了很多烦恼。云长解释：茶道精神也就是这个道理。

　　时将傍晚，便觉秋雨更大。但更见龙安寺的意境。

　　晚上匆匆赶到城里，路上还碰到一个问路的老外，在找地铁车站。云长给她指路，我和她聊天。总觉得这样的场景很是熟悉，因为我在国外旅行的时候，常常没有方向感，问路也是很常见的场景。我们给予别人帮助的时候，同样也知道，当我们需要帮助的时候，也会有好心人来帮助我们。

　　还是一路大雨。晚上六七点钟的时候到了鸭川附近，逛了那里的几条小巷。京都的小巷感觉很古老，虽然下着夜雨，但沿街的红色灯笼和黑色的招牌酒旗会让人觉得温暖，能让人有些回到中国唐朝的感觉。鸭川河在雨中很安静，虽然远处的沿街行人川流不息。

2017 年 10 月 29 日
雨中的清水寺

　　与云长一起吃过早餐后，匆匆道别。她回大阪，我继续京都的行程。这几天我们一直在聊天，记得昨天说了一些各自的感想，我说了一句：走了那么多地方，好像没有一个地方可以超过杭州。云长深以为然。

　　然后云长送我到了大巴站，匆匆告别后就跳上一辆大巴，继续今天的行程。

清水寺

　　清水寺位于京都东部音羽山的山腰，始建于 778 年，是京都最古老的寺院，曾数次被烧毁并重建，后于 1994 年被列入世界文化遗产名录。

　　大雨，清水寺在高山之间，需拾级而上。第一眼见到清水寺的时候，有些惊艳：山间红叶与寺庙互相掩映，在雨水中透彻清新。

　　下山的时候一条绝美的林间小路。一路下去，看满山红叶。山脚处发现一个茶室可以歇脚。据说这里的抹茶是当地特色，可以浅尝一下。

三十三间堂

三十三间堂

　　雨中的三十三间堂。其建筑为唐代风格，古朴大气。里边供奉着1000个观音像。

　　三十三间堂（Sanjusangendo）是日本古建筑，位于今京都市东山区七条，为日本天台宗寺院。以供奉1000尊观音雕像，闻名于日本。为莲华王院的正殿，日本国宝，京都最精彩的寺院建筑。主建筑物呈长方形，长度达60米，因建筑物内有33个以梁柱隔开的空间而得名。

　　三十三间堂建于公元1164年，共建有33间殿堂，供奉着1000座观音。

从三十三间堂到银阁寺

　　从下午到傍晚，倾盆大雨。我怀疑天气预报是不是弄错了，明天的台风提前来到。

　　在清水寺下的一条小街稍做休息后，雨越下越大，撑着伞都觉得大雨倾泻。幸好清水寺下的车辆很多，跳上一辆大巴往前坐几站就是三十三间堂。

三十三间堂外观呈古建筑，为日本国宝，里边供奉 1000 座观音像。建筑尤为宏观，远望去颇有唐风。雨下得很大，后面的一排回廊远望去一片雨帘，溅起在石子路上，非常幽静而又壮阔。

三十三间堂里各种佛像和千手观音，应该是从印度和中国西域传入。不过没有中文参考书可买，所以暂时没有找到历史考证。

从三十三间堂出来，雨下得更大。对面是京都博物馆，但我想先去银阁寺，因为如果明天台风，或许我可以去博物馆待一天。但是寻找大巴的时候有了些难度，我先按照原路线向前坐了两站，后来司机告诉我不对，我又跳下车问了站台人员，结果跳上一辆相反方向的车，方向应该是银阁寺。

银阁寺在京都的东北角，坐着大巴要半个多小时的时间。一路开向郊外，慢慢开到山上。我一开始以为就几站，问了一圈，后来给我正确答案的是两位来自澳大利亚的老外。我干脆就跟在她们后面，后来偶然看到大银幕上有指示牌，于是跟着引导到了银阁寺山道。

哲学小道

一路还是下雨，从山道穿过一条小街就来到银阁寺，寺前树木参天，流水潺潺。进入其间，只觉寺阁秀丽，与金阁寺相比顿时少了许多华丽之气。寺前也是红叶依稀可见，竹桥流水，颇有中国园林之秀气。不过与中国园林相比，似乎小巧了些，也是曲径通幽，还有小山可登，但到底是袖珍版的。

从银阁寺下来，旁边就是哲学小道，也是傍溪而建，旁边流水潺潺。一旁枫叶连天，一路流水的声音，山间顿时安静起来。在这样的小道上走路，很容易忘记时间，据说有很多日本哲人在此散过步。我在流水边撑着伞，慢慢地从黄昏走到天色将暗。

第一次在日本打车

一路还是下雨，渐渐成了微雨。我在小路的出口找不到来时的路，于是向路边小店的一位店主姑娘问路。她看了地图告诉我，到山下的大巴站去坐一辆 203 路回市区。我很高兴地谢了她，觉得自己一定可以找到回去的路。但是穿过一条下山的路，突然发现天色已黑，完全看不见四周的路。

无奈间，只好等人问，但四周已黑得快看不见路人。好不容易等来一位路人，因为语言不通，他也说不清楚车站在哪里。无奈间我也谢了他，当机立断打车回市区。过了几分钟终于有辆车从山上开下，我忙招手拦下，终于看到了希望。

打车费用 2000 日元，这是我第一次在日本打车。果然如传说中的昂贵，但是没有办法，突发事件不可控，就当意外费用吧。

终于安全回到饭店，夜已很深。

2017 年 10 月 30 日
清晨·乌丸街道

早上，在乌丸街头闲逛。这里的建筑很古朴，简单的小巷，随处都可以看到乌木结构的老房子，有些成了客栈，有些变成了路边的咖啡店，或者日式料理店，有些变成了精致的礼品店。但是这些老房子不显山不露水，旧时堂前燕，就在寻常巷陌中。

不知怎的，我想到了中国的一首诗：旧时王谢堂前燕，飞入寻常百姓家。

是不是乌丸街道，也是考证了中国的古诗乌衣巷才建成的呢？

乌丸街道：这些建筑让人仿佛回到唐朝　　　　乌丸街道：具有唐风的街道

闲逛京都城

下午继续买了一张一天交通卡，我打算去把博物馆看掉，以便明天有更多灵活机动的时间。

一路街景，开过河源町的时候，居然高楼林立，很有上海的感觉。还有熟悉的麦当劳标志，我甚至想跳下来看看这里麦当劳的价格，可惜大巴唰的一下就开过去了。

京都是个有着 1000 多年历史的老城，这里的政府鼓励人们穿和服。所以在大巴上偶然也能看到穿着和服的女子，成了京都独特的风景。

京都到处是名胜古迹，所以下了车，眼前居然是一个智积馆，我看到写着一休庵，也许和一休和尚有什么渊源？过了马路就是国立博物馆，可惜今天闭馆。我很奇怪，难道这里周一闭馆？

有些失望，今天的时间就空出来了。日本的冷空气来了，所以一下觉得寒冷起来。远处的景色倒是美丽，冷得不行，随意进了路边一家咖啡店，要了一杯红茶暖暖身子。

从祇园到乌丸，从寿司到麦当劳

晚上5点多钟，天就全黑了。日本的天黑时间和冬天的欧洲差不多，突然之间发现自己差点又找不到路。

因为有每日交通卡，所以并不看时间，总以为大巴站很好找，今天发现又是错误估计形势。

从东山七条到祇园，只有3站路。但是因为祇园占地很广，我没找到和云长一起逛过的那条街，也没找到那条著名的鸭川河。

但我感觉自己可能绕到了另外一条路。后来我凭着感觉走了一段路，居然走到了知恩院的杨柳下。当时也不辨认东南西北，天色又黑，就着路灯也看不到地图上的字。正犹豫要不要叫辆车，突然一辆大巴从身边经过，我连忙跟着大巴跑到车站。上去以后拿着地图给司机看，司机说他们的车可以到，叫我放心坐下。

日本街头小吃

然后稍稍歇口气，车子大概绕了十几分钟，一会儿司机叫我：祇园到了。我下车一看，原来在一个神庙附近，是几条路的起点，这个标志性的建筑我印象深刻，昨天坐车经过时候我就把它作为了一个原点坐标。

下车的时候我谢了司机，原来以为今天的交通卡浪费了，因为博物馆关门。但是现在才知道，对于一个路盲路痴常常坐错站的人来说，每日交通卡简直是太好了，可以节约多少费用！

下了车就发现，这里是祇园的起点，居然还有一个汉字博物馆。如果明天有空，去了国家博物馆，还要来这里看看。

灯火通明的祇园，京都风味

祇园应该是京都最热闹的地方，两边街道灯火通明。有各种美食、小礼品店，感觉有些像北京的王府井，又像上海的南京路。但是他们的美食和小礼品真的很好看，古色古香，许多钱包、香囊小巧精致，我怀疑是不是我们唐朝留下的色彩，怎么那么好看？不过我们中国的色彩经过了唐朝的明艳，宋朝的雅致，慢慢沉淀了下来，中国人喜欢用朴素简单的色彩，而日本人是否还是保留了唐代华丽的色彩，金黄和正红是他们常常使用的色彩，多少有些让人怀疑是受了中国唐代的影响。

我在一家店里看到了墙上挂着的宫廷画，色彩艳丽，应该是日本皇室的御用画风。但是这样的画在中国并不讨巧，因为中国画讲究的是水墨意境，境生象外。这点日本画应该远远不及。

一路逛过去，尝了寿司。日本的美食精巧细致，尤其漂亮。但浅尝辄止。我看到路边的麦当劳终于忍不住进去吃了一个汉堡。路边还有若干中华美食的广告，让我到底开始怀念中国美食了。

知恩院的杨柳井，乌丸巷的小路

回到乌丸巷的时候，晚上八九点钟，但是感觉夜已很深了。小路上那些巷子里的木门已经紧闭，街上少有行人行走，夜色把影子拉得很长。

小巷里的路灯是暗淡的，但是觉得很温暖。

这时，想到了迷路时偶然路过的知恩院，也是夜色升起，但我看到了那里似乎有杨柳，杨柳旁还有一口古井。天上一弯冷月。

蓦然间就想到了唐诗宋词的意境。

2017 年 10 月 31 日

台风冷空气，感冒发烧

　　这几天又是台风又是下雨，终于感冒发烧了。幸好酒店人员不错，给我拿来冰袋。药店也不远，几分钟就到了。买了当地的感冒退烧药，回来小睡了会儿。到了下午一点退了房，顺便到隔壁的邮局寄了些东西回中国。

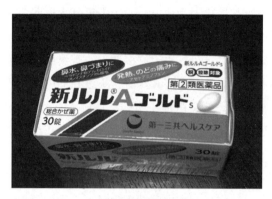

日本药房购买的感冒药

国家博物馆

京都国家博物馆

　　下午终于把国家博物馆看掉了。本来想偷懒，但是不去博物馆终有遗憾。

稍稍在馆内看了一下，日本有文字的历史是从 7 世纪开始的，其展示的文字都是我们的书法作品。一直到 12 世纪镰仓时代，这里的书法文字都是源于中国。另外有大量的绘画，基本也是源于中国。唐朝的宫廷绘画和宋朝的文人画对其影响颇深，也可以找到元朝山水画踪迹。

但是日本绘画后来显然形成了自己的风格，他们也有山水画，但是更写实，而中国画讲究意境，神似而形不似，两者之间差距很大。不过当年的日本确实要崇拜一下中国，毕竟两者实力差距实在太悬殊了。

匆匆一看，出来又要太阳下山了。照例买了一本博物馆的书，回去看一下有多少是来自中国的作品。

日本把书画看作是最珍贵的国宝。另外还有一些陶器、漆器等。我在博物馆买了一幅仿真的书画，另外买了 10 张最有代表意义的明信片。如果以后查资料，可以去资料里寻找。

下午还是昏昏沉沉，还是一边生病，一边参观。所以本次博物馆是我历次博物馆参观时间花得最少的一次，因为我觉得这里最珍贵的文物都是来自中国的。基本上思路都在，所以匆匆而过。

病中恍惚游郊外，荒村野店惊人行

这一天是多么艰难。从博物馆出来，在树下坐了会儿就打算到车站坐207 原路返回。我算了算时间 10 分钟到祇园，半小时到住处。车站很顺利地找到，但是看错车牌，把 202 看成了 207。前面几站都重合，所以我没放在心上。于是又打瞌睡，醒来一看都不知道哪个站台了，很陌生。于是一站一站看站台，没有一个认识的，当时我想得很简单，跟着班车坐到终点站再坐回来。但是时间慢慢过去，我看着车子越开越荒凉，京都郊区已是黑暗一片，不见几点灯光。当时有点傻了，不会车子开到另一个城市去了吧？我也不敢跳下车打车，前不着村后不着店更不安全。于是只能跟着车子走，到了西大路九段时，我再也忍不住了，感觉是个大站，赶紧下车，希望可以问路从反方向坐回去。结果发现这里不太有人懂英语，还好车站下来就是一个日式料理店。于是下车进去问路。

迷路时的餐厅

　　但感觉服务员不懂英语，无奈间我只好点些东西垫饥。一会儿两三碟小菜上来，味道和我们平时吃的完全不一样。我想也许是他们本地人自己吃饭的地方吧，很多人，很接地气。我吃了几口就吃不下了，感觉味道完全不对。于是结账，结果多算了 500 日元。我让他们拿来菜单一一对过去，果然错了，然后再拿来一份账单，感觉又错了。我突然感觉自己似乎到了一个荒郊野店，也不和他们争执了，结完账就走。

　　到了车站边就着灯光又研究了一下，好像这个 202 是环形路线，现在在西大路九段附近，还要坐 10 站才能带我到原来的地方。怪不得已经开了一个小时了，我从东山七段来到西大路九段。

　　既来之则安之，只能坐着大巴环城游。其实一路上什么也看不见，京都的夜晚很怪，两边基本没有路灯。一直到了我第一次上车的东山七条还是不太有灯光，然后到了祇园附近，才开始慢慢开始有了两三点灯光。

　　那是祇园附近的灯笼发出的暗红的光晕，过了祇园，才真正地灯火通明起来。

　　我终于明白了这两天到了 5：30 以后为什么我老看不清楚或出错，一是因为天黑得很早，另外一个原因是日本非常节约用电，基本到了晚上非中心地段不亮灯。

　　这才是我这两天到了晚上五六点就看不清楚或者眼睛老出错的根本原因。

　　当我过了灯火通明的祇园灯笼街，河边又突然暗了，只觉得河边的杨柳依依。非常寂静，但我已累得没有心情欣赏风景了。

过了鸭川河，然后才是真正的商业街，像许多都市那样热闹繁华。再回头看看河对岸，那边的祇园却像古时的夜，一排红灯笼，在夜色中展开。

我们的古长安，大概也是那样的灯火通明吧？只是风一吹，就黯淡了时光。

我已累得没有精力欣赏，随意跳上一辆大巴，到了原来的站台。下车又是一个甜品店，我稍稍点了他们的豆浆和蛋糕，又饿又累又困。一杯热饮下去，太幸福了。

今天太折腾了，累得眼睛快撑不住了。这也算一个小波折吧，恍然间觉得到过了旅行手册中推荐的京都周边小城兵库。但那是另一个城市了，暂时不提。

2017 年 11 月 01 日
早上路边街头的咖啡店

今天又是新的一天！昨天的药很管用，临睡前吃了 3 粒到早上 8 点没醒过，症状比昨天的好了许多。今天休闲一些，随意逛逛吧。

清晨，在路边的咖啡店喝咖啡。前两天看到一位好友发过一篇文章，稀缺管理，无论时间、计划以及其他，留有闲暇很重要。我觉得很有道理，所以旅行中的时间安排，我总会预留一两天时间，可以让自己的时间很休闲。

自由操作的兑换货币机

临行前，找地方换日元，结果发现了兑换机。我还剩 80 美元没花，换了 8000 多日元。还有一个邮局，占地方的东西全部寄回中国了，这样又可以轻装出行。

我多年的旅行经验告诉我，旅行时一定要轻装出行，尤其是赶火车的时候。有时候没有行李托运，有可能会一个人会背着行囊，行走很长一段距离。笨重的行李很有可能会带来不便，有时候会带来一些时间上的延误，更有甚者会影响安全性。今天最后一个小时的遭遇，充分说明了轻装出行是多么重要，否则我撑不住那么多的转车和那么多的台阶提行李。

鸭川河：寂静的时光

下午到鸭川河边小坐，可以听到流水的声音。许多年轻人在河边的岸堤上坐下，好像时光在遥远的古代停滞。

这条河流横穿京都，河流的对岸就是祇园。坐在阳光下的岸堤上，听听流水的声音，真是幽静，似乎不远处的尘世与繁华，都被河水冲刷过去了。

京都已有深秋的感觉，走在路上神清气爽。但是枫叶还未全红，应该还要等半个月，才是这里最美的时节吧。

京都的鸭川

祇园的汉字博物馆

祇园，汉字博物馆。看了甲骨文的起源，日本文字毫无异议是在中国东汉年间从中国传入的。

博物馆里正在做着一个汉字在日本的演化，说明了日本文字来源于中国，到了日本后怎样变化为日本文字，最后怎样在民间使用。

走马观花，短短一个小时，大致对汉字在日本的传播有了一个基本了解。然后在博物馆的咖啡店歇脚，看对面的祇园街道人来人往。我刚才在对面的小卖部看到一套中国的活字印刷版，非常精致，价格也不算太贵，很想买回去，但是实在太重，难度太大，只好放弃了。另外我看到有一幅书法，是李白的白帝城，可惜时间太紧张，也无法问价格了。估计是天价，只好远远观望了。

从京都到东京

不知不觉耽误了时间，不到六点天又全黑了。我连忙赶回酒店拿了行李。打了车去 JR 火车站。

晚上 7：15 分，坐上了从京都去东京的新干线列车。一直到 6 点我刚从祇园赶回酒店，拿了存放的行李打了辆车就走。

这时候不能算计打车费了，如果今晚我赶不到东京，那么我将损失一晚的住宿费用，并且在京都也将露宿街头。

司机还是不错的，他用日中翻译软件和我说：因为是高峰堵车时间，所以 10 分钟的路程会延长到 20 分钟。我觉得没问题，非常合理。这也是我本次旅行第二次坐出租车，我觉得这次预算已经做得非常好了。

车子一路穿梭在京都的大街小巷，天色已暗。日本的街头到了晚上并不似中国那样热闹，一般都是在闹市象征性的有几点灯光。到了 JR 火车站，顿时灯火通明，好像重新回到现代都市。

新干线：从京都到东京的火车上

JR 火车站，新干线如同想象中的飞快。只是售票窗口全部智能化，他们的工作人员基本不在。我先试着在机器上购票，前面几步都没问题，只是到了最后一步付款，我很怀疑为什么没有时间选择？于是跑到工作窗台，但是没有人可以回答我的问题。

从京都到东京的火车

后来从工作窗口来了一个工作人员帮我在机器上操作，糊里糊涂地按了几下，也不等我确认，按了一张去东京的车票，据说时间可以自己选择。车票挺贵的，13 000多日元，和我第一次按出的8000多日元有差距，但是他们听不懂我的问题，后来我想算了，我听云长和酒店工作人员都说过，新干线的票价要10 000多日元，应该没有大错。

上了火车，一下感觉放松了很多。新干线感觉有些像我们的高铁。我随便找了个位置，身旁是一位日本女孩，很安静的样子。她在旁边看着手机，开着电脑。列车开动不久，我就沉沉睡去。

最后一个小时的雷锋

不到9点我醒来，旁边的女孩子在看手机。过了一会儿列车报了站台，她就要下车了。我让她帮我看了车票，问她东京什么时候下车，她说再过两站。怕我不清楚，又和我确认几次，然后挥手道别。

晚上9：10分左右，我到了东京。看着酒店的地图，显示离JR车站出口只有3分钟的距离。但结果出乎意料，问了好几个工作人员都不知道。我实在没办法，在JR车站里来来回回地走。偶然到了一家甜品咖啡店，拿出手机里的酒店地图问里边的服务员。服务员看了地图摇头说：也许酒店不在这里。他说日语，但我听不懂。一会儿他叫出了一个会英语的同事：一个 30 多岁的女子，她看了地图告诉我，也许我要去的地方还要坐 3 站地铁，我听懵了，不是 JR 线吗？东京有几个 JR 线？那位女子把我拉到一个 JR 地铁图前，比画着告诉我，我应该去的地方还要坐 3 站地铁，也是 JR 车站。我当时傻了，只好问她哪里坐地铁。她侠义心起，带着我一路来到中央线的电梯前，然后和我说，就坐这个，3 站就到了。当时我又安心了，连连道谢，然后和她告别。

当我坐着电梯到了地铁处，一位胖胖的工作人员正在指导大家上车。我拿着地图问他问题。他看看地图摇头，但是他说不明白，只是摇头，连连说着 Exchange，Exchange 的单词。我又奇怪了，怎么又要倒车？这时突然有人拍我的肩膀，我回头一看是刚才送我的那位女子，顿时感到无比温暖。因为她怕我找不到路或别人说不清楚，于是索性再上来送我一段。

她和那个工作人员交流了一会儿，告诉我原因，因为过了时间，我只能到第二站去倒车，如果实在不行，就从第二站下来打车。我当时非常感动，一个陌生人，萍水相逢，其实是不用这么帮我的。但是这位女子真的是太好了，这边的地铁来了，她匆匆让我上车。我还没来得及道谢地铁就开了。可惜这样温暖的旅途只剩下一个背影了，在陌生的城市和国度，人情满满。

地铁开了两站后我下车，拉着行李走了几步找出口，后来没找到。于是我看看周围的乘客，找了一位看上去是刚下班的白领。我拿着地图问他，他看了一下说：你不用出站，就到对面的地铁去坐一站，下来就是你要去的地方。我几乎不太相信自己的耳朵，就这么简单？他点点头，指着对面的列车说：对，快点去，列车马上要开了。

几秒钟以后，我就上了对面的地铁。列车就开了，我都来不及回头和那位好心人道谢。两三分钟以后，我就到达 JR 水道桥站。

然后出站，拿着地图问地铁工作人员。工作人员看着地图，开始不明白，后来他说很简单。他把地图放大，然后告诉我先往右，看到第一个红绿灯往右，然后沿着街道走，看到第一个红绿灯再往左，然后再往右应该就到了。我想最后 3 分钟应该不会出什么状况，于是道谢就拉着行李箱出发了。结果我在穿第一个红绿灯的时候走着走着就走错了，不知道怎么就穿到了一家全家超市门口。

　　我有直觉，在火车站附近，便利店的工作人员是可以相信的。于是推门而入，带着手机地图用英语问路，突然之间便利店女生笑着说：你可以说中文，我也是中国人。当时我听着觉得太开心了，在日本，很少会听到这么标准的中文，而且是一个女孩子主动和你说的。我把地图给她看，她看了一下说她也不懂，叫我稍等，她帮我问一下她日本的同事。我大概等了两三分钟，她们忙完，她的日本同事看着我的手机地图说：原来是这个酒店，她拿出了一张她们便利店的地图。她画了几条线，但是我也看不懂日文版地图，后来我干脆拍下了地图照片。但是突然之间我手机就没电了，我赶紧问好不好在他们店里充电。因为没有地图，我哪里也去不了。

　　说中文的女孩子告诉我，她们店里不可以充电，因为有规定。当时我真绝望了，想想要不打个车过去。虽然只有几分钟的步行距离。但是手机没电了，一切要等到手机有电的前提下才能执行。那位姑娘安慰我，让我等等，等两分钟 10 点了，她让一位中国同事送我去酒店。我问她你们知道酒店名吗？那位姑娘说：知道。就让她的日本同事写了一张酒店的日文名给我，同时又去找她的另一位中国同事。

　　一会儿，过来了一位男生，他看了酒店地址告诉我，也许他知道。于是在他的手机上设置了导航，我跟在他后面，返回到 JR 车站附近，然后再继续前行。走的过程中我发现自己开始的路是对的，后来我经过第一个红绿灯有一条直行的路，有一条是斜 45 度的路，大概就在那个路口走错了。

　　在深夜里，在晚上 10 点的东京，我跟着一位"雷锋"同学穿过一条大路，又拐过几条小马路，感觉在若干个小胡同中穿行。我们在一条小路上甚至还发现了饭店的指示牌。这下我放心了，还稍稍聊起了天，原来他们是这里的中国留学生，平时在便利店打工赚些零花钱。我觉得他们非常正直，上进、勤劳而有助人之心。聊了两三分钟，酒店突然就出现在眼前。还没来得及问名字道谢，他就笑着走了。不过我和他们说了：明天我去他们超市谢谢他们。

　　真是一个在异乡他国遇到中国雷锋的故事，让人感到人情温暖。

2017 年 11 月 02 日
东京的街景

早上在街上闲逛，居然发现了书店，地形也熟悉了一遍，基本把昨天绕道的地方弄懂了。

在街头漫步的时候，突然看到东京街头的红叶正慢慢飘落，一下子心情开朗起来。

我以为这次看不到红叶了，却不知在东京街头，偶然间就看到了红叶。

街上的红叶

东京的旅游，语言不通

现在又碰到问题了，居然找不到地方买地铁两日通票。地铁工作人员告诉我，只有去机场或者 JR 线终点站。然后我在不同的地铁站问了 3 个工作人员同样的问题，结果都是不知所以然。

这里的工作人员大都不懂英语，我终于明白了昨天那些中国留学生说的话：真佩服你一个人来东京。我也佩服自己了。

　　我用最简单的方法买了一张 24 小时的旅游巴士通票。二日地铁通票在普通的地铁里买不到，后来我回到酒店问值班经理，她建议去 JR 线买一张 Scica 通票，是可以随意乘坐各条地铁的通票，类似于我们的地铁充值票。这样就可以出行无阻了。

　　就在我快绝望的时候，云长还给我留言，说可以随时在微信充当我的日语翻译。太谢谢了！顿时有了底气，以后碰到什么关键问题，还是可以求助云长。

大巴游东京

花了两个小时，寻找旅游大巴站

　　为了顺利出行一定要找到旅游大巴站。但是非常考验我的毅力，为了找到这个地方我用了 3 张地图，问了 N 个路人。我很奇怪，东京这边的路人基本不通英语，中文也不会。我感觉这里的回答正确率只有 10%，许多时候同样的问题你得到的是完全不同的答案。和京都、大阪的感觉完全不同，东京会让外来的旅人感到有些排外。如果这里的工作人员给你都是错误的信息，你会对这个城市没有安全感。

　　但是最后一位给我指路的路人非常热心，我当时不能确认我找到的地方是否正确。他指着大巴地图对我说：一定就是这里了。你耐心地等下去，大巴一定会来的。

　　所以对于东京，我的感觉很矛盾。昨天的感觉是那样热心，今天却一连串的错误。都是一样的东京，让人觉得非常矛盾。

东京银座

从下午 5 点开始旅游，晚霞中的东京

真不容易，旅游大巴从傍晚开始。天色渐渐已黑，风很大。心情慢慢好起来了。大巴在夜色中穿行，两边的银杏树树木参天，非常清爽怡人。

没想到旅游大巴上观赏的东京是那么漂亮，云层如大海般壮阔无比。

大巴开了半小时就结束了，据说他们今天的行程已经结束了。如果要等下一班，那么只有晚上 7 点。当时我就决定今天的行程到此为止，虽然只有半个小时，但 7 点以后的东京实在是什么也看不见。

明天再来，车票 24 小时有效。下车以后发现这里不远的地方居然是昨天的 JR 车站，许多线路好像连起来了。旁边就是一些大商场，我随意进去逛了逛，东京大学正好在二楼有个展览，据说和植物有关。我进去看了看，有许多历史陈列品，但因为还是文字不通，我看了一圈就出来了。

到目前为止，我对东京的感觉似乎很陌生。虽说昨天碰到许多活雷锋，但是今天的问路确实让我受了一些打击。购买地铁票和寻找旅游大巴都是很简单的事情，不至于问了十几个人都不太清楚。而且这里的工作人员对于这些基础的问题没有标准答案，常常是 A 地的工作人员为你指路到 B 地，然后 B 地的工作人员告诉你没有这个地方，再划一条不同的线路给你去找 C 和 F。我大概循环过一次这样的经历，后来发现不能再这样下去了，果断地退到原点，到酒店问了工作人员，然后再重新出发。

后来我发现如果运用地铁和旅游大巴，又可以节约一半的时间。但前提是你要买到地铁通票和旅游大巴票，并且找到上车点。我后来花了近两个小时的时间问了很多人，找了很多地方，最后脑子里大概有一幅自己的地图了。

《走走停停的世界》

　　我决定放弃固定路线，后面的时间轻松起来。观赏了风景后，我看了商场里的展览，吃了街头美食，然后从昨天的 JR 车站坐相同的地铁返回。最后还到昨天的便利店，谢了两位中国留学生，两位学生正忙碌地工作。我和她们聊了几句，并送了两本《走走停停的世界》给她们作为谢礼。在东京这样的城市，感受到人情温暖非常不易，她们就是曾经在路上帮助过我的中国朋友，虽然可能连彼此的名字都不知道。

　　回到酒店，我问了大堂经理，为什么我在外面花了那么长的时间问这些简单的问题，却没有一个标准答案。我算了一下正确率是 10%。后来大堂经理告诉我，不能怪他们，因为日本当地人大部分是不懂英语的，他们其实并不怎么知道旅游者的问题。我想起下午在秋叶原问路的时候，一位保安拼命地摇头和我说话，我听得出单词有"日本"的意思，大概意思是：他是日本人，他不懂别的语言。

　　个人感觉东京与京都差别很大，京都热情好客而东京有些拒人千里之外。当然昨天我碰到的那么多的好心人，又为东京加了一些分。但无论如何，我决定，明天还是用最简单的方法逛东京。我不为难自己刻意去找路，实在不行就在街头晒晒太阳看看枫叶吧。

2017 年 11 月 03 日
北国深秋

日本的退房时间是中午 11 点。前
天中午我在京都 12 点退房结果多收了
1000 日币。后来才知道，这是日本的
规则，下午 3 点进房，上午 11 点退房。
所以今天算好时间，11 点开始逛。

在日本的街头漫步，头上落叶纷纷
而下。

漫步在街头

飘落一地的落叶

清冷的空气

北国的秋天

大巴游东京

坐地铁到东京站，最后一秒赶上了 Hop On and Hop Off 大巴。

一个半小时的走马观花

12 点准时开始 Hop On and Hop Off 的观光旅行。在大巴上，横穿东京，
把东京的大街小巷穿梭了一遍。有现代古老结合的日本桥，也有摩登的银
座，还有比较接地气的神田和浅草。上野公园里的樱花每年都开，现在是
秋叶飘落的时候。最后看到了东京塔，非常壮观。

一个半小时的时间转瞬而过，我一边看街景，一边吹风。还做了一些
文字记录：

秋叶源源于江户时代，那里的串串烧非常有名。

新日本桥一带有着比较厚重的日本历史，可以看到 JR 火车从远处高架
桥上飞驰而过。

东京火车站，已经恢复到 1902 年初建风采。新丸之内大厦同为东京地标。这里的建筑非常浪漫而又摩登，其风格可与巴黎的香榭丽舍大街媲美。

神田是江户时代手工业者聚居之地，这里的民风比较淳朴。也有一些日本大学以及学生街。

秋叶原曾经在 1869 年神田火灾中烧为灰烬，人们建立了镇火神社，后成为秋叶原。现为电子街、动漫街，是许多年轻学生喜欢的地方。

上野是江户时期历史文化之地。这里有各种博物馆、美术馆。上野公园因此而著名。这里还有一个寺庙。鲁迅先生笔下的上野公园就在此地。这里有 1300 多棵樱花，可以想象樱花盛开时的景象。

浅草有一个寺庙。1832 年用来祭祀。这里又是手工业、美食聚居地，风格比较古老而又接地气。

东京晴空塔，可以在日本桥上遥望。在日本桥上感觉两边的白云和清风，非常壮观。

就这样逛到傍晚，远处晚霞染成了一片。

逛到太阳下山，走马观花的一天

今天是奔忙的一天。11 点以后开始东京游，地铁和旅游大巴配合。意外所获，居然坐了两条不同的旅游线路，Top On and Top Off 果然非常到位。一条线是上野公园、浅草，另一条线是东京湾。东京湾果然好看，跨海大桥横贯，所以也叫彩虹桥。我本来想下车游玩上野公园和浅草，时间来不及。于是跟着大巴走一圈，也就算到此一游。后来我在银座下车，休息片刻，又沿街逛了他们的歌舞伎展馆。这个纯属偶然，我看着一群日本人被请进一所大楼，不知不觉也跟

东京街头的红叶

进去了，后来偶然发现一个歌舞伎站台，还有他们的空中楼阁，红色屋顶非常好看。我觉得日本人很喜欢用红色，和我们的正红不同，他们喜欢用很耀眼的红，大概与他们的个性有关吧。

在银座走走停停，吃吃逛逛，然后到点坐大巴回到东京站。在那里发现了一条非常美的大街，夜空下星星点点，两边的银杏树清香阵阵，有一种北国的味道。远望去，零零碎碎的光影同银色星河，点缀在夜空。

我甚至有时间逛了逛离古城墙、古河流很近的大街，感觉时光静止。

但后来的半个小时又匆匆忙忙，一路坐地铁赶回水道桥。到了车站，终于放下心，还有一个小时的时间出发去机场，还有时间喝杯咖啡。

东京，就这样忙碌，在一天走马观花中度过。

羽田机场的江户小路

飞机午夜才起飞，还有两个多小时才能 check in。突然发现羽田机场还有一个江户小路，和京都大阪的博物馆的日本古时小路很接近。

感觉不错。在深红的街灯和曲折的廊间小路中，羽田机场把商业做到极致。

东京羽田机场

尾声，写在飞机起飞之前

飞机上的书：《八十天环游地球》

日本之行就要结束了，飞机还有几个小时起飞。这次在日本游览了 3 个城市：大阪、京都和东京。时光匆匆，感觉一晃而过。

首先感谢云长在大阪的接待和陪伴，这个旅程因为旧时同学的接待而格外不同。如果云长不在，日本之行可能还会一拖再拖，因为云长，我对日本的感觉比以前好了很多。

青春时代，是一代人的回忆。因为同学，这个旅程变得非常温暖。

大阪的热情和轻松，京都的精致和文化，都让人不禁身置其中，在这里能看到许多中国唐代文化，让人感觉非常欣慰。到京都，看唐朝，果然不负盛名，京都到处是古寺和旧时老街，还有那些精致的小礼品，似乎就是从中国古代走出来的意境。

东京时光太匆匆，有时觉得人情温暖，有时觉得人情冷漠，沟通困难。这也许与东京独特的文化有关。但要看一个地方的文化，必须看它的两面性。这才是真正的东京，真正的日本。

原本并没有多少行程留给日本，因为日本占计划很少，甚至没有。但是我知道日本也必须要走一次，否则我了解的世界还是不太完整。以前在飞机上看星空图，经过日本的时候经常会有这样的念头：日本是否要停一停？没有日本的亚洲和世界，是否算是完整？

上个月看了一本《八十天环游地球》，是法国作家凡尔纳的作品。在20世纪的作品中，用80天周游地球是一本科幻小说。许多线路都是凡尔纳创造出来的，我很佩服他的想象力，当时的科幻在今天都变成了真实。我看这本作品的时候，常常有很多共鸣，好像对于线路的共鸣、对于周游思想的共鸣。不过该书主人公的思路在今天看来还是很前卫：他只是精确算出从一个地点到另一个地点所需要的确切时间，他花费的是这个时间，在环游的路上并不多做停留，这点与我们不同。他的大部分时间在船上、火车上，甚至在大象、雪橇等这些交通工具上。除非有特殊不可控原因，否则他就是从一个交通工具跳入另一个交通工具。在船上和火车上的闲暇时间，就是他的休息时间。各国的景点只是他的旅行背景。这个旅行思路我觉得很有意思，不过也有所启发：每个人的旅行目的都是不同的，对有些人来说，观光景点是目的；对另外一些人来说，人文体验是旅行目的；还有一些人认为旅游文化重要，或者当地的风土人情更重要。但对于凡尔纳来说，用最短的时间周游地球一圈就是最重要的意义。

我觉得很有意思。一直到现在，我没有办法用80天的时间周游世界，我大概已经花了6年多的时间。在这漫长的时间里，我觉得旅游的意义不需要很大的目的性，看当地风土人情，看这个世界最美的风景，已经是非常美好的事情了。当然，越走越发现：最美的地方，不在他乡，而在故乡。

PART TWO
云帆的旅行

那里有哈姆莱特的城堡，

安徒生的故乡。

那里有隆德大学，

我曾经向往的学校。

火车的停运，

带来了温暖的邂逅。

北欧，

我梦开始的地方。

2014 年 9 月 13 日
机票

一直想着要去趟北欧，但是鉴于我们两个不爱做计划的性格，所以一直只是嘴上说说。本来打算 8 月份跟先生的同事一起去挪威，但因为上海书展的事情又没能成行。于是想，要么国庆节出去玩吧！

9 月初的一天早晨，我在家吃早饭，爸爸问我：你们的机票订了吗？我说：还没有。他说：那国庆怎么来得及出去？这真的提醒了我。

前两天已经查过机票了，因为过了旺季，所以来回只要 7000 多元一个人，不算贵。立刻打电话给先生：订不订？他说要再想想。但不订真的来不及了。于是第二天（9 月 13 日）果断地订好机票！现在，我们没有退路了！

2014 年 9 月 16 日
签证

第二件也是最重要的事是办签证。没有签证，机票也要作废。现在想想有点后怕，万一签不出来呢？当时居然就这么毅然地订了机票。

我开始看签证需要的材料，一样一样备齐。打电话给签证中心，问最快多久能签出来，最慢几天。对方说要 5—10 个工作日。算了一下时间，必须马上递材料，否则就走不成了。因为签证要做行程表，还要酒店的确认单，所以又开始在 Booking 上订酒店。

又打电话问签证处，如果我们丹麦进丹麦出，但是在德国待的时间更久，是办丹麦的签证还是德国的签证？对方肯定地说：要办德国签证。查了一下德国签证，最慢要 3 周，肯定来不及。又问了一下常办签证的同事，说最好做成丹麦一个国家，否则签证比较麻烦。只能做假行程。心里各种纠结：这算不算妄语？先生安慰我，反正酒店是真的这么订的，之后改行程也是我们的自由。虽然我知道这不过是自欺欺人，但为了不浪费机票，也只能这样了。

根据《走遍全球》里丹麦的景点，一一订好了酒店，都是可以免费取消的。然后开始做行程表。把要去的景点根据攻略一一列上。做行程真累啊！

到了签证的那天，中午去签证中心，前面是一群去丹麦游学的小朋友，办了好久，我们等得心急，再不结束，签证中心就下班了。还好，两点多前面的人办完了。我们开始递材料，交钱。

结果签证中心说我的收入证明不够稳定，每月收入不一样，要补一张我们俩的结婚证明，于是第二天又把结婚证明补交过去。

然后开始每天在网上看签证状况。

中间开始做真的行程表，订酒店。本来我的规划是：上海—哥本哈根—欧登塞—马尔默—隆德—斯德哥尔摩—柏林—慕尼黑—哥本哈根—上海。因为还想去看一眼玻璃王国，所以先生果断地取消了马尔默。改为：上海—哥本哈根—欧登塞—隆德—卡尔马—斯德哥尔摩—柏林—慕尼黑—哥本哈根—上海。

虽然签证还没下来，但我发现斯德哥尔摩飞柏林和慕尼黑飞哥本哈根的机票含税都只要每人500元人民币，还是果断地买了。柏林到慕尼黑的火车票也只要300多元人民币，因为网页提醒，请确认拿到签证后再购买，我就犹豫了。

之后拿到签证后再订却发现已来不及取票，后来到了柏林再买，已涨到近1000元人民币／人，亏大了啊！

不得不说丹麦签证真的很高效，真的用最短的时间5个工作日就拿到了签证！真是万幸。

从9月13号订机票到10月1号离开上海，共3周的时间，我们买了机票，办了签证，预订了两套行程的旅馆，并在签证出来后取消了不需要的旅馆。看了3本攻略："走遍全球"系列中的《北欧》、Lonely Planet系列中的《北欧》和《北欧自驾游》。那个时候，每天在上班的地铁上就研究攻略。那段时间工作也忙，正好是《为什么有些人总不明白》众筹快发放的时间。每天早上5：30坐第一班703路到单位开始工作。

回想起来，那3个礼拜，真的忙得像个陀螺，且不能出错。也不知道是怎么熬过来的。

2014 年 9 月 23 日—30 日
准备物品

因为要去两周，而我们的两个登机箱都太小了，于是去东方商厦买了一个大的旅行箱。正好新秀丽打折，2000 多元入手。

临行前的一天就开始准备各种衣服，先生怕到那里吃不惯，又在京东上买了个小电炉，去超市买了一大包方便面和几包榨菜。我又买了几罐粥：紫米粥、红米粥……被先生狠狠地鄙视了一把。结果在临行前，这几罐粥还是被扔出了旅行箱，在冰箱顶上放着。

预订好第二天去机场的出租车，我们安然入睡。

2014 年 10 月 1 日
机场

第二天一早起来，先生继续收拾行李，我用手机把攻略上的内容拍下来，这样可以少带一本书。

等出租车来了，出门上车，开到机场，一切顺利。

办好登机手续，在机场吃了点东西，然后开始逛街。一逛街就忘了时间，结果听到广播开始播我们俩的名字，让我们赶快登机。一路飞奔到登机口，还好没耽误飞机起飞。

飞机上

我订的是直达航班，11 个小时就到了。

路上看会儿电视，看会儿飞行图，睡会儿觉，吃过两顿饭，就到了哥本哈根。

在飞机降落在哥本哈根国际机场的时候，突然心里有无比地感动，以致热泪盈眶。心中非常感谢父母对我这么多年来的培养，让我能够在世间自由地行走，和不同国家和种族的人群交流。

其实出国不是第一次，2002 年就曾去美国出差，后来又去过欧洲出差，去过东南亚的一些国家旅行，但似乎从来没有过这样的心情。

或许因为，北欧，是我梦中的地方。

2014 年 10 月 1 日
哥本哈根

到哥本哈根，正是晚上。拉上行李，到大厅买了 2 张哥本哈根三日城市卡，开始了我们的北欧之旅。

我按照之前旅馆发给我的信，找到公交车坐上去。到了站下来，却怎么也找不到旅馆。打电话给旅馆，却怎么都对不上号。到附近问便利店的营业员，营业员也说不知道附近有这个酒店。有一群丹麦的小朋友路过，抓了一个过来问。小朋友拿出手机，查了一下，告诉我们要换一辆车。

正是雨夜。我们两个人在陌生的国度、陌生的城市街头，拉着两个行李箱，茫然不知所措。我想起来回原先的邮箱看一下确认邮件，才发现我先后订过哥本哈根的两个酒店，因为格子力荐她住过的蜻蜓酒店，所以我把最早订的那个取消了，但我是按照那个已经取消的酒店发给我的路线走的。额的神啊！之前 20 天从订机票酒店到办签证把我搞得焦头烂额，然后就出了这种乌龙事件，连酒店都搞错了！

为了保险起见，还是原路返回，坐车回哥本哈根机场，然后坐地铁到小美人鱼附近，走过去。

夜晚的哥本哈根，非常安静。我们拖着箱子在马路上走着，只听到轮子和地面摩擦的咕噜声。终于，远远看见了酒店的蜻蜓标志。橘黄色的灯在雨夜里让人觉得分外温暖。

酒店，我们终于到了！

办好入住手续，到了房间。房间不大，也就 10 多个平方米，却非常精致而有设计感。床是四柱床，上面挂着橘色和黄色的条纹布饰。转角边的小沙发也很精致，是奶牛毛皮花纹。灯具上也有蜻蜓标志。盥洗室虽然小，却同样精巧。卫生纸上也有暗花纹。哥本哈根是设计之都，果然名不虚传。

2014 年 10 月 2 日

星形地带、小美人鱼、王宫和步行街

美美地睡了一觉，第二天起来，已经不下雨了。和父母报了个平安。
出门过马路，参观第一个景点：卡斯特星形地带。

卡斯特星形地带原来是防御工事，呈五角星状，里面有炮台。早上很
多人在这里跑步。沿着五角星走了半圈，然后去看小美人鱼。

小美人鱼是丹麦的象征，世博会的时候还来过上海，可惜当时我没看
到。

小美人鱼比我想象得要小得多。她静静地坐在水边，看着湖面，任游
人喧嚣。

一群日本游客围在小美人鱼旁边拍照。几个孩子坐在长椅上嬉笑，甚
是可爱。

沿着街道往前走，就到了丹麦王宫。

据说丹麦王室成员还住在这里，有时会在这里办公。

买了票进去参观，有丹麦国王夫妇婚礼的照片，女王从小到大穿过的
衣服，以前王室的油画，等等。

小美人鱼

王室成员的服装

12 点钟的时候，是士兵换岗仪式，据说也是参观项目之一，于是我们
早早地出来在门口等着。

果然，广场上已经聚集了一群人。还有摄像机和升降设备。很多孩子坐在父母的肩头，等着看换岗。

临近 12 点的时候，远远地传来了音乐声，然后就看到了一队士兵，都戴着熊皮帽。他们到广场，排好方阵，然后交接。军乐队始终在奏乐。大约一刻钟，交接仪式完成，交接好的士兵和军乐队又从门里离开。广场上的人群也作鸟兽散。

我们回纪念品部又买了些小礼品。先生买了两个士兵陀螺，我买了几把小勺子。看到他们的饰品在打折出售，我挑了一个豹子胸针，折合人民币也就 200 多元。

出来后我们往新港方向走。路上在长椅上歇了一下，又看到了那队士兵。这次是近距离地看了。他们就从我们跟前走过。

在路口，我看到了琥珀博物馆，这也是攻略上推荐的。可惜先生不感兴趣。

丹麦最有名的小吃就是单片三明治。先生在 Lonely Planet 的攻略上看到有家有名的单片三明治店，于是一路找去。没想到一点钟还是爆满，于是约了 3 点再去。我们顺便到旁边的公园玩。

公园非常美。绿色的草坪如茵。一群学生刚刚放学，估计是跑得热了，凑在水龙头下喝凉水。有母亲推着婴儿车走过。小花园里，一对年轻夫妇带着他们的小婴儿在玩耍，远远望去，像是伊甸园，不似在人间。

哥本哈根的公园

伊甸园般的风景

我们在长椅上坐下，顺便啃从酒店带出来的小苹果。

克隆堡宫

米其林餐厅的单片三明治

公园附近就是克隆堡宫，看看时间还来得及，于是进去参观。这里有荷枪实弹的卫兵守门，看来里面的珍品不少。

克隆堡宫是个3层小楼，里面陈列着历代皇家珍品。3楼是个大宴会厅，很开阔，很华丽。有一对夫妇带着他们的3个小男孩在参观。男孩子们坐在地上照相，小的那个对着我做鬼脸。

匆匆转了一圈，已经到了约好的时间，回到餐厅，果然就有座位了。

单片三明治品种很多，我们实在不知道怎么挑选，于是让服务员推荐。她推荐了两种鱼的三明治。我们又点了两杯饮料。

三明治上来了，做得非常漂亮。但一尝，才觉得适应不了，真够酸的。勉强吃完了，想再加点热水，答曰：不续热水，需要重新买一杯，20丹麦克朗。于是作罢。

3点多餐馆里还是有很多人，里面一桌貌似在聚会，一群年轻人坐着说说笑笑。旁边是一对情侣，两个人边吃边聊。再前面一桌是两位女士，边喝酒边聊天。

出门后坐上地铁去步行街。

步行街上汇集了丹麦很多有名的品牌。包括爱步、皇家瓷器，等等。先到爱步看鞋，我看中了一双靴子，折合人民币1500元，比国内大概要便宜1000元，果断下手，又买了配套的鞋子护理产品，先生挑了挑，没挑中。

拎着大靴子，我们又去了哥本哈根邮政局，里面有不少明信片，挑了3张，两张分别寄给我们各自的父母，还有一张寄给我们自己。

哥本哈根邮局的贺卡

出来后，找了家酒吧坐下来休息，先生点了杯饮料，我到对面继续逛。对面就是皇家瓷器，这也是丹麦的特产。转了一圈，瓷器的确精美，价格也不便宜。旁边是有名的银饰店，也转了一圈，却不是我喜欢的风格。

哥本哈根步行街

回到酒吧坐着。旁边的老太太点了一个套餐，吃得正欢。我们有点心动，但毕竟刚吃过饭，实在吃不下了。

坐了会儿，天暗下来了，酒吧里的人也越来越多，似乎晚上有一个聚会。

出来以后继续在步行街闲逛。

看到有人在吃炒面，很好吃的样子，于是也进去点了两份。炒面的是个亚洲人，前面摆着各种可以加的原料。很多老外点了打包带走。

面炒得很香，稍微有点过了，不过比起下午的单片三明治来，这个更对我的胃口。吃了一半已经吃不下了，于是打包，准备明天早上吃。

炒面的亚洲师傅

搭了辆公车，去看圆塔。圆塔是哥本哈根最高的建筑。上了电梯一直到顶层，可以看到哥本哈根的夜景。因为是晚上，人不算多。不过顶楼的餐厅却是人声鼎沸。据说在这里吃饭要提前很久预订才行。

圆塔旁边有公交可以直达我们旅馆附近，到旅馆已是晚上 10 点了。洗漱休息。

圆塔内部

2014 年 10 月 3 日

赫尔辛堡

第二天一早，搭车去赫尔辛堡。在地铁站旁边的超市转了一圈，东西不贵，门口停满了自行车。

去赫尔辛堡的火车人不多，大概半个小时就到了。

下了车，车站门口就是卖热狗的，买了两个在里面吃完，顿时觉得暖和起来了。

据说莎士比亚曾经在赫尔辛堡待过几年，哈姆莱特的原型也是赫尔辛堡宫的王子。

因为来得早，城堡还没开门，买了门票在纪念品商店转了转，又在城堡里面的广场拍了点照片。有一对亚洲的小夫妻也在那里拍照，后面的行程中也总能见到他们两个。

看到旁边有个小门，我们就进去了。上楼看到是个艺术品展览，却空无一人，只能听到我们的脚步声。匆匆走过，下楼来看到有个小教堂，也是空荡荡的。我们也不敢久留，赶紧回到礼品部。

到了参观时间，陆续开始放人。

里面陈设着当时国王和王后的房间、会客厅、餐厅等场所。

超市门口的自行车

赫尔辛堡

赫尔辛堡内部

　　不得不说丹麦的国王还是生活得很朴素的，和欧洲其他国家的不能比。

　　快结束的时候，有一个小房间，是给小朋友玩的。小朋友可以在这里画画，然后把自己的作品贴在墙上。我看整面墙都被贴满了。

小朋友的作品

通往城堡的道路

出得门来，秋色正浓。道路两边的树叶红黄间杂，煞是美丽。走在林荫道上，如同走在梦境。回头望去，城堡如同一个童话。

据说这里离瑞典的赫尔辛格很近，坐船 20 分钟就可到达。因为瑞典对酒有管制，很多瑞典人会坐船过来买酒喝。

一路返回，看到路边的中餐馆，决定去吃一顿。坐下来一看菜单却傻眼了，华丽丽地抢钱啊！旁边有位丹麦老奶奶在喝一小碗汤。我们赶紧撤。又路过早上看到的小饭馆，坐满了当地人，进去看了下，价格很平民。于是要了两份单片三明治和两个面包。

昨天米其林餐厅的单片三明治让人难以下咽，没想到今天的却这么美味。我和先生两个人大快朵颐。又打包了四个三明治，准备当晚餐。

我们旁边是两对年轻的男女在一起吃饭，听起来像是其中的一对介绍另一对认识，其中有一个还是美国人。后面坐了很多当地的老先生、老太太，在一起吃午饭，其乐融融的样子。

吃完饭，我们搭火车回哥本哈根，直奔国家博物馆。路上还看到有一对中国夫妇在拍婚纱。背影美极了。

国家博物馆展品　　　　　　　　　　　拍婚纱的中国夫妇

博物馆看起来不大，也就三层楼的样子，进去后发现展品却很丰富，陈列了古代丹麦各个历史时期的物品。

因为时间有限，我们只是匆匆转了一圈，简单了解了一下丹麦的历史。出来后发现大厅正在做活动，有人在发表演讲，还有很多摄像机在拍摄。听不懂丹麦语，也不知道他们在干什么。

转到纪念品部，买了个挂件和一块古丹麦契约石留作纪念。

搭了公交到旅馆附近的现代工艺品美术馆。一开始门卫不让我们进去，说马上要关门了。后来也有人来问，居然就让进了。我们非常快速地看了一圈。丹麦是设计之都。这里展示了很多著名的工艺设计品以及设计草图。以家居设计为主。

出来的时候看到有个小花园，旁边可以喝咖啡。有阳光的午后，在这里坐着喝杯咖啡，一定是很惬意的。

回到旅馆，拿了些换洗衣服，继续把箱子存放在前台，出发前往欧登塞。

国家博物馆大厅的活动

现代工艺美术馆展品

欧登塞

欧登塞是安徒生的故乡。离哥本哈根有点远，火车要开一两个小时。但来丹麦不来看看安徒生的故居似乎有点说不过去，毕竟安徒生童话曾经陪伴着我走过了年少时光。

火车驶过跨海大桥，对面的那位已经沉沉睡去。毕竟累了两天，而且还在倒时差，我们俩都已精力透支。

现代工艺美术馆入口处

晚上的火车还是有不少人，不过过了海，人就变少了。

火车在夜色里穿行，到欧登塞已是晚上9点多。之前和旅馆老板联系，他说会等我们。看着陌生的道路，还是打了辆车，几分钟就到了旅馆。按响门铃，老板果然还在，热情地和我们握手，带我们到楼上预订的房间。

房间很简洁，墙上挂着安徒生童话里的插画。旁边有厨房和盥洗室。太累了，倒头便睡。

2014 年 10 月 4 日

第二天一睁眼，太阳已经照进了屋子，照在窗台的盆栽上，格外美丽。拉开窗帘，打开窗户，呼吸下清晨的空气，沁人心脾。

一会儿就听到有人敲门，原来是老板来送早饭了。

哇！我一拿到手就忍不住惊呼：这么丰盛！面包、橙汁、酸奶、鸡蛋、奶酪、培根……

房间的窗台

赶紧刷牙洗脸开始吃早餐。对面那位吃得直乐：好吃啊好吃，终于恢复过来了！

这里一共有 5 个房间，老板家也住这里。他的两个读大学的双胞胎女儿住在地下室。

老板给我们看留言本，厚厚的几大本，写满了世界各地旅客的留言。其中有一篇是中文，于是我翻译给他听是什么意思。我们也在上面留了言。

丰盛的早餐

我们问老板是否可以借自行车骑，老板带我们到楼下。我已经多年没骑，果然已经生疏，老板有点担心。先生上车骑了一圈，老板暗地里对我说：也不行，骑得太猛。

旅馆主人和他养的鸡

于是作罢。

老板又带我们看他的鸡舍。如此干净的鸡舍我还是第一次看见。以前对鸡舍的印象就是臭，鸡屎多。这里的母鸡却都干干净净的。老板说早上我们吃的鸡蛋就是他自家的鸡生的。他抓起一只大母鸡和我合影。

10 点退房，我们告别了老板，拉上行李，直奔安徒生故居。

欧登塞虽然是丹麦的第二大城市，但面积并不大。从旅馆出来步行就可到达安徒生故居。

天气正好，蓝天白云，路上遇到邮差骑着车在送报纸。到了门口就把车一停，把报纸放在门口或信箱里。

送信的邮差

走了大概 20 多分钟，就到了安徒生纪念馆。路口有家首饰店，橱窗里琳琅满目的饰品，把我给吸引住了。

这里的首饰以银饰居多，也有铂金对戒。标价并不贵，一个银吊坠，打完折也就人民币 100 元上下。

服务员是个金发的姑娘，人很好。我在那里挑了又挑，她一点都没有不耐烦。买完后还问我是否要送人，送人的话她给我免费包装。看着她用礼品纸把我买的东西一个个包起来，系好丝带，我心满意足。

安徒生纪念馆门口有个小池塘，还有一片草坪，美得像一个童话。

买了票进门，里面陈列着安徒生各个时期的照片、介绍、他写的童话的各种版本，包括中文版，还有他创作的画和剪纸。我以前只知道安徒生是个作家，实在没想到他还会画画和剪纸。

安徒生纪念馆门口的草坪

安徒生塑像　　　　　　　　　　安徒生的剪纸作品

还有几间小房子是当时安徒生出生时的房间。据说当时安徒生的妈妈和其他亲戚们住在这里，房间很小，设施也很简陋。

有一个放映室在滚动播放安徒生的生平故事。其实安徒生在欧登塞待的时间并不长，十几岁就去了哥本哈根，之后大部分时间在哥本哈根生活，还有一些时间则是在欧洲各国游历。

安徒生出生的房间

出口处的礼品部有很多安徒生的作品，还有很多安徒生童话插图的印刷品，我挑了几张，又买了一本安徒生的绘画作品集。

出来正是下午阳光最艳的时候。门口的草坪上有两对年轻夫妇带着孩子在玩耍。小朋友不过三四岁的样子，粉妆玉琢，可爱极了。

到了门口，对面就是攻略上推荐的丑小鸭餐厅。下午3点了，还是人声鼎沸。这边的自助餐很便宜，一个人只要100多元人民币。

我们进去，找了一个角落坐下。拿好食物，开始大快朵颐。这边有两个聚会，所以人很多。我发现丹麦人周末很喜欢聚会。我们离开哥本哈根的时候是周五下午，在蜻蜓旅馆就看到一群人在聚会，一个个都盛装出席，甚至有穿中国旗袍的。这里也是，大家高声交谈，热闹非凡。谁说老外在公共场所都轻声细语？至少我见到的不是。

自助餐很丰盛，甚至还有米饭，我真的好几天没有吃到米饭了。不过这里的米饭做得并不可口，松松的，没有黏性。好在这里的鱼做得很好吃，还有各种单片三明治、色拉。我们都吃得饱饱的。

街道上的小小脚印

出了餐厅，直奔安徒生小时候生活的地方。

路上看到有小小的脚印，于是跟着小小的脚印走。后来才知道，这些小脚印把欧登塞与安徒生有关的十几个地方都串起来了。如果有足够的时间，就可以跟着这些脚印走。

我们有点迷路了，于是问一对年轻情侣，他们说从安徒生公园穿过去就可以。

安徒生公园里是大片的草地，里面有安徒生的塑像。人们三三两两地坐在草地上，享受午后的阳光。

又走了10来分钟，才到安徒生小时候生活的地方。屋子很小，有一个老太太管理员。里面是两间小屋子，陈列着安徒生父亲做鞋的工具，还有安徒生童年时玩耍的小院子。

已经快到关门时间了，我买了一个丑小鸭的玩偶就出来了。

去火车站的路上路过欧登塞大教堂，进去看了一下。教堂很宏伟，是丹麦唯一一座保留完整的哥特式教堂。安徒生的父母在这里举行了婚礼。5岁的安徒生在这里接受了洗礼，为此还买了人生中第一双靴子。

搭车回哥本哈根拿行李。

安徒生父亲制鞋的工具

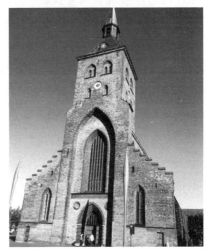
欧登塞大教堂

夜色中的轮渡

新港安徒生生活之处

我本想直接坐到旅馆附近，拿上行李就去隆德，先生却惦记着还没坐哥本哈根的游船。于是去坐游船，没想到轮渡的间隔时间很长，我们等了好久才坐上，而且还是最后一班，真是万幸！到了新港，去找安徒生成年后生活的地方，却发现这里已经变成了餐饮区，大家都坐在河边吃着美食喝着饮料。好不容易找到了那个门牌号，拍了张照，也算到此一游了。

火车检票员

到火车站已是晚上 8 点多，买了去隆德的火车票。到马尔默站上来了好多人，各个种族的都有。我们对面是一对深棕色皮肤的夫妇，带着一个小男孩。这里的夜火车总是人很多，到九十点钟都挤满了人。居然还有列车员查票。

到隆德已经晚上 10 点了。我们决定打车。司机说很多路不能开车，所以带着我们在街上绕来绕去。10 分钟到了旅馆，80 多瑞典克朗，真贵！

到了旅馆，门却是关着的，前台也没有人。好在有个大哥在门口，也是住客，帮我们刷卡开了门。进去以后发现空荡荡的，会客区域摆着棋和桥牌，餐饮区有各种各样的干果食品。但就是没有人。再到前台看，桌上有一部电话，旁边贴了一张纸条，上面写着：请拿起话筒。于是我拿起话筒，那边居然有人应答，是斯德哥尔摩分店的服务员。他叽里咕噜说了一大通话，我勉强听清钥匙是在一个盒子里，打开盒子要输入密码，我把密码记下来了。

于是和先生满屋子地找他说的那个盒子。老半天才发现就在前台旁边的墙上，就像一个小信箱。

输入密码，果然有个小门开了，里面有个信封，装着我们房间的房卡。哦耶！搞定啦！跟玩密室游戏一样。

房间出乎意料的大，可是却少了点美感，像理工男的家。墙上挂着玛丽莲·梦露的简易画，比起丹麦的精致来，差了一大截。

累了一天，倒头便睡。

2014 年 10 月 5 日

第二天一早，我被鸟叫声吵醒了，坐起身来，被窗口的美景惊呆了。蓝色的天空，清冽的空气，成群的鸟儿，教堂的屋顶。

我们住的是顶楼，卧室屋顶是个斜坡，从窗户可以看到隆德的大部分景观，也可以看到隆德大学。

洗漱好下楼去。楼下已坐了不少人在吃早饭。看起来这些人彼此都很熟悉，各个国家的都有，有的还带了孩子。我想可能大部分都是访问学者之类的吧！

自助早餐很丰盛：鸡蛋、牛奶、面包、水果、各种干果……

吃完早饭，在门口拿了张地图，和先生两个人出去转悠。

隆德地方不大，就是个大学城。6 年前我曾经申请来隆德大学读创新学的研究生，也被录取了，甚至连宿舍都申请好了。可惜最终还是没有成行。

今天来这里，也算圆了我的一个梦吧！

清晨的隆德，人还不多。没走多远，就到了大教堂，通体的黑色。里面有人在排练，估计是唱诗班在准备今天的礼拜。

旁边的博物馆都还没有开门，于是我们原路返回。

隆德大教堂

鹅卵石街道

大教堂里的天文钟

隆德的街道

隆德的街道几乎都是鹅卵石铺就，干干净净，和欧登塞又是不同的风格。感觉时光倒转了，回到了十四五世纪的欧洲。

我们一早出来在街道上走，路过这里居民的屋子，每间屋子前面几乎都种了花，一边一簇，门口还挂着名字牌。房子矮矮小小的，一伸手就能摸到屋檐。

窗户口有各种各样的摆设，其中一个摆着熊猫玩偶和写着汉字的折扇，想来这是位中国同胞吧！

隆德大教堂

隆德大教堂就在隆德的中心，通体黑色。有人说是被大火烧的，但后来听导游介绍才知道是中世纪的时候居民用木炭取暖熏出来的。

隆德大教堂里面最著名的就是那个天文钟了。每到正点都会出来一群小人，绕着走一圈。人物都很精致。下面是十二星座。整个天文钟制作十分精美。每天都有志愿者在这里讲解。我们急急忙忙吃好饭踩着点去看天文钟的演示。

　　隆德大教堂还有一个古迹是看巨人。据说当年这座教堂就是由巨人建造的。导游小姐讲了一个很有趣的故事：当时有传教士准备在这里盖教堂，于是巨人找到他，说可以帮忙来盖教堂，但传教士要猜出他的名字，不然就要把自己的眼睛给他。传教士同意了，每天都去找各种各样的名字，在一天结束后告诉巨人，但没有一个名字是对的。教堂马上要盖成了。传教士知道自己的眼睛保不住了，于是准备用一天时间来好好看看隆德。他跑到山上，突然听到有人在唱童谣，仔细一听，是巨人的妻子，她告诉孩子：等到今天结束，你的爸爸 Finn 就会带回传教士的眼睛给你们玩。传教士兴奋无比，一路飞奔回教堂，叫着：Finn, Finn。巨人发现传教士知道了自己的名字，非常生气，想把教堂毁掉。于是跑到地下室，开始摇动最大的那根石柱。可是天亮了，当第一缕阳光照到巨人身上时，他变成了石头。

　　很多人都会特意跑来看这个古迹，但看到后都很失望，因为巨人实在太小了！导游告诉我们，那是因为巨人是会变化身形的，所以看上去那么小。仔细地看石刻，还会发现巨人有一根发辫，被剪断了，旁边有位女子。可见这个石刻有可能还是《圣经》中著名的参孙和大利拉的故事。

大教堂的讲解员

教堂的中间有个小小的圆形区域，四周是围起来的椅子，中间是小圆桌，椅子上还有一只可爱的棕色毛绒大熊。桌子上放了一些宣传页，上面有填色游戏，是给儿童看的。大人来做礼拜的时候，小朋友们就可以坐在这里。

早上我们来的时候，唱诗班正在这里排练，七八个人，排成一排，练习待会儿礼拜时要唱的歌曲。九点钟的时候，陆陆续续地有老人来到这里，坐着，等待礼拜的开始。

教堂的儿童区

唱诗班在排练

露天博物馆

瑞典有很多露天博物馆。隆德也有一家，就在教堂边上。

博物馆里展出了瑞典各个历史时期的物品：有一层都是武器，有一层是服装，还有一排玻璃柜里是当时逃到隆德大教堂里避难却仍被杀害的人的头骨。

最有特色的是里面有很多工作人员扮演成中世纪的巫婆、小丑、歌女等，让小朋友可以直观地了解以前瑞典人的生活。

其中一栋小楼是18世纪一位教授的家，是他的后代捐献出来的。里面有厨房、客厅、卧室、图书室……

还有一栋小楼里陈列着瑞典中产阶级的生活空间。

另外，还有农民的家，等等。

一个下午的时间实在来不及全部看完。我们只能挑感兴趣的看。

出来的时候，正好见到巫婆在给小朋友们表演。巫婆身上挂了一个大蜘蛛，开始摆弄瓶瓶罐罐，感觉像是在做化学实验。小朋友们围在她身边，一个个都看得聚精会神。这真的是一种很好的教学方式。

最后看了一眼隆德大学纪念馆就出来了。

在超市里买了份猪排，再买了个三明治、两瓶饮料，回到旅馆吃晚餐。

吃饱喝足，去火车站坐车。

路上的商店已经关门，我们只能一路走，一路 window shopping。到火车站，天色已晚。

去卡尔马的路上就开始多灾多难。先是上错了车，坐到一个中转小站赶紧下车，还好那里也有去卡尔马的火车，就是比较晚，要晚上 8 点多。于是找了个超市坐下来喝饮料。我性子急，7 点多就去站台看了，看到显示屏上去卡尔马的班次显示停运，顿时傻眼了。先生这时也来了，广播里在播报什么消息，可惜是瑞典文，听不懂。于是我抓着一个也在看大屏幕的人问：是不是去卡尔马的火车不开了？她说是的。这可怎么办？她又说，广播说过一段时间会有大巴来接人，在下面的站牌那里等。

于是我们下楼，到了站牌那儿，

教授的家

中产阶级的家

巫婆的表演

隆德的街道

在寒风中等待汽车

梁大哥

我们望着显示牌，不知是应该住下来还是继续行程，正商量呢，先生旁边站着的黑黑瘦瘦的男子说：我也去卡尔马。哇！中国人！这是出行后除了中国旅游团外我们遇到的第一个中国同胞哎。

他说自己姓梁，是越南华侨。因为往北去的火车线路出了问题，所以往北的火车都停开了。待会儿铁路公司肯定会派大巴过来。看他淡然而笃定的样子，我们的心放下了几分。

过了一阵子，汽车终于来了。还好来了两辆，所以每个人都有位子。上了车，才想起来预订的酒店不知是否还有人接待。赶紧打开 Booking，一看，果然前台到晚上 9 点就下班了。这可如何是好？

我和先生商量，实在没法入住就在火车站坐到天亮，反正开到那边也要一两点了，再等四五个小时前台就上班了。梁大哥也替我们担心：火车站不知道晚上开不开？说可惜现在住在朋友家，如果像以前那样自己租房子住，就可以把我们安排到自己的住处。

凌晨 1 点半，汽车终于到了卡尔马，大家陆续下车。我看到有人上前和司机拥抱告别，感谢他这么晚还开车送大家。

梁大哥如父母一般关照我们：衣服穿够没？待会儿前台没有人怎么办？下了车，他说陪我们去火车站。

卡尔马的夜色很美，朗朗的月亮伴着几缕浮云。路上已没有行人，只有我们拖着行李箱走着街道上，划出拖轮的声音。

夜色中的卡尔马

快到火车站了，梁大哥让我们先别动，自己去火车站看看。一会儿他回来了，说火车站果然关门了。这在我们看来简直匪夷所思。在中国，哪个大点儿城市的火车站不是 24 小时开放？但看过去果然黑黢黢的一片。

一合计，还是去预订的旅馆碰碰运气，于是又去旅馆。好在卡尔马不大，用第二天遇到的酒店服务员的话说就是：到哪儿都只要 10 分钟。

梁大哥不放心我们，一定要陪我们去。

到了酒店，果然前台已经下班。大门紧闭。乱按了一通密码，自然是打不开的。

前前后后看了一通，发现前面窗上贴了一张告示：前台不在的话可以按 Booking 随预订单给的密码输入门口的密码器即可开门。Booking 啥时候给过密码啊？但也只能死马当活马医，把确认信上的一串号码输进去，结果还是开不了。这下我们没辙了。商量着去附近哪个通宵店待几个小时算了。但卡尔马不比上海，没几个通宵营业的地方，恰逢周末，更是提前打烊。好在我还算眼尖，看见告示下方有前台的私人电话。虽说深更半夜打扰别人不太人道，但总比我们这么在寒风里站着强。于是打过去，电话通了，却似乎是机器应答。梁大哥自告奋勇地说他来打。第二个电话终于打通了，听着他们在电话里叽里咕噜地说了一通瑞典语，似乎密码到手了！输入后果然门就开了。进去后又在服务员说的地方找到了门卡。我们这个激动啊！终于不用在寒风里等着了。

进了房间，虽然不大，却很温馨，绿色的窗帘，白色的家具，墙上还贴着一位诗人的照片和小诗。先生张罗着让梁大哥坐下来，然后拿出带的小电热锅，准备煮面。先生是煮面的好手，先煮了一包拌面，让梁大哥吃，再煮了包普通的方便面，我们俩吃。3 个人一边吃一边聊。然后先生问起梁大哥对越战的看法。我有点紧张，因为 8 年前去越南旅游的时候导游一再警告我们不要和越南当地人提越战的事。于是我说：这么敏感的问题别问了。没想到梁大哥说：没关系，不敏感。

原来他家祖籍中国广州一带，父母辈就出生在越南。他们这一代恰逢越南和柬埔寨和中国两边开战，他们这样的华侨是会派去和柬埔寨打的。据说参军的不少都战死了，所以父母合计让他们几兄弟偷渡出境。当时走海路一个人要 10 两黄金，走陆路只要一两黄金。因为家里穷，所以只能走陆路。也可能是命大，后来才知道不少走海路的都被发现，打死了。他们四兄弟却分批偷渡成功。梁大哥是长子，也是第一个走的，他到泰国后已身无分文，只剩身上穿的衣服。

难民营条件很艰苦，水都是限量供应，后来他在战时医院的垃圾堆里找到两个盐水瓶，从所谓的井里打两瓶水，沉淀后就是他一天的生活用水了。

两个月后他的二弟和同学与他会合，后来几个兄弟陆续到来。人聚齐了，他们便申请以难民的身份去美国，因为有个姨婆在美国。

美国的申请快要批下来的时候，正好瑞典也派人来难民营走访，问他们是否愿意去瑞典？

他们当然愿意。于是，几天后手续就办好了，他们三兄弟来了瑞典，一年后，父母和姐妹们也来了。也幸亏如此。后来他们听说，如果去了美国，父母和姐妹们很难通过申请家人团聚的签证去美国。

他来了瑞典后先读中学，再读了隆德大学的计算机专业，毕业后就进了企业工作，现在住在马尔默。因为工作在卡尔马，所以是这条线的常客。

到两点多钟，梁大哥与我们告别，先生送他下楼。

我已经撑不住了，洗洗赶紧睡觉。

2014 年 10 月 6 日

醒来的时候，阳光照在黄绿色的窗帘上，特别清新。打开窗，吸着带点凉意的新鲜空气，精神一振，下楼吃早饭！

早餐很丰盛，餐厅的布局也很美，墙上和房间一样挂着诗人的画像，还贴着诗人写的小诗，很有艺术气息。

餐厅一角

诗人的画像和诗

酸奶的品种很多，我每一种尝了一点。再吃了几片烤面包，夹上西红柿、黄瓜之类的，就饱了。

回到房间，整理好行李，就下去退房。顺便问了下前台去玻璃王国怎么走。前台的小伙子很 nice，说因为受经济萧条的影响，玻璃作坊很多都关门了。还帮我打电话与公司确认，然后把开门时间写给我，并推荐我去旁边的卡尔马城堡，说只要 10 分钟的路。

出门先去火车站，看去斯德哥尔摩的火车最晚几点。服务员写给我看：最晚一班 7 点，到卡尔马是 10 点多。和先生商量了一下，因为还要去厄兰岛，还是租车吧！

于是又给车行打电话，AVIS 说等几分钟，马上就来接我们。

不一会儿，一辆宝马开了过来，前排两个金发的北欧小伙儿，很年轻。车上放着轻快的音乐，没几分钟就到了车行，好大的车行！先生跟他们去办业务，我坐在一边等，座位旁边有饮料机，点了下屏幕，出来

租车行

我们租的高尔夫

简单的午餐

厄兰岛的风光

了一大串选择，我有些不知所措，旁边一位等着倒饮料的先生好心地告诉我还要再选，哦，我明白了，点了杯热可可，好喝！外面可要卖二三十克朗一杯呢！

先生办完手续过来也倒了杯咖啡，端着上了租来的高尔夫。

开到原来的旅馆去拿行李，服务员很讶异：你们还没走啊？我们告诉他去租了车。顺便买了个午饭路上吃。

到了车上，吃着午饭，收到了梁大哥的微信，于是先生邀请梁大哥一起去厄兰岛一游。

梁大哥的公司就在附近，5分钟就过来了。

设好导航，一路开往厄兰岛。

厄兰岛和卡尔马只有一桥之隔，梁大哥说厄兰岛在夏天是旅游胜地，到处都是背包客。不过现在已是秋天，我们几乎没看到什么人，只有大片的云彩。据说瑞典国王一家每年都会来这里度假。

蓝色的天，浅灰色的云，黄色的枯草，真如一幅油画。

开到遗址，已是大门紧闭。上面写着9月之后关门。

厄兰岛的遗址

　　我们下车在遗址旁边转了一圈，风很大，我穿着薄羽绒服还是缩着脖子。阳光透过云层照下来，如千万条金线，和油画里一样一样的。

　　开车原路返回。

　　一路饱览油画般的景致，我终于知道西方的风景油画是怎么来的了。

　　回到酒店，和梁大哥告别，跑回酒店上了个洗手间。服务员正和两个北欧大男人一起轮流抱一个小婴儿。很可惜我没把那个场面拍下来，不过至今回想起来还很温馨：两个穿皮衣的高高大大的男士面对面坐着，一个还留着大络腮胡子，服务员坐在一边。婴儿很小，可能还不到一岁，男人们轮流抱他，逗他玩。一种奇异的感觉深深地打动了我，那是高大的男人面对弱小的婴儿时脸上流露出的那种温情。在北欧，经常能看到爸爸带着孩子。在哥本哈根的地铁上，看到过两位爸爸带着各自的女儿玩得不亦乐乎；在隆德的露天博物馆，看到一个爸爸带着 3 个孩子在参观；在哥本哈根的餐馆里，看到爸爸在哄哭闹的小婴儿，妈妈坐在一边……而这样的场景在中国是不多见的。在中国，更多的是妈妈带着孩子。

　　我和服务员打了个招呼，说刚从厄兰岛回来，打算去玻璃王国。于是他问那位穿皮衣的络腮胡子，貌似他和那边很熟。那位络腮胡子把手里的婴儿递给对面那位，说奥勒福什已经看不到玻璃表演了，要去科斯塔看。还写给我看。我又问，这里是不是有林格伦纪念馆？他们说就在去斯德哥尔摩的路上。不过他们说那里已经没什么东西好看的了，斯德哥尔摩也有，可以去斯德哥尔摩看。因为按照我的时间安排，只能去一个地方。我道了声谢，出来了，小婴儿转头直愣愣地看着我，好可爱的样子。

关门告示

到了车上，把这些重要信息告诉先生。先生想了想，还是决定去奥勒福什，因为那里比较近。于是开车一路过去。一个多小时后到了那里。果然已经关门了，门上贴了个告示：说受经济影响，2014 年不开门了，请大家去网上商店购买。

于是我们转头去斯德哥尔摩。没想到路上遇到一间很大的商店，就是卖奥勒福什和科斯塔的玻璃制品的，我们在里面淘了好久。有的设计品因为小瑕疵降价出售，都不到人民币 100 元。只是玻璃太重，买不了太多，最后带了两个烛台、两个盘子和一个小摆设走。

然后一路开车驶往斯德哥尔摩。

路不宽，两边树林茂密。已是秋天，树叶色彩缤纷：黄色夹杂着红色，特别有秋季收获的感觉。

路上几乎遇不到什么人，就我们一辆车穿行在林间，除了车和地面轻微的摩擦声外听不到别的声音，感觉几乎是在另一个时空。开个半小时偶尔会遇到一辆车，让我们略感安慰。

开往斯德哥尔摩

8 点多钟看到指示牌上出现了林格伦故居的字样，于是决定前去一探。

导航不停地提示我们已经偏离方向，显示器上跳动着的预计到达时间也不断后移。但是既然来了怎能错过？

先是到了林格伦的儿童游乐场，空荡荡的没有人，只看到了价格牌还亮着。

林格伦故居

继续往前开，终于找到了林格伦纪念馆，门口挂着林格伦的大幅照片。大门紧闭。

在门口的长椅上坐了会儿，拍了两张照，绕着房子走了两圈，总算是来过了。

本来估计晚上 10 点多能到斯德哥尔摩，现在显示要凌晨才能到了。

路过一个小镇，就在加油站吃了点晚饭。瑞典肉丸子加土豆。服务员都是男孩子，英语说得不太标准，但交流不成问题。等我们吃完出来，他们也打烊了。

加油的时候却遇到了问题。没有服务员，机器提示要插入信用卡，先生插了下卡，手机提示要预扣费 500 克朗，吓得他赶紧退卡了。但不加油又不敢再开，谁知道下一个加油站在哪里？等了一刻钟，终于有车来了。是位女士。先生赶紧下车请教。在她的指点下顺利加满了油。原来这里是自动加油，的确要预扣费，然后才可以加油，加完油再自动结算，加多少扣多少。

到了瑞典，真的一切都是自助的，酒店入住是自助，加油也是自助，到处都看不到人。在国内我们总是嫌人多，但到了这里却怀念起国内的热闹来。

一路开车，路上又歇了好几次，有一次就停在斯堪的纳维亚连锁酒店下面，在车里打了个盹儿。

2014 年 10 月 7 日
斯德哥尔摩

从卡尔马一路开到斯德哥尔摩，行程 600 公里。长长的路上，经常只有我们一辆车。在国内常常嫌人多车多的我们，到了这人少车也少的瑞典，却有点适应不了，好不容易看到一辆车，顿时安下心来，原来不是只有我们。快到斯德哥尔摩的时候，车开始多起来了，都是大卡车，大概是给城里运送各种生活用品的。我们跟在卡车后面，安心了。

一路夜行，到斯德哥尔摩已是凌晨 1 点半。雨下得正欢。透过挡风玻璃看到斯德哥尔摩的街道，却依稀觉得是上海的模样。先生和我说：怎么像回到了上海啊？

路边的商店都亮着灯。这边商店虽然关门早，但橱窗的灯都会彻夜开着，看来大都市总是相似的。

旅馆所在的小巷子很窄，先生看着门脸就觉得旅馆太破了，我安慰他：反正只待 8 个小时就要退房了，然后去高大上的 Raddison！我没想到的是，因为这家旅馆服务太好，后来我们干脆把预订的 Raddison 退了，一直住在这里。

按了门铃，里面有人答话，英语标准得仿佛录音，我一下子反应不过来是真人还是机器应答。还是按照他的问话回了话，门开了，进去，关上门，好温暖！

10 月份斯德哥尔摩的雨夜已在 10 度左右，里面却如春天般温暖。看起来像是有年头的老房子了，却收拾得非常干净。上了楼梯，前台有位高高大大的黑人在，刚才标准的发音看来就来自这位老哥。

他看了下护照，给了我们房号，入住就办好了。

到房间一看，虽然不大，不过设施齐全，于是下去搬行李并停车。

停车也费了些周章。

之前打电话过来询问的时候，女服务员就和我说要停在一个什么地方比较便宜。刚刚办入住，那位黑人大哥也说了句关于停车的话，但时值深夜，我的脑子已是一团糨糊，没听清他说的是什么。

我们转了两圈，旁边的两个停车场都停得满满当当的。后来好不容易找了个角落停了进去。

回到旅馆，快凌晨3点了，倒头便睡。

早上7点多，先生惦记着停车费，把我从温暖的被窝里拽起来去还车。雨下得更大了。我也来不及洗漱，顶着一张隔夜的面孔，从挡风玻璃后面看着雨中的斯德哥尔摩，脑子却是一片空白。

正值上班高峰，有点堵车。到了还车处，办好手续，去吃早饭。昨天辛苦了一天，我坚持要吃点好吃的。正好旁边有个餐厅，布置得赏心悦目，大片的橙色，让人精神一振。进去要了一份烟熏三文鱼和一个三明治，味道果然不错。

烟熏三文鱼早餐　　　　　　　　　　　　橙色的餐厅

吃完东西，人也缓过来了。突然发现相机没有了，想了一下，莫非落在车里了？好在租车行不远，走过去和前台说明了情况，前台打了个电话，说果然在车里，让我们下午去取。

好吧，体力透支的时候难免会出状况。

回到旅馆，实在是连眼睛都睁不开，我继续倒头睡觉。这样寒冷的雨天，我想不出比躲在旅馆睡觉更好的做法了。

　　一觉醒来已是下午 4 点。被子温暖得让人不想起身。不过再睡下去真的要变小猪了，所以还是起来，洗漱完毕。先生下午就出去了，取他的相机。发了个短信给他，告诉他我已准备就绪。

　　过了一小时，他回来了，说是去买了两张城市交通卡，取回相机的同时还顺便取回了早上在还车处丢掉的杯子。

诺贝尔博物馆

诺贝尔颁奖晚宴冰激凌

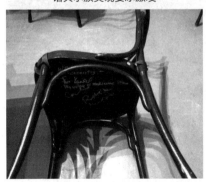
椅子背后诺奖得主签名

　　诺贝尔博物馆就在我们住的旅馆旁边，走路 5 分钟就到了。5 点到门口，被告知今晚是免费参观，意外的惊喜。

　　博物馆面积不大，展品却很丰富。有 10 多个诺贝尔奖得主的录像，循环播放。

　　看了一圈展览，去旁边的饮食部坐下来。这里供应简单的餐食，包括很多旅游攻略上推荐的诺贝尔颁奖晚宴冰激淋。

　　冰激淋做得很精美，如同艺术品，口感却一般，对于我来说偏甜了。不过花个四五十克朗就可以享受一下诺贝尔颁奖晚宴冰激淋的感觉还是不错的。

　　又点了一个三明治加一份汤。很美味。不到人民币 200 元，已是吃得心满意足。

　　据说这里每张椅子坐垫背后都有诺贝尔奖得主的签名。我翻起一张来看，果然，在椅子背后有金色的签名。不过因为这样做动作幅度比较大，我不好意思一张一张翻。按我的本意，要能找到爱因斯坦或居里夫人的签名就赞了。

先生因为没有休息好，已经累得快崩溃了。我白天睡得足足的，正在兴头上，于是让他先回旅馆休息。又到纪念品部看了下，东西可真多，有历届诺奖得主的明信片、冰箱贴，还有磁质书签……

纪念品部的服务员是个年轻的金发男孩，也就20岁出头的样子。他问我从哪里来，我说中国，他说他在日本留学过4年，会日语，能读村上春树的小说《挪威的森林》。并写在纸上给我看：挪威の森林。我很惊讶，问他学了几年日语？他说学了10年，中学的时候去日本交流学习过，所以后来去日本留学。我问他为什么不找一个和日语相关的工作，他说可能以后会换。

已经到关门的时间了，他还是一丝不苟地帮我包装，问我是自用还是送人，我说送人，他给了我两条蓝色和金色的丝带。斯德哥尔摩虽然很冷，但这里的人总是给人温暖的感觉。和他道别，给了他一个大大的微笑：以后有机会到上海来玩！

拎着一堆纪念品，心满意足地出来，发现先生居然还在门口等着。看来还是不放心我一个人在外面。

出来在门口的小街上转了一圈。这里是老城区，门口就是著名的大广场。1520年11月，丹麦国王克里斯蒂安二世在这个广场上屠杀了反对他的瑞典贵族，史称斯德哥尔摩惨案。这场屠杀激起了民众起义，最终选举出古斯塔夫·瓦萨为瑞典国王，带领瑞典脱离了卡尔马联合。

本来还打算利用晚上这点时间去坐一下斯德哥尔摩的地铁，据说里面有很多地铁艺术作品，可惜先生已经彻底体力不支了，于是作罢，回旅馆休息。

2014年10月8日

第二天，我们决定分头行动。先生想去看瓦萨博物馆和林格伦纪念馆，我想去看市政厅和博物馆。

一早出来，艳阳高照，斯德哥尔摩的晴天真是好美。

斯德哥尔摩是由几个岛连在一起的，说是岛，其实走熟了并不远。从老王宫出发，走个十几分钟就可以到船岛上，那里有当代艺术博物馆等好几个博物馆。因为时间的关系，我并没有进去参观，只是在门口买了些纪念品。

船岛很美，阳光透过浓密的树冠，洒在雨后的地面上，让人流连忘返。

船岛

市政厅

在船岛转了一小圈，还是通过有王冠的桥回到了老城区，继续往市政厅的方向走，20来分钟就走到了。市政厅是整点参观，我刚错过一班，于是买好票，等下一批。

坐在门口等的时候，见到有中国过来的旅行团，好几十个人。

到了正点，进入厅内，一位金发美女已经在那里等着了。她穿得很简单，黑色的裙子，外面套件白色的短衬衣，显得很优雅。

她向我们介绍了市政厅的历史，带我们参观了每个房间，包括平时召开会议的会议大厅和举行晚宴的金色大厅。

议会大厅的设计很特别，顶上是一只倒扣的船，里面的设计处处体现着平等的概念。

金色大厅富丽堂皇，据说当时是请了一个年轻设计师设计的，非常有创意。但也因为年轻，所以没有经验，仔细看就可以看到墙面有 bug。有个图案是不完整的。

有王冠的桥

斯德哥尔摩市政厅

金色大厅

　　她还告诉我们，一楼墙上的那个小星星是为了让穿着礼服的人从二楼走下来的时候视线有个焦点。并让我们想象自己穿着礼服从楼梯走下去的感觉。

　　从市政厅出来，一路往老城区走，经过议会岛。这是一个很小的岛，上面就是议会所在，建筑庄严肃穆。

议会岛

步行街

岛的对面就是步行街，人流如织。因为预订了下午 3 点的游船票，所以来不及多逛，只买了两个瑞典小木马就匆匆离去。

游船

到了游船上，有各国的语音讲解。船带着我们绕着斯德哥尔摩开了一圈，沿路介绍各个景点，公园、工业区……斯德哥尔摩的午后很美，阳光正艳，有人在沿着河边跑步；也有情侣靠在一起坐着，低声交谈；有妈妈带着孩子出来散步；也有老人出来遛狗。

回到旅馆的路上，顺便看了眼王宫。本来想去王宫参观的，因为就在住所边上，没想到王宫关门特别早，还是没赶上。只得看了看门口站着的卫兵。夕阳西下，落日的余晖给老王宫镀上了一层金色，神圣而庄严。

游船经过的岸边

自助游的一个特点是可以随性地玩，但时间安排肯定不如跟团紧凑。所以要时间充裕才能玩得尽兴。

回到旅馆，正是约好的时间，先生已经在等着了。

叫了个出租车，一路开到机场，时间尚早。先生去新秀丽买了个扎箱带。我看中了一款新秀丽的箱子，打完折还不到 2000 元，比国内便宜多了。不过信用卡怎么都刷不了，只得作罢，遗憾了一路。

老王宫的门口

柏林

飞到柏林，已是晚上。在服务台买了两张两日通票，包含博物馆岛等优惠。

因为过一天要去慕尼黑，所以先去火车站买火车票。看了半天，也没搞清楚怎么买，已是半夜，决定还是先去旅馆。

到旅馆安顿下来。我们订的是一间公寓，可以做饭。公寓空间很大，有个不小的阳台，上面摆了两张椅子和一个小桌子，床的旁边就是小厨房，设施一应俱全，甚至包括切菜板和碗勺。

2014 年 10 月 9 日

自己做的早餐

一觉睡到天亮，先生去旁边的超市买来了大瓶的橙汁、鸡蛋、火腿片、坚果和面条，才花了不到 10 欧元。从北欧到德国，感觉一下子成了富人。

早餐就吃面。坐在阳台上，一人一杯橙汁，吃着面条，看着楼下的工人修路，岁月静好。

上午就这么消磨过去了，中午睡了个午觉，起来，在前台的电脑上查火车票。在国内查的时候，去慕尼黑的火车票每人只要 60 多欧元，但因为签证没下来，不敢买。现在因为是临时买，价格已经涨到 100 多欧元了。

买好票，出去坐了辆公交车到火车站。那里有好多旅游巴士。买了两张旅游票，坐上车，开始环游柏林。

柏林的旅游车介绍不如斯德哥尔摩的游船做得好，声音听起来怪怪的，有点像机器人。一路经过了柏林的议会、商业街、电视塔，在电视塔停下，说下班了。一看，果然已经 6 点。有几个刚上车的美国人不乐意了：我们才刚上来，怎么就不开了？但没人理会。

　　德国人的守时是出了名的。据说有一次我们单位去法兰克福参加书展的时候，下班时间一到，司机就把我们社长扔在路边，说：我下班了。

　　电视塔旁边是个广场，空间开阔。我们在那边坐下来，看着喷泉，吹了会儿风。见着旁边餐厅的人多了起来，于是也过去，点了两份餐。

　　服务生是个男孩子，手脚很麻利，耳朵上戴了很多耳钉。在柏林，不管是地铁还是马路上，到处可以看到戴着耳钉、鼻钉，甚至舌环的年轻人，一副很酷的样子。

　　晚餐量很大，我吃了一半就饱了，不想浪费，就打了个包。

　　看看旅行手册的介绍，查理检查站应该还开门，于是打了个车，直奔检查站。

查理检查站

　　检查站里展示的多是东西柏林被高墙分开时，东柏林的人逃往西柏林所使用的各种方法。有潜水的，有躲在汽车后座的，有挖地道的，有用假护照的……人民的创造力得到了充分的发挥。但这个展示也让人觉得很沉重，有些人成功逃亡了，有些人却在逃亡中永远地离去了。

　　旁边的纪念品商店有出售小块柏林墙的，一小块几个欧元。但时间太晚，营业员已经下班了。后来我们在另一家店里看到也有卖的，价格还便宜些，就带了几块回来留作纪念。

各种逃亡方式

2014 年 10 月 10 日

博物馆岛

第二天的行程排得很满。跟着 Lonely Planet 的徒步路线，一路走过大屠杀纪念碑、希特勒最后葬身地、菩提树大街、勃兰登堡门、洪堡大学，一直到博物馆岛。

大屠杀纪念碑是高低错落的水泥墙。设计感很强。在里面穿行，有一种肃穆的感觉。

大屠杀纪念馆

大屠杀纪念馆附近就是希特勒最后的死亡之地——地堡，据说他就是在这里和他的情妇爱娃一起自杀的。我们沿着马路走过去，不多远就走到了，现在只是一个普通的停车场，约有 200 平方米，路旁立了一个小告示板，上面有文字介绍。

然而这个普通的停车场却吸引了大批游客。在我们前后就有六七批游客前来参观，人数不下几百人。

先生拽了一下我的衣服。顺着他手指的方向看去，告示牌的左边支柱的地上放了一根小小的红蜡烛，火苗还在风中摇曳，莫非这是给希特勒的祭奠？

地堡告示牌和蜡烛

勃兰登堡门附近人群涌动，很多人是在这里集合出发参加城市之旅的，多半是踩着自动轮滑车，最雷人的一个是像花朵一样的装置，每个人站一个方向，一起行动。

勃兰登堡门

已是中午，于是就在附近吃了个饭。餐馆人很多，都是本地人，看起来不错。进去上洗手间发现居然还有中文指示牌，顿感亲切。

丰盛的午餐

伊斯塔尔门

我点了三文鱼，先生点了牛肉饭。价格不贵，量却很大，根本吃不完。我们坐着的时候，旁边也来了对年轻的中国夫妇，女孩子跑过来问我们哪种饭好吃，我说可以试试德国的猪手。

后来看到他们果然点了，也是量大到他们吃不下。

吃完饭就去博物馆岛。

博物馆岛是博物馆的集中地，有柏林的新老博物馆等。几件最著名的文物也都在这里。

我们先去西亚博物馆，进门就看到了伊斯塔尔门，伊斯塔尔门是当时世界上最大的城市古巴比伦城的城门之一，修建于公元前 604 年至公元前 562 年。它原本是一座双重巨门，还有一条 20 米宽 250 米长的大道连接着神殿，由千百万块天青色釉砖装饰，是与空中花园齐名的世界建筑奇观。建筑毁于公元前 2 世纪。从 1902 年开始，德国人用了 8 年时间将其从古巴比伦遗址中发掘出来，全部运回德国，后来在西亚博物馆内复建。由于空间的限制，只复原了双重门中较小的一座 14 米高、30 米宽、镶嵌着 42 只神兽的门，以及两面高墙和一小段通道，也都是天青色釉砖，镶嵌着雄伟的狮子。这是一座"全人类都将为之惊叹"的伟大建筑。[1] 当 2200 多年前的文明霍然矗立在面前时，我很难形容这种感觉，唯一找得到的词汇是：

[1]　这段关于伊斯塔尔门的介绍文字来自网络上守山学堂的《伊斯塔尔门》，略作了修改，特此说明。

breath-taking。真的，它会让人忍不住屏息。如果非要形容，就是雄伟壮丽，又带着一丝神秘。

从新博物馆出来后，在门口的草坪坐了会儿，旁边就是著名的柏林大教堂，我却已经没有力气迈步去一探究竟。现在想来有点后悔。我就在那里坐着，对着教堂拍了一通照。

然后提起精神，继续参观老博物馆。

柏林大教堂

这里都是古希腊、古罗马的雕塑。匆匆地走了一遍，很多都曾经在艺术图书上见过，无疑是珍品。

出得门来，门口停着辆婚车，大概是一对小夫妻在这里拍婚纱。我们用手机就着婚车的背景自拍了几张，自娱自乐。

博物馆展品

我们还惦记着第一天路上看见的大百货商场。攻略上说这里是必去的购物场所。于是坐了地铁横穿柏林，到了那里，却十分失望。东西贵不说，也没什么值得买的东西。于是，又坐回来，到旅馆拿了行李，直奔火车站。

火车是卧铺，看起来和中国的卧铺没啥差别。我们走了一天，累了，倒头就睡。

放下床铺变成了沙发

2014 年 10 月 11 日

醒来后发现，包厢里还是只有我们俩。然后我开始研究卧铺的座位，总觉得可以把中间那层拆掉。先生研究了半天，也没发现奥妙所在。旁边路过一个德国人，看我们研究得起劲，也凑了过来，和我们说：这个应该是可以放下来的，他看到列车员放下来过。但他研究了一会儿，也没研究出什么，于是和我们说他先回自己座位，研究出来后告诉我们。我们也没当回事，没想到过了会儿，这位大哥跑过来，告诉我们他知道怎么做了。原来，第二层有个机关。于是两个大男人一起用力，把第二层的床铺放了下来。这样一来下铺成了一个沙发，上铺还保留着，坐着就舒服多了。

慕尼黑

到了慕尼黑，正是早上，在火车上睡了一夜，还省了住宿费，真是一点都不耽误时间。先生去买咖啡喝提神，我拉着箱子去楼上坐着，点了份早餐。

下一站是福森，天鹅堡所在地。商量了一下，还是自己租个车比较方便。于是就到火车站的租车行问讯。没想到正逢周末，赫兹等几家大的车行车都租完了，只有当地的一家车行还有车，居然还是宝马，一天 500 多元人民币。价格够实惠的。

转过一个街角，去车库提车，出车库的时候，遇到点小麻烦。转了几圈，总算出来了。

车上的导航是英语的，也是折腾了半天，才算弄明白了怎么用。于是一路开车，前往福森。

福森

德国和瑞典不一样，路上车很多，且车速极快。我们开到 120 英里 / 小时，还不断地有车超过我们。

下午一点多，我们到了一个小镇，看到有家餐馆还开着，于是，停车，吃饭。

小餐馆布置得很整洁。里面还有几位客人。老板娘的妈妈年纪不小了，却打扮得很潮，在前台算账。

点了两份餐，慢慢地吃完。德国的食品，没什么惊喜，却能吃得很饱。

继续出发，下午 3 点到了福森。我们订的是个家庭旅馆，名字叫 Landhotel Guglhupf。外表看起来很普通，里面的装修却很温馨精致，到处都是别具特色的布娃娃，据说是旅馆主人亲手做的。墙上挂着在 tripadvisor 网站获得 "2014 旅游者之选" 的牌子。

我们的房间在二楼，挺大的。房间的风格很温馨，中间的大床让人看了就想躺上去睡一觉。累了一路，洗了把脸，开始睡午觉。

家庭旅馆

眯了会儿起来，天色还早，站在阳台上，可以看到新老天鹅堡。

看了会儿，我们决定出去走走。

10 月的福森，天气还不算太冷。路过旁边的房子，有人在用机器劈柴，把柴码成一堆一堆的，准备过冬。还有一个房子旁边，贴了一张有趣的标牌，上面画了只小猫。先生懂德语，看了一下，说：这只猫吃掉了 ×× 只鸟，抓破了 12 双丝袜，吃掉了 ×× 条金鱼（×× 代表我记不清

可口的晚餐

可爱的小婴儿

了）……这个主人可真有幽默感。

走过牧场，牛羊们都在吃草，风吹过，牛羊脖子上的铃铛叮当作响。可以闻到牧草的味道。

一路散步回去，问老板娘哪里可以吃晚饭。老板娘给了我们一张简易地图，周围的 5 家餐馆都标在了上面。

于是找了最近的一家走过去，已是满座。第二家，也是满座。不过说可以预订明天的位子，毫不犹豫地订了。第三家有点远，穿行在小路上，夜色已深，远远地看到一片灯火，那里应该就是镇上吧？

走了约 20 分钟，终于到了第三家，也是人声鼎沸。我想估计是吃不上了，准备打道回府，自己煮方便面吃。没想到居然还有位子。

女招待把我们领到里间坐下。餐馆布置得别有风味。我们桌子旁边的角上就是耶稣受难像。

女招待穿着传统巴伐利亚的服装，花边的胸衣，就像我在电影里看到的那样。

我们点了色拉、猪肘和鱼。量很大，味道也不错。旁边一桌是一对小夫妻带着个婴儿。不一会儿，小婴儿开始在地上爬，很快就爬到了我们这桌，支起小身体，大大的眼睛望着我直笑。忍不住给他拍了几张照。他老爸走过来，很 nice，我夸宝宝可爱，他很开心。

吃完饭，慢慢走回旅馆。路上经过刚刚看到的灯火通明的地方，原来是个泡温泉的所在。人声鼎沸，旁边停满了车子。先生说要不回去拿上游泳衣我们也来泡泡？

回到旅馆，实在太累了，于是作罢。

2014 年 10 月 12 日

楚格峰

第二天一早开车去楚格峰。

楚格峰是德国最高的山峰，离福森不远，在德奥交界处。

到楚格峰已近中午，买了上山的票，等小火车。

火车开到一半，换乘缆车上山。山上真的很冷，风很大，可以看到大片的雪。楚格峰海拔不到 3000 米，但呼吸起来已经不是很顺畅了。

我们躲进餐厅补充能量。先生点了一个香肠餐。我看了半天，也不知道要点什么，大概是一下子缺氧头脑不清醒了。点餐的服务员有点着急，笑着问我：想好没有？我想了下，干脆啥都不点了，分先生的香肠吃！

餐厅里人很多，有很多是夫妻两个带着小孩子出来玩。小孩子也就三四岁的样子。

吃完饭，有点力气了，出去看风景。

山顶有个小教堂，木制的屋顶，里面装饰得还挺漂亮，没人的时候很安静。

楚格峰顶的教堂

有很多人在登顶。先生也心痒要去爬。我留在这边给他拍照。

楚格峰的峰顶上有个大大的金色星星，很多人爬到那儿挥手示意。我看到有女生居然穿着高跟鞋在爬，真是替她捏了把汗。

楚格峰顶

我一路跟拍，拍了几十张。小小的峰顶，挤满了人，一个不注意恐怕就会被挤下去。

先生爬回来后说：还是挺危险的，因为没有任何安全防护。我庆幸自己做了一个明智的决定。

在山顶找人给我们拍照，遇到一位带着父母出来玩的奥地利大哥。他父母年纪都很大了，行走不便。看得出他是个孝顺儿子。他说他去年也去中国玩了，去了好多城市，待了近一个月。还说这段时间这里的中国游客特别多，感觉自己又回到了中国。

一路下山，到了 Elbsee。这里是个高山湖，很多人在这儿一边晒太阳一边吃饭。湖水很清，可以看到水草在碧色的湖水里摆动，湖面上还有几只鸭子在悠闲地凫水。

好想坐下来享受一下午后的阳光，可是时间已晚，我们还要赶回福森，只得作罢。

美丽的高山湖

继续坐小火车回到山下，我们旁边是一男一女两个华人，带着一男一女两个孩子。女生说：多亏你有经验，今天帮忙，不然我真带不了他们俩。男生表示没什么，说：你家老宋怎么啦？女生说：不用管他……不一会儿，老宋来了，满脸疲惫。听先生说，他刚刚也看到他们了，可能老宋有点高山反应。两个小孩子脸上，也看不到欢乐的神情。

我们前面是一对当地的老夫妻，也带着两个孩子，估计是孙辈。这里当地的小朋友脸上总是很阳光很天真。回想起我们在租车的地方看到的华人年轻夫妇带着的孩子也是一脸菜色，妈妈的穿着像国内 80 年代的，估计在这里还是生活不易吧！同样的蓝天白云，我见到的这几个华人的孩子却生活得并不开心，似乎还不如在国内的孩子快乐。

一路开到昨天预约好的餐厅，里面的摆设温馨精致。桌子上还摆着小南瓜人。可不知道是不是因为高原反应，我胃口一点也不好，什么都吃不下，可惜了美食。

吃完饭也没力气去泡温泉了，休息了事。前一天没住到阁楼间，今天已过了周末，休假的人都回去了，于是换了顶楼住。

餐桌上的小南瓜人

精致的餐厅布置

顶楼比二楼小，不过浴室布置得别有风味，有个小天窗可以看到天上的星星，还可以泡澡。先生放了一浴缸的水，让我也去感受下，的确很舒服。他就坐在阳台上，泡杯茶，看星星。

2014 年 10 月 13 日
天鹅堡

第二天是去天鹅堡。

天鹅堡离我们住的地方很近，在阳台上就能看到。开车却还是要一段路。

到了售票处，我们惊呆了，这一路走来没见到排队的，居然在这里见到了。这个架势不比国内的景点差。

天鹅堡实行限流，门票上有入场时间，不到时间进不去。

我们先去老天鹅堡。老天鹅堡是黄色的，是巴伐利亚国王路德维希二世小时候的住所。导游带着我们一间一间地参观。一刻钟左右就参观完毕。

在老天鹅堡看新天鹅堡

外面有几个精致的喷泉，有小男孩形状的、狮子形状的……远处可以看到山上的雾霭，如同笼了一层薄纱。

精致的喷泉

　　参观新天鹅堡的时间还没到，我们就慢慢地走过去。下着小雨，地上湿湿的，时不时可以看见马粪。这里连接新老天鹅堡的路上有马车。

　　这段路看起来不长，走起来却不短。且都是上坡，走得我满身大汗。眼看参观时间快到了，更让人着急。

　　前面有一对德国夫妇带着两个儿子过来玩。小儿子显然走不动了，要爸妈背。爸妈却毫不理睬，继续大步向前。小儿子开始哭闹，但爸妈显然不为所动。后来旁边的小哥哥看不下去了，背他走了几步，但因为他也还小，只能背两步，放两步。小弟弟感到自己的哭闹无效，居然也就乖乖地走路了。

　　旁边是中国的旅行团，看到了这一幕，上去夸奖小哥哥：做得好！

　　紧赶慢赶到了新天鹅堡，恰好是进场时间。于是跟着导游一间一间参观。这里的游客显然比老天鹅堡多，就算限流也挤得满满的。

　　佛雷德里希显然把自己认同为天鹅骑士，房间里很多装饰都是天鹅。这是一个悲情的故事，据说王子喜欢他的表姑茜茜公主，以致在和索菲公主的婚礼前反悔，终身未婚。又因为建造新天鹅堡耗资巨大而导致亏空，以精神病为由被废黜，被司法部门带走的第三天就神秘地溺死在施塔恩贝格湖里。

门口是纪念品部，因为已是最后一个景点，所以连一向不屑于买纪念品的先生也买了一些。旁边是个咖啡馆，有点饿了，点了两份小食。坐在窗边，一边吃一边看风景。

出来已是傍晚，本来还可以去看天鹅堡的博物馆，但实在没精神了，于是作罢，在天鹅堡入口处的湖边转了一圈。

天鹅堡入口的湖边

已是深秋，湖边林子里的树叶都红了，落了满地，红红黄黄的一片，如同浓重的油画。越往里走，越像到了童话世界，美不胜收。

因为还要开车去慕尼黑，所以不敢久留，走了一段就出来了。

又到慕尼黑

一路飙车，开到 160 英里 / 小时，却还是有车不断地超过我们。真是到了德国，才知道车子开得有多快。不过奇怪的是，虽然车速这

湖边的林子

么快，我们却没有看到一起交通事故。究其原因，可能是因为德国人守规矩吧！他们的车道并不宽，就两车道，左边是超车道，右边是正常行驶道。一般超完车后大家都会自动到右边的车道上，所以相安无事。

到慕尼黑已是晚上，找到了我们的旅馆，小小的，不过很干净。接待的小姑娘甜甜的，和柏林的风格完全不同。

放好行李，我们到前台问哪里可以吃晚饭。她问是不是传统巴伐利亚风格的。我们说是。她说出门拐弯就有一家，很多当地人都去那里吃。

　　我们走了 10 来分钟，到了店门口。一群人聚在门口抽烟。

　　走到里面，我真的惊呆了！

　　从没见过这样吃饭的场面：一大间屋子，摆满了长条桌，桌子边坐满了人。大家都在喝啤酒吃肉聊天，人声鼎沸。招待们端着大杯的啤酒不停地穿梭在人群中。

热闹的餐厅

　　我从来不知道老外也可以像中国人一样热闹地吃饭，甚至有过之而无不及。

　　放眼望去，都是当地人，只有一两个东方面孔间杂其间。我们知道，来对地方了，这才是本地人的生活。

　　我们好不容易在招待的帮助下找到一个可以拼桌的地方，和别人挤挤坐下。

　　和我们拼桌的这些人看起来经常来这里吃饭，和招待很熟悉。长得都粗粗壮壮的，绝对的德国大哥。桌上放满了大杯的啤酒。

　　先生点了份鸭腿加猪肉，我点了份汤。从楚格峰下来后我胃口就一直不怎么好。

慕尼黑的晚餐

　　菜上来的时候我又吓了一跳：量这么大！上海都没见过这么价廉物美的餐馆啊！

　　吃完饭已是晚上 9 点，人却一点都没减少。这一大屋子恐怕得有二三百人，还在那里喝酒聊天，仿佛这样的狂欢会一直持续到天亮。

　　回到旅馆，休息。明天要赶早上去哥本哈根的飞机。

2014 年 10 月 14 日
马尔默

　　一早起来开车去机场，路上给租车公司打了个电话，对方说要加满油还车，于是在路上顺便加油。虽然还很早，路上的车却不少了，看来德国人还真是很勤劳。加油的时候先生顺便买了杯咖啡。不时可以看到有人拎着早餐从小卖部出来开车上班去。

　　机场还车的指示牌很清楚，开到车库，顺利还车，然后去办托运。

　　飞到哥本哈根还很早，才上午 10 点，我们是下午 6 点的飞机。之前在丹麦多待了半天，所以取消了马尔默的行程，我一直很遗憾，正好现在有半天时间，于是决定存掉行李去趟马尔默。

　　存行李的地方却是找了半天才找到。他们告诉我们在车库里，我们怎么也找不着，以为听错了，又回来问，还是说在车库。

终于在车库的一个角落找到了，投个硬币进去，可以放一天。

把包存掉，彻底轻装上阵。在自动售票机上买了去马尔默的火车票，到站台等车。

去马尔默的车很多，10多分钟就有一班。

自从丹麦和瑞典的跨海大桥开通后，从哥本哈根到马尔默只要20多分钟，交通十分便捷。

马尔默受哥本哈根的影响，艺术设计产业也十分发达。到了马尔默火车站已是中午，我们就在火车站的快餐厅排队。这里完全是流水线作业，一个服务员拿起两片面包传给下一个，下一个问你要加什么东西，你可以在十几个盘子里选，有酸黄瓜、火腿片、奶酪……他会手脚麻利地一一放入，传给下一位。下一位面前是很多调料瓶，有番茄酱、色拉酱……他问你要什么酱，一一挤在上面，盖上另一片面包，递到你手里。旁边的大哥问你要喝什么，然后结账。你就在旁边的自助饮料机里接自己的饮料。

我是第一次玩这种饮料机，我要的是白开水，没想到按错键出来的是卡普奇诺，而且慢慢地泡沫都漫出来了。我一手拿着三明治，一手想关掉机器，手忙脚乱。柜台里的大哥立马蹿出来，帮我关掉机器，给我接了杯开水。我很不好意思，问他是否要付咖啡的钱，他说不用，还笑着说：不用客气，多接一点水。

在寒冷的北欧，遇到的人却总是让你觉得温暖。

吃完简餐，出了火车站。顺着大路一直走，到了他们的商业街。这里的家具很出名，于是在一家家具店看了下，设计的确很简约，北欧风格，可惜这么大的物件也没法带回国内。走完商业街，就看到了现代艺术展览馆，是个3层的小楼，里面陈列了一些瑞典的工业产品和艺术家的作品。我看中了一对图书耳环，耳坠是一本小小的图书，纸做的立体书，里面还有纸页。可惜我没有耳洞，于是包装好准备送给同事。

现代艺术展览馆的院子

做吊坠的老先生

　　展览馆旁边都是些艺术品小商店。有一家别具特色，店主是个七八十岁的老先生。里面展示了他做的吊坠和耳饰。有些得过设计奖。旁边还有一些各种各样的陀螺以及一些家居用品。

　　我看上了一个吊坠，先生看上了一个陀螺，老先生领我到旁边的工作室付钱。工作室里放满了瓶瓶罐罐，里面是各种原材料，还有制作工具。他给我看他正在做的一条项链，是他母亲留下来的，可惜展出时被偷走了，所以他在做复制品。他说那些陀螺是他的女婿放在这里卖的。他的两个女儿学的都是设计。聊得开心，老先生给我的吊坠也打了 7 折。临走时给了我一张名片，其实就是一张打印的小纸片，上面有店铺的网址和邮件地址。

　　回到火车站，坐上回程的火车，穿过跨海大桥，回到了哥本哈根。今天一天可是到了 3 个国家：一早在德国的慕尼黑，上午到了瑞典的马尔默，现在又回到了丹麦的哥本哈根。

　　办好退税手续，拿好登机牌，还有一个多小时，我们就在机场闲逛。在哥本哈根的时候光顾着参观，没怎么买东西，好在机场应有尽有，所有的丹麦特色品牌一应俱全。

　　ECCO 自然是第一选择。先生买了双休闲鞋，我又买了双中跟单鞋，最简单的款式。还有哥本哈根皇家瓷器，在步行街上没来得及买，这里的款式很丰富，于是买了一对咖啡杯，准备送给爸妈。

　　逛街真的很费时间。一看手表已经快到起飞时间了，一路狂奔，却已经听见机场的广播声回荡在上空：到上海的两位乘客 LONG 和 WANG 请尽快到登机口，飞机马上起飞了。气喘吁吁地上了飞机，我们已经是最后两个。好吗，来的时候也被广播，回的时候也被广播，倒是首尾呼应。

在飞机上，沉沉睡去，这 14 天，我们走了 3 个国家，10 个城市：哥本哈根、赫尔辛格、欧登塞、隆德、卡尔马、斯德哥尔摩、柏林、慕尼黑、福森、马尔默，在瑞典和德国的公路上行驶了 1000 多公里，登上了德国的最高峰，经历了很多的人和事……

这也是我们婚后第一次长途旅行。

上海的家，就在前方。

济州岛之行

济州岛的天空，
蓝得发碧。
蜻蜓的偶来小道，
布满这个美丽的岛屿。

牛岛的美食，
讲述着济州岛的来历。
天然的泳池下，
有着意外的惊喜。

美味的海鲜，
让人流连忘返。
可爱的泰迪，
我还会再来看你！

据说怀孕中期是可以出去旅行的，想着以后宝宝出生了可能没法再这么潇洒，于是心痒痒地想出去走走。不过毕竟已经是大肚婆了，不敢走太远，又懒得再折腾签证之类的，离上海最近的济州岛就成了我的目标。

济州岛免签证，上海出发飞机一个小时就到了，而且 9 月至 11 月正是旅游的好季节，太适合我这样的孕妇了。再一查，机票也不贵，国庆前来回也就 1000 多元。酒店 400 多元一晚已经能住得不错了。总体预算也就 3000 元一个人。和先生一说，先生也同意，再和爸妈一说，他们也想同行。于是订好机票酒店，趁着工作告一段落，出发了！

2015 年 9 月 24 日

因为只飞一个小时，所以订的是春秋的航空，考虑到舒适性，没有选一早的飞机，10：50 起飞，虽然价格贵点，还是值得。

就算这样我们也 6：30 就出发了，到机场才 7 点多。上楼吃了点早餐，等爸妈到了一起去办登机手续。正好一个团队也过来办，一下子人就多起来了。

我是孕妇，享受了一次特殊待遇，直接从安检边上过了。

等先生过来，逛了一下免税店，买了一条施华洛世奇的项链，美滋滋地戴着上了飞机。

到济州岛已是当地时间 1：30，感觉刚上飞机就降落了，连饭都吃得很匆忙。

过边检的时候因为单子信息填得不够完备，耽搁了点时间。妈妈在那里举着手机拍照，被喝止了。

拿完行李到门口已是 2 点。济州岛机场的洗手间很人性，有供孕妇专用的厕所，很宽敞，不用排队。

到问询处拿了份地图和几份资料，去坐万能的 600 路。

600 路就在 5 号门口，20 分钟一班。上车买好票，就一路坐过去，我们是在新庆南酒店下，几乎要坐到底。一路经过中文旅游区、乐天酒店、世界杯等地标，坐了一个半小时，终于到了站。

下车差不多已经 3 点半了，按照评论上说的往回走两个路口再上坡，大概 15 分钟到，结果我们还是走了近半个小时。到了旅馆，和老板协商能否换四人间，老板不同意，不过把我们第一晚从四人间升级到了六人间，也是不错了。

进房休息了会儿，决定去吃好吃的。

在点评上搜了一圈，发现附近有一家吃鲍鱼的，叫忆起之家，评分很高。于是决定去那里。

老板开车送我们过去，发现就在新庆南附近。到了店里，人已很满，原来这家店只做着一种菜，分小、中、大份。我们要了个四人锅，两份米饭，两份面。不一会儿，小菜摆上来了，各种泡菜，然后锅也上来了，上面满满的是鲍鱼，还是活的，慢慢蠕动着。老板娘手脚麻利地用剪刀把章鱼剪碎，然后开火。火一开，鲍鱼觉得热了，动得更厉害了。看起来真有点残忍。我们人类为了满足自己的口腹之欲，是不大会理会动物的痛苦的。

没多久，锅就开了。老板娘示意我们能吃了。先生吃了一个鲍鱼，直说好吃，一口气吃了七八个。

我吃了点章鱼，吃了几个濑尿虾。这里的虾的确很新鲜，肉是甜甜的，和在上海吃的不可同日而语。

等锅吃得差不多了就把面条放下去，汤汁正浓，捞起面条来，很有嚼劲儿。

隔壁的韩国大哥一个人一个锅，吃得不亦乐乎。

吃饱喝足，慢慢地逛回去。

路口是 CU 超市，看起来干净整洁。进去逛了一圈，买了一个韩国必吃的香蕉牛奶，1300 韩元；一个哈根达斯大桶冰激凌，9900 韩元。爸爸喝了杯咖啡，据说味道不错。

回到旅馆，洗好澡，吃着侥幸没被安检没收的水果，看看攻略，准备第二天去牛岛和成山日出峰。

2015 年 9 月 25 日

一早就醒了，睡不着，于是爬起来出门走走。

早上的空气很好。我沿着旅馆旁边的路往右走。看到点评上说我们这家旅馆就在 6 号和 7 号偶来小路的中间，估摸着偶来小路就在不远的地方。

果然没走多远就看到了 7 号偶来小路的标志。偶来小路是一个在外旅居多年的韩国人回到韩国后发起的。她在国外发现有很多徒步路线，于是回到济州岛后也发起了这个运动。以蓝色和橙色的箭头为标志，整个济州岛有 12 条偶来小路，串起了岛上最美的风景。每年 10 月，这里还有偶来小路节。

我沿着偶来小路的标志往下走，一路都是木栈道，没多久就走到了独立岩景区。顺着台阶往下，转两个弯，便看到了美景：海浪拍打着高耸的岩石，卷起白色的浪花，岩石把海水围成两个池子，颜色更显碧绿，远处是帆船造型的新缘桥和鸟岛。

这样的早晨，我一个人，在台阶上听着海浪拍岸的声音，空透轻灵，真让人想停驻在这一刻。

待了一会儿，我还是往回走，路上遇到清晨出来徒步的人，用韩语向我问好，我也依样画葫芦地回了一句。

回到旅馆，已是早饭时间，老板娘一个人在餐厅。我上楼去，回到房间，先生还没起来，睡得跟小猪一样，叽叽歪歪地懒在床上。听我说早餐 8 ：30 结束，才磨磨蹭蹭地起床，做出各种呆萌的表情。

再到楼下餐厅，已经坐满了各式人等。有韩国的年轻夫妇带着刚满周岁的孩子，也有欧洲的年轻夫妻带着刚会走路的小女儿……看来这个家庭旅馆还挺国际范儿。

早餐很简单，面包、火腿、奶酪、果酱、鸡蛋、橙汁、牛奶、咖啡、茶。和我们在欧洲家庭旅馆吃的差不多。

吃完早饭，我和妈妈还有先生出门溜达，走了另一边的路，也是很美的景色，美丽的池塘里满是睡莲，仿佛莫奈的名画。在木栈道上走着，旁边是火山石做成的石桌，简单而有味道。远远地可以看到鸟岛和港口。路上还有小小的精致的雕塑。

回到旅馆已近 10 点，为了节省时间，决定打车去牛岛。

牛岛在济州岛的东边，开车过去也要一个小时。汽车一路疾行，到了牛岛的码头。进去买票要先填单子，写上姓名、出生日期、联系电话，交给售票员，来回船票 5500 韩元 / 人。我们拿着票进了码头，等快上船的时候才发现排错了地方，这里是玩潜水艇的。于是又重新排队，好在班次挺多，一会儿就上船了。

这里的轮渡都是席地而坐，大家把鞋脱在过道上，坐在两边的空地上，有的人还舒舒服服地躺下来。浪很大，摇得船直晃，站起来反而舒服些。

大概 20 分钟就到了牛岛。

下船的地方有个红色的灯塔，据说很多韩剧都在这里取过景。好几个韩国家庭也在这里拍照。

灯塔

我们也凑了把热闹。红色的灯塔，黑色的礁石，白色的防浪堤，简单的背景，拍出来却是极佳的效果。

沿着地图上的一号偶来小路往岛上走，两边都是农田和农舍。看来牛岛是偶来小路的起点。

牛岛小书店

偶尔路过一家小小的书店，很有情调，墙上还有手绘，忍不住在外面的木凳子上坐下来，拍出来就是一幅画。

走了约半小时，终于到了著名的汉拿山炒饭。据说这是来牛岛必吃的。

到了店里坐下来，点了四人份的菜，两人份的饭，然后看着旁边那桌炒饭。

一会儿小菜和汤就上来了，海带汤带点大酱的味道，走得正口渴，一下就喝完了，戴着头巾的服务员大哥马上过来帮我添了一碗。

不一会儿，我们的锅上来了，里面满满的一锅鱿鱼，红红的调料配上绿绿的大蒜叶，激起人最深的食欲。

鱿鱼锅带点儿辣，但又不是辣得吃不下去，于是一边吐着舌头一边吃，吃得满身大汗。

等吃得差不多了，让服务员过来炒饭。店里好像会做炒饭的服务员只有两个，都在忙着，我们只能耐心等待。

过了 10 来分钟，一位韩国大叔过来了，把锅里剩下的汤料捞了一半出来，把两碗米饭倒下去，做成汉拿山的形状，然后把蛋液倒下去，满满一锅，模拟火山喷发的情景。他在最外面点了一个小点，示意这就是牛岛。然后又倒下去若干奶酪。煮了一会儿，示意我们可以吃了。

香喷喷的鱿鱼炒饭，配上芝士蛋液，这是怎样的人间美味啊！

我们这一顿饭吃得饱饱的，居然到了晚上 8 点都没觉得饿。

价格也不贵，一共 64 000 韩元，折合人民币也就 300 多元。

吃完出门，发现门口的小屋四周墙壁和天花板上写满了来这里吃饭的人的名字，真是一家火爆的小店啊！我们想找个地方签名都没处落笔。

出门继续往前走，准备去坐旅游大巴。毕竟作为一名孕妇，我有活动适度的自觉。

到了车站，正午的阳光正烈，先生去买了一顶草帽，遮这晒人的阳光。我去车站买票，一个人 5000 韩

汉拿山炒饭

天花板上的签名

元，停 4 个站点，每人发一张牌子挂在脖子上。

上车后不久就开车了，司机大叔很卖力地介绍着牛岛，我却一个字也听不懂。这是我出国第一次遇到这种窘境，因为以前去欧美，好歹能听懂英语。韩语，在我听来真如天书一般。

下了车就看到了美丽的大海。

对面有卖花生冰激凌的，这也是牛岛著名的小吃，跑去买了一个。碎碎的花生洒在堆得像小山的冰激凌上，吃一口，香气四溢。先生买了一个柑橘冰激凌，也别有风味。

吃完冰激凌，拍了几张照片，等下一班车。

这班车的司机大叔介绍起景点来更加激情四射，还配着动作，可惜我还是啥都听不懂，更加郁闷。好在没多久就到了景点，是一片美丽的海滩。一群老外搭了个帐篷在这边游泳。

我们忍不住诱惑，脱了鞋袜，在沙滩上走。

沙子细细软软的，海浪一波一波地冲过来，没过小腿肚。远处，海天

一色。

海水很清，甚至可以看到里面有小鱼在游动，先生伸手去抓，可惜小鱼太灵活了，抓不着。

玩了一阵子，穿好鞋子再去坐车。

这一站我们早上已经走过，看看天色已晚，随手拍了两张照就上车了，回到了终点站，交回牌子，去坐回程的船。

到了码头已是 4 点半，先生想直接回旅馆，我想去成山看日落，反正离这儿也不远。在汽车站问了半天也没搞清楚该坐什么车，好在有出租车愿意去，起步价就到了。

到售票处一问，2000 韩元 / 人，真是便宜，不过貌似 20 分钟后就关门了。要不要上？看了一眼，还有其他游客上山，想来是 20 分钟后不让进门，但还能在里面玩，还是买了票上山了。

进门处就是一片开阔的草地，碧绿而又平整，看着让人心旷神怡，我很少见到这么美的草地，一下子就让人的心安静下来了。

太阳已近落山，游客也陆陆续续地下山了，里面的人并不多。之前看到游记上说，成山日出峰因为是团队必游之地，所以人挤人，还不如不去，看来我们倒是挑了个好时间。

慢慢地爬上山，一步一风景。

成山，比我想象的要美，不愧是世界自然遗产之地。

成山有 200 多米高，家人怕我身体受不了，说是不是不要爬了，看一眼就回吧。我看游记上说一口气爬上山也只要 20 分钟，于是决定慢慢爬，虽然看不了日出，但看个日落估计没问题。

爬一段，歇一阵，这里算是大的景点，解说就有了中文。

快到山顶的时候，果然太阳落山了，也就一分钟的时间，红色的晚霞映满了天边，太阳慢慢地落到了山后面。我们都停下了脚步，看着这壮美的景色。

成山的日落

再往上的台阶就陡了许多，没几分钟就到了山顶。此时山顶的人已没剩几个，在成山的最高点看着山下的风景，一览无余，这一次真是没有白来啊！

慢慢地往山下走，路上已亮起了灯。山下也亮起了点点灯火，又是另一番景色。

叫了个车回旅馆，司机开得飞快，在小路上穿梭，车内导航时时提示超速。这位司机大哥也真够心急的。

到了旅馆，大家都还不觉得饿，不过好歹得吃点东西，于是叫了四份外卖，差不多 7000 韩元 / 人。

2015 年 9 月 26 日

本来今天打算去济州岛的标志性景点汉拿山的，但先生觉得我既然怀孕没法爬山，去了也是白搭，还不如附近走走。于是吃好早饭，去走 7 号偶来小路。

到了门口，老板热情地问我们要去哪里，听说我们去走 7 号偶来小路，忙说那是最美的偶来小路，还跑去电脑那里打印了路线图出来，贴心地画了到哪里上来的标志。并告诉先生，我昨天去的独立岩景区那里是天然泳池，可以游泳。

我们沿着我昨天的路线走，不一会儿就到了独立岩景区。沿着台阶往下，果然有人在那里潜水。那边有个小棚子正好可以坐人，我坐在那里歇着，先生换好泳装下水。不一会儿来了一对情侣，男生是黑人，女生是韩国人，不停地摆 pose 拍照，十分有趣。

太阳很大，先生在几个池子里都游了几个来回，上岸了。感觉十分过瘾。

换好衣服，我们继续前进。

正好是周末，游客比昨天多多了，还遇到了不少国内来的游客。

7 号偶来小路的确很美，左边是大海，右边是草地和树木，走在木栈道上，看着美景，心旷神怡。

偶来小路的风景

路上还遇到传教的人，能说不错的中文，让我们有时间去参加他们的聚会。

一边看，一边走，不觉就到了中午，正在发愁怎么走完这段路，想起老板给的地图，忙翻出来看，发现他写了看到 60 beans 咖啡馆可以上公路。

想想好像还没经过，于是继续往前走。

没多久，就看到了 60 beans 的标志，我们松了一口气。要知道 7 号偶来小路可有 12 公里，真的走完要好几个小时，在这样的烈日暴晒下，估计我们都会受不了。

60 beans 的装修非常精致，美丽的欧式风情的小院子，错落地点缀着可爱的动物雕塑，有小羊、小马、小猫咪，我们忍不住拍起了照片。进到咖啡馆里，看了下菜单，只有咖啡和甜点，没有简餐，这实在无法填饱我们饥肠辘辘的胃，于是只好作罢，恋恋不舍地离开。这么美的环境，如果在这里消磨一个下午，也是一件美事。

走了十来分钟，到了大路上，叫了辆车，直奔地图上推荐的珍珠食堂。

食堂里人挺多，我们坐下来，菜单上菜式还挺丰富，我们点了红烧带鱼、鲍鱼粥、烤鲭鱼、豆腐煲，准备大吃一顿。

带鱼段很大，烤鲭鱼很香，豆腐煲深得我心，吃饱喝足，一结账，86 000 韩元，合人民币 400 多元，果然是顿大餐。

出门去 CU，买了杯酸奶喝，本来想直接去李仲燮博物馆，但天气实在太热，商量后还是先回旅馆休息。

回去后好好地睡了个午觉，爸妈打车去 E-Mart 看看韩国日用品的价格，我和先生去李仲燮艺术街，据说今天那里有艺术集市。老板很好心地把我们送到附近。步行街很繁华，到处都是吃饭的地方，只是中午吃得太饱，一点食欲也没有。

没走多远就到了艺术街，原来就是不长的一条小街道，当地艺术家们把自己的作品摆出来售卖。有小布包、手工戒指、小摆设等，都很可爱。

过了艺术街就是李仲燮博物馆。博物馆不大，共 3 层，一楼是他的一些信件和用品展示，二楼、三楼是他的艺术作品。李仲燮活了 40 岁，但似乎对当地艺术有很大影响。

博物馆旁边是他的故居，很小的一间屋子，不到 10 平方米，当时却住着他和妻子及两个孩子，很多艺术作品也是在这里创作出来的。

李仲燮故居

　　看完出来，旁边正好有免费演出，我们也进去看了一下，是一个露天的舞台，两位韩国传统艺人正在唱歌，听了一会儿，感受了一下，就出来了。

　　西归浦每日偶来市场就在旁边，人潮涌动，十分热闹。最多的就是卖橘子和当地特产的。先生忍不住买了 1 公斤橘子，1 万韩元，约合 50 多元人民币，我买了个小的巧克力套装，5000 韩元。中午吃得太饱，并不怎么想吃东西，不过看到有人在紫菜卷摊前排长队，于是也打算尝尝。队伍很长，不停地有人打包带走，等了 20 来分钟才坐到位子。

　　十几个紫菜卷，还有泡菜饼浸在里面，加两个鸡蛋，一共才 5000 韩元，真是实惠。

　　吃完一抹嘴打车回家。爸妈已经回来了，说超市比国内物价高些。

　　今天算是休闲游，就在旅馆旁边转悠。

2015 年 9 月 27 日

　　今天就要离开西归浦去济州市了。

　　一大早我睡不着觉，干脆把先生也揪了起来看日出。

　　先生哼哼唧唧地不想起来，却又不放心我一个人外出，惺忪着眼出了门。

早上 6 点多，路上人还不多。看到一对韩国小情侣也是一早就出来了，走在我们前面。我们沿着偶来小路的标志往前走，到了新缘桥。新缘桥像一艘帆船的形状，连接的是鸟岛。

走在新缘桥上，吹着清晨的海风，看到一条小白鱼在海面上打转，一圈又一圈，玩得不亦乐乎。过了桥就到了鸟岛。我们在桥边的石凳上坐了会儿，然后沿着箭头往岛上走。岛上没什么人，只有几个一早就出来海钓的大哥。海边是高高的苇草，再往岛中间走，则是高大的树木。

路上就我们两个人，一边走，一边说话，阳光透过树冠照进来，斑驳地投在木栈道上。

新缘桥

走了一圈，回到了新缘桥，按原路返回，一看时间，已近 9 点，看来不一定赶得上吃早饭了，昨天老板娘还再三叮嘱我们一定要下来吃饭，估计是中秋节，有特别惊喜吧！

9 点过几分终于回到了旅馆，老板看到我们开心地大笑，餐厅里爸妈还在，还有几个房客。

今天果然有意外的惊喜，老板娘做了好几样特别的点心，味道不错。

和几位住客边吃边聊，她们是昨天刚从杭州过来的，也准备玩 5 天，国庆前回去。正说着话呢，又来了两位，原来是老板刚接来的，也是从上海来的。

吃好早饭，回到房间，我们休息，爸妈去走 6 号偶来小路。

歇了一阵子，打包好行李，先生心心念念还想去游个泳，于是又拉着我到了昨天的地方。

今天人似乎多一些了，我依然坐在棚子下面看着，先生换好衣服下水。浪很大，海水拍打着礁石，击起一片白色。

过了会儿，先生游好了，乐颠颠地跑来和我说，在池子底下捡到了 5000 韩元，真是好运气啊！今天是他的农历生日，看来是老天爷给他的礼物。

换好衣服回到旅馆，爸妈已在餐厅等着了，老板送我们到了珍珠食堂门口，我们这次点了一个烤带鱼，还有豆腐煲、鲍鱼砂锅，美美地吃了一顿。带鱼段大得惊人，爸爸回上海后还时常提起。

吃好饭还是到 CU 买了些小东西，然后到新庆南酒店坐车。新庆南酒店名头很大，但里面看起来却很陈旧，像国内 80 年代的宾馆。

没多久车就来了，因为打算到中文旅游区看看，所以买了中途下车的票，2000 韩元 / 人。

当时看攻略上说中文旅游区门口有免费存包的地方，可我们找了半天也没找到，于是爸妈说他们看包，我们去玩。

匆匆地在泰迪熊博物馆看了一圈，觉得也就那个样子，总共只有 3 层，其中一层还是购物区，门票却不便宜，比起之前的景点实在是性价比不高。不过拍出来的照片效果倒是不错，也算不虚此行了。

我和泰迪

在购物区给先生买了个小泰迪熊，算是给他的生日礼物。

出门后回到车站继续坐车到济州机场。

到了机场，又打了个车到旅馆，偏偏司机说不认识这个地方，于是只好打电话给旅馆，让旅馆老板和司机说位置。

其实旅馆就在市政府对面，很中心的位置。下车后，我们正在找地方，老板迎了出来，把我们带进了旅馆。

这个旅馆房间小小的，和我们在西归浦住的两室一厅当然不能比，但麻雀虽小，五脏俱全，去哪儿都方便，价格也不贵，很适合背包客居住。

我们放下行李，问老板哪里有免税店，他把地址给我们写在了纸上，让我们给出租车司机看，我们刚出门，老板就追了出来，很不好意思地说，免税店现在已经关门了。

那去哪里呢？要么去市场看看吧！

老板又把地址给我们写在了纸上。

我们打了个车，起步价就到了市场。因为是中秋节，市场上的店铺基本都已经关门了。这里海鲜市场和大市场是连着的，转了一圈，也没有发现特别感兴趣的东西，于是前往黑猪肉一条街。

地图上显示黑猪肉一条街离这里很近，但问了几个韩国人都说不清楚。迎面走来一个年轻的西方女生，爸爸说，说不定她知道，果不其然，她指了下方向，走了10分钟不到就看到了大大的招牌。

我们到了大家推荐的豚，8点多了还排着长队，可见生意之火爆。门口有米其林的标志。正好遇到一对南京来的小夫妻，说没做攻略就跑来玩了，真让人佩服！

等了大概20多分钟，终于坐到了位子。菜单上依然就几种选择：两人份、三人份、四人份。我们要了个四人份的猪肉，然后小菜什么也都上来了。

等猪肉端上来，服务员看我们一副不会动手的样子，于是帮忙烤。邻桌的韩国人看来是常来吃的，轻车熟路，再邻桌更是吃得开心，把米饭倒在里面一起加工，就跟在自家烧饭一样。

我们只是来尝个新鲜。吃了几块就觉得饱了，完全没有邻桌那种酣畅淋漓的劲儿。

吃饱喝足，打车回程休息。

2015 年 9 月 28 日

今天是早上 10 点半的飞机。

一早起来收拾好行李下楼吃饭，然后叫了个车去机场，20 多分钟就到了。

春秋的台前已满是人，都拎着大包小包的韩妆。我们这几天基本没有购物，行李算是轻便的。安检结束，趁着还有时间，去免税店买了点东西，也算购过物了。

飞机按时起飞，还提前了一点到上海，在春秋预订的车已经打电话来接了。济州岛之行，就此结束。

吴哥之旅

高棉的微笑，

宁静而神秘，

红色的女王宫，

塔布茏的树，

大小吴哥漫长的甬道，

无处不在的四面佛。

山顶的对歌，

让人忘却了日落的美景。

吴哥，

是我梦回的地方。

吴哥

到小吴哥是 11 号的下午，烈日当头。去之前已经做足了功课，把网上能找到的游记都看了一遍，还在上海图书馆借了卡门的《柬埔寨五月盛放》，在当当上买了"走遍全球"系列的《柬埔寨和吴哥寺》。后来我很后悔做这样充分的准备，因为如果没有事先看到这些照片，我就不会对吴哥那么了解，而吴哥一定会给我更大的震撼。正是因为看了太多的照片，我对吴哥好像已经很熟悉了，仿佛故地重游，没有了那种神秘感和新鲜感。这是我没有想到的。

不过吴哥毕竟是吴哥。站在长长的甬道前，你还是会被那种恢宏的气势震撼。无数的回廊，无数的窗，墙上连绵的浮雕，恨不得再多长几双眼睛，把吴哥看个够。

因为第一天下雨，没有去巴肯山看日落，所以从吴哥出来后就去巴肯山。早就听说登山的阶梯陡，却没想到真的是 70 度的台阶，而且每个台阶也就像脚面那么宽。好在爬起来并不算难，手脚并用，很快就爬了上去。山上早已聚了不少人。我们也挑了个位置站定。

云很厚，太阳躲在后面，不肯露头。左边是一群柬埔寨儿童，大概是等得无聊了，一起唱起歌来。稚嫩的童声，煞是好听。唱了几曲，就有一个老外和他们说话，不一会儿又开始指挥他们唱歌。过了一会儿，又过来一个大腹便便的老外，开始指挥一帮年轻的老外唱。嗬！原来还是个专业合唱团！就这样，两个合唱队开始 PK。你唱一首，我唱一首。唱到兴奋之处，手舞足蹈。于是原来对着太阳的相机都开始对着这两队人马。大家的情绪也都被调动起来。老外的合唱团里一个穿绿色 T 恤的光头小伙长得像极了《越狱》的主角。两位美女同事发现后兴奋地挤过去和他合影留念。太阳开始走出云层，可是谁都没有在看，歌声吸引了所有人的注意。终于，天色越来越暗，小朋友们起身离开，大朋友们也才忙着抓拍了几张落日中的剪影。

柬埔寨的孩子

早就听说吴哥到处都是卖明信片的小孩。果然，刚到巴戎，就围上来一群孩子，"姐姐，10 张 1 块；姐姐，10 张 1 块"，怯怯的声音，温柔到你无法拒绝。于是还没开始参观就买了 2 套明信片。每到一个景点，都有这样的孩子，我已经买了 3 套，明信片又大同小异，于是下定决心，不管他们的声音多温柔，都不买了。

后来导游告诉我们，他们一般上午出来卖东西，下午去上学，如果卖不掉东西，是会被父母骂的。于是觉得自己实在是个狠心的人。

到了崩密列，就有几个小男孩跟着我们，在乱石中赤脚穿梭，健步如飞。看我们有行动不便的，就扶一把。自然我们也以美元、瑞尔相赠。给了钱，孩子们还跟着，开始我没听清他们在说什么，后来听懂了："糖果，糖果。"之前很多游记上都说要给小孩子带点糖果，本想买两包悠哈悠哈，可去年去朝鲜的同事说带去了也没人吃，所以作罢。没想到还真有孩子要。所幸包里有一个同事给我的巧克力威化，摸出来给了他，再三道歉："不好意思，只有 1 块了。"

从吴哥到金边有 6 个小时的车程，路上停下来休息。一群小孩围过来："姐姐，芒果，好吃。"有一个小姑娘说话比较特别："姐姐漂亮；不买不漂亮。"最后还是买了她的。生芒果很脆，酸酸甜甜的，里面还有盐和胡椒的调料，可惜我吃不惯。

柬埔寨的水果

这次在柬埔寨吃了很多好吃的水果：山竹、红毛丹、蛇皮果。

可能是我对吃不太感兴趣，所以对除了苹果、香蕉、橘子、西瓜等常见水果以外的水果都了解不多。去年去越南吃到了很可口的火龙果。今年又吃到了山竹。

山竹在上海卖得很贵，和我同住一屋的同事特别爱吃，到了柬埔寨的第一件事就是买了两公斤山竹大啖。我也顺便饱了一下口福。的确很好吃，掰开黑黑的果皮，里面白色的果肉一瓣一瓣的，很甜。

在柬埔寨的 3 天，每天都会吃到山竹。回到广州机场一看，28 元一斤，足足是那边的 4 倍。

柬埔寨的芒果也很好吃，最甜的一个是在小吴哥玩的时候，同事买了分给我们的。皮已经剥掉，果肉切成一条一条的，用竹签叉着吃。正当我们吃得香甜可口的时候，不知从哪里窜出来几只猴子，把我们团团围住，吓得我赶紧把手里的芒果扔在地上，还有一个同事紧着吃了两块，也投降了。看着猴子们拿着战利品夺路而去，后悔没有多吃几口。

后来还吃到了红毛丹和蛇皮果，但觉得都没有山竹和芒果好吃。

吴哥的女神

吴哥的女神到处都是，在墙壁上，在立柱上，在门的两边。因为每个寺的建造时间不同，因此，每个地方的女神也都各有特点。有的妩媚，有的天真，有的端庄，有的活泼，据说都是根据当时宫中的女官形象雕刻的。

女王宫的雕刻最为细腻，据说这里也藏有最美的女神像，可以和蒙娜丽莎媲美。可惜曾经有人试图偷走这个女神像，于是女神像被严密地保护了起来，外人都不得而见。

最让人惊艳的是崩密列的女神，倒不是这里的女神比其他地方的更美，而是当你在断壁残垣后面发现一张女神的美丽面庞时，那种感觉只能用惊艳来形容。

小吴哥的女神像最多，神情活泼，有一面墙壁上满是女神，姿态各异，有十数个之多。而塔布茏寺的女神似乎更显端庄。

只是因为文物走私活动猖獗，很多女神的头部已被凿去，据说现在很多市场里依然有人会拿着照片问你要不要，不管你选中了哪一个，他都能想办法帮你偷出来。虽然有联合国教科文组织的保护，但柬埔寨依然不具备强大的保护文物的力量，文物依然在流失。

小吴哥的女神像

崩密列的女神像

女神像

女王宫的女神像

塔布茏的树

去塔布茏是在下午。5 月吴哥的下午骄阳似火，然而走进塔布茏，就感到一阵阴凉。入口处是一个残疾人乐队在演奏，都是被波布的地雷炸伤的。看到中国人走近，便开始演奏中国民乐，吱吱哑哑的。地面下起伏的是巨大的树根，绵延好几米，如同巨蟒。三转两转走进去，只见到处是粗大的树根，它们和寺庙长在一起，有些竟成了建筑物的支撑。这些树根仿佛是灵异的精灵，不知何时就会舞动起来。这里，神庙已不是主角，树才是。整个神庙都已被树霸占。据说《古墓丽影》里有一段就是在这里拍摄的，于是大家都在那里留影，还有不少人模仿劳拉的动作，酷得很。走出去的时候，乐队还在演奏着，正好身边有一美元的零钱，于是放在他们的小碟子里。

无价的微笑

去崩密列回来的路上，看到一个被炸烧了手脚的年轻人在路边乞讨，他的整个身体伏在地上，前面放了一个小盘子。我身边已经没有零钱，于是问同行的同事要了 1000 瑞尔，放在他的盘子里。刚走出两步，听见同事对我说：看，他在对你笑呢！我转过身去，见到了生平见过的最灿烂的微笑，他的整个人都被微笑点亮了，整个世界似乎都因为他的微笑而变得明亮，让人忘了他的残疾，忘了他的身份，我不知道内心有多纯净多高贵的人才能有这样的微笑。突然之间明白原来我并不是施予者，他才是。

不一样的香港

在繁华的背后，
是仙境般的美景，
还有温暖的人。
没有泥，
没有莲。
那是我记忆中，
不一样的香港。

2013 年 5 月 21 日—5 月 29 日

提起香港，人们往往想到的是摩天大楼和购物天堂。是的，我们去香港，常常是为了去购物，享受比内地便宜 20%~50% 的价格，看到的是林立的水泥森林和琳琅的商品。然而，这次去香港，我却看到了不一样的香港。

摩星岭上的风景

晚上 7 点的飞机从上海起飞，到香港已是 9 点半。某人饿了，于是先吃了个夜宵。办好八达通卡，坐机场快线到香港站，打车去摩星岭青年旅社。一路弯弯绕绕地上山去，山路狭窄，正好遇到警车巡逻下山，狭窄的车道不容两辆车通过，司机一路退到拐角处，一边大声问：阿 Sir，上面有呒青年旅社？漂亮的女警官肯定地回答有，司机放心了。到旅社的时候已过半夜，大门上赫然写着：12 点后大门关闭。喊了半天也无人应答。司机不放心，一起过来看，问我们能否打电话给旅社。等了一会儿，觉得入住应该没问题，开车走了。终于，值班的人被我们喊醒，睡眼惺忪地过来给我们开门，一边说：12 点关门你们不知道吗？我们大大地陪了个不是，办好入住手续，拿好自己的床单，入住。深夜，依然有人坐在摩星岭山顶的露台上，吹着夜风，玩着手机。平台上看出去，整个香港尽收眼底，灯火斑斓。

早晨 5 点半醒来，去平台上看，天色已亮，太阳还没出来。有心想等日出，可实在太困，继续回去睡觉。6 点半再次醒来，出去一看，天色已经大亮，放眼望去，整个香港被云雾笼罩着，如同披纱的少女，维港上点缀着星星船只，宛如人间仙境。如此美景，竟然是香港吗？

香港摩星岭上的风景

10年前我来香港，记忆中只有拥挤的人群和琳琅的商品，没想到香港竟有如此至美的一面，几乎要让人以为到了传说中的仙山圣境。云雾、青山、城市高楼竟然氤氲一体，宛如天成。

青年旅社定期有班车去上环。洗漱完毕，整理好物品，再看了两眼风景，下山去。路过厨房，有老妈妈在做饭，长住在这里，自己做饭吃，天天看着这人间仙境，应该也是一桩人生美事。这边都是自助，各种用具一应俱全，日子可以很逍遥。

到了上环，在地铁站买了两个面包吃，坐车去铜锣湾。

铜锣湾虽然嘈杂，但吃饭什么还是很方便。走不多远就是翠华餐厅。上去点了两个饭，味道还不错，以至于某人回到上海后又找到了上海的翠华去吃，却感叹：不是香港那个味道了！

一行禅师禅修营

在上海的时候就听说5月23—26号有一行禅师的禅修营。可惜名额有限，报不上。某人不死心，还是想去看一眼，于是我们坐地铁一路从上环到了马鞍山，几乎从香港的最西南到了香港的最东北。中间换了4趟地铁，也见识了香港地铁换乘的高效，几乎不用走路。

到了乌溪沙青年新村，门卫看我们没有证件，很坚决地不让我们进去，说必须有人带领才能进。青年营草木繁盛，蚊子多。在喂了两只蚊子后，终于等来了一位参加青年营的学员。和她说明来意后，她同意带我们进去参观一下。到了报名处，我们问是否还能参加禅修营，工作人员居然说可以，真是意外之喜。不过由于原来订的旅店在澳门和上环，如果每日舟车劳顿，想必十分辛苦。正巧遇到上海来的朋友，似乎和工作人员很熟悉，在查了一下多余床位后，发现有人退出了，所以又得以在青年营安顿下来，真是万幸！后来得知禅修营3个小时就报满了名，还有人因无法入住只能每天3点多起床赶过来，所以只能说缘分殊胜了。

这次禅修营的主题是"幸福之路"，每日上午一行禅师有两个小时的开示。大报告厅里坐得满满的。一行禅师精神矍铄，虽然已有87岁高龄，看上去也就五六十岁的样子。三餐都是素食，因为志愿者的参与，显得井然有序。禅修营还有禅师的书法和各种纪念品、书籍的展示，出售所得款项都会用于发展中国家的儿童项目。

和我同住的是菲律宾的朋友。Dolly 是和儿子一起来的，菲律宾 80% 的人都是天主教徒，所以她也是个 born catholic。不过她说她去年接触佛教后就很喜欢，所以来参加禅修营。Anna 与我一样大。虽然最近中菲冲突不断，可以这并不影响我们之间的和谐相处。

这几日在禅修营生活很规律，吃得也不错，可惜的是我的两条小腿被跳蚤咬得满是包。买了各种止痒的东西都没用，看起来十分瘆人。

禅修营结束后，我们拖着行李箱一路往回走，在旁边的商场看了会儿旋转木马，吃了点面点，然后横穿整个香港，去宜必思。

到宜必思已是晚上九十点钟，干干净净的前台让人顿生好感。房间虽然不大，但摆放整洁有序。累了两天，洗洗便睡了。

27 日晚上是禅师的公开讲座。下午有个游行。我们看早上还多了半天时间，于是去艺术馆转了一圈。

艺术馆

艺术馆就在尖沙咀。香港的文化设施多半集中在这里。艺术馆旁边就是文化中心和太空馆。

一楼是艺术馆历史的介绍，展出了历任馆长为了推广艺术所办的各种杂志和通讯，小朋友们参加艺术馆的学习班所制作的艺术品。二楼是"原道"的展览，展出了两岸三地的艺术家们对"道"的理解。三楼和四楼是艺术馆的馆藏书画和陶器。正好遇见老师带着中学生来参观，一个楼面一个楼面地讲解。

一楼的纪念品价格十分公道，一把伞只要 50 港币，印有名画的名片夹不过 30 港币，印有画作的环保布袋也不过 50 港币，实在是亲民得很。

当然著名的小黄鸭也在这附近。我们也去看了一眼。除了人多，没觉得有什么特别。在旁边的小吃摊吃了个烧仙草，味道还不错。

游行和讲座

我们下午参加了大游行，在香港最繁华的街道结伴慢慢行走。一行禅师写过一本书，大陆译作《一心走路》，台湾的书名译得好听——《一步一莲花》，说的是在日常的行走中如何配合呼吸，达到内心的宁静。这也是一行禅师提倡的生活禅：在呼吸和行走中禅修。

行走完毕，离晚上讲座还有一段时间，于是我们到旁边的火车站吃饭。吃饭的人很多，却井然有序。我们点了两个套餐，找了两个位子，慢慢吃。

吃完后就在旁边闲逛，买了点小食品带回上海送给同事朋友。

晚上 6 点多，红勘体育馆 4 万人的座位已坐得满满的。禅师对五项正念修行做了介绍，并有禅乐的演奏。禅师坐在中间，随着音乐结着手印，我听到前后左右都有滗泣声，想必是纯净的音乐打动了人们内心最柔软的地方。而我，只有满满的喜悦。

讲座结束后，看到门口销售禅师书法、纪念品和书籍的地方围了四五层人，大家手里都举着百元大钞，场面之火爆，难得一见。人们常说香港是商业社会，香港人很势利，然而，在这个时刻，我看到的是香港人心中的美和善。

图书馆

我们住的维景酒店附近就是香港中央图书馆。走进去感觉就像进了一个五星级酒店。门把手上赫然写着：此门每天消毒 6 次 / 每小时消毒 1 次。开放时间除周三外是早上 10 点到晚上 9 点。二楼的儿童阅览区连书架上都刻着充满童趣的图案，小椅子也十分可爱。其他楼面都有大大的书桌，坐着阅读十分舒适。8 楼是视听区，可以借阅各种影像资料。那几天正值香港媒体抨击图书馆空气不够好，二氧化碳含量太高。不知是不是这个原因，图书馆禁止拍照。

禅修青年营附近也有一个马鞍山图书馆，从边上走过，能看到里面的自修室。一人一桌一台灯，仿佛大学的图书自修室。

铜锣湾崇光百货的对面就是铜锣湾书店，大大的招牌，上得楼去，不大的店面摆满了书籍。每本书都是塑封的。有各种政治书籍，社科哲学的也很多。我看到一本中英法三语的《小王子》，老板示意我可以自己拆开，翻了一下，觉得没有太出彩的地方，老板又用塑封机把它重新塑好，放回书架。

香港的人

这次去香港，遇到了很多香港人。

去青年旅社的时候，看我们进不了旅社，司机等了10分钟确定我们能入住后才开车离开。宜必思离地铁站有一段路，出来后左转右转找不到，问路上一位中年男子，他很热心地带我们走了一条街，指给我们看酒店的方位才离去。去青年营多坐了一站地铁，问扫地的阿姨，她虽然普通话讲不好，却也比画着告诉我们应该往回坐一站才行。青年营的志愿者，遇到我们这样贸然闯入的人，却也很耐心很和善地告诉我们：你们来得真是巧啊，正好有些人昨天来后又走了，所以多了几个名额……

有些人说香港人很势利。然而，至少我们所遇见的，都很友善。

香港的豚王

豚王是一家面店，在香港最繁华的中环后面的小巷子里。被写入了各种香港游攻略，据说每天中午11点开门，每天做200碗，售完为止，虽然每碗面卖90港币，还是有很多人慕名而来。

所以这次去香港，我也脱不了俗，东绕西转地找了过去。

原来是这么小的一间店呀！小小的门面，里面摆着四五张桌子，每张桌子能坐5人。外面排着长队，小二挨个发菜单，让大家先点单。

菜单上不过4种面：黑王、豚王、翠王、赤王。不过自己可以加各种料，什么溏心蛋啦、海带啦之类的。

我心中疑惑：就这4种面，能让这么多人，不辞劳苦远道而来，顶着烈日，在这里排队？

队伍紧挨着就是窗口，师傅正在里面忙碌，不多的几个人，好似流水线，你加汤底，我加料，一路过来，一碗面就新鲜出炉了。

终于排到了！在小小的位子上坐下来。等着面端上来，果然，喝一口，汤味很浓，料很足，叉烧入口即化，鲜美异常。一碗面被我吃得干干净净，一点都不剩。

走的时候，外面的队伍还是长长地排着。

一家小小的面店，凭着仅有的 4 个品种，却名声远播海外，虽然在一个不起眼的小巷子里，生意依然火爆。大家都早早地赶来，就怕吃不上今天的面。

取胜的是它的品质吧？据说这家店老板是一个香港日本通，拉面是日本 Naji 拉面的生田师傅主持的，生田之前是日本很有名的一兰拉面出来的，后来自己开了拉面店，全国共有 7 间分店，他本身对猪骨汤及做面都非常有研究，最近更在日本获得全国猪骨汤部门第一名的殊荣，他将独门秘方带来香港，并特意调制了 3 款新口味，深受食客欢迎。

拉面店到处都是，可是能将拉面做到这个份儿上，便有了自己的品牌，也实属不易。

豚王的介绍

豚王的菜单

豚王的面

PART THREE

非鱼的旅行

我恨法国，恨死啦

没银行户头的日子

没零钞的日子

没网的日子

没本地手机卡的日子

在法生活新篇章

寻找 EDF

没银行户头的日子

持续受折磨中……

我要吐槽法国人，我要替德国人瞧不起法国人！

在法国，银行户头对外来居民而言是个神一样的存在。法国人貌似不为大额现金所动，追求的是能够定期从对方账户直接扣款或转账。因此，想租房，RIB（银行开户账号）拿来；想办手机卡，RIB 拿来；想开通网络，RIB 拿来；想买保险，RIB 拿来；想交水电费，RIB 拿来。如果想申请 RIB，租房合同拿来。看出 Bug 了吧：不少外来居民都陷在了银行户头和租房子互相拉扯的死循环里，除非你有一个担保人。很不幸，我就是其中的一个。也很幸运，我遇到了一个中国房东，终于得到了租房合同。

有了房子就能签合同，有了合同就能去银行开户，然后就能拥有手机卡、网络、保险……貌似有了房子就有了一切。

周四搬了新家，周五我就赶紧去银行预约开户。Rendez-vous（预约）是法国的一大特色，无论是开户办卡还是看病做检查，反正法国人干什么都要预约。约到一周之内算非常快，两周是标配，约到个把月后也完全正常。我的观感是：法国人自认为现在的工作负担已经很重了，客户们最好别来添乱，大家是绝对不会给自己增加每天的工作量的，想办业务就等着吧，谁着急谁走，不差你这一个。

我去了几家银行，各家银行里等候的客户极少，两三个就算多的。工作人员倒是特有耐心，一点儿也不着急，但速度是真慢，给每一个人都办许久，慢得能急死人好几回，完全没有效率。我只好乖乖预约。最快的一家银行和我约到了下周四，另外两家都要两周以后。还有一家银行的工作人员干脆拒绝接待我，原因是嫌我法语不够好，而她们自己又不会说英语，如果将来有了问题估计没办法解决。法国人就是这么任性！这要是在竞争激烈的中国银行业，非但不争取客户还要推三阻四，哼哼！

终于等来了第二个周四。一切顺利的话，预约开户的当天便可以获得户头账号 RIB，不过想拿到银行卡则要再等好久。开户时我向工作人员提交了之前规定的种种材料，没想到他们又要我在中国的银行账户流水单。我只得重新约了时间，两周后再交材料。苦等两周后，工作人员又说，国外的账户也不行，必须先有法国本地的银行户头，才能在这家银行开户。如果我已经有法国银行户头的话就不需要到他家银行来开户了好不好，这分明欺负我不是本地人！

没办法，白白耽搁了三个星期后只好换银行。被多次拒绝的我终于发现，有家银行开户不需要本地账户的流水单，只需水电公司提供的水电缴费单即可。我赶紧去找水电公司，却被告知有了银行户头才会给我水电单。法国人真是制造死循环的高手。

最后又找到了一家小银行，工作人员善解人意地说要水电单的目的只有一个：证明我在法国存在。站在他面前的我和我手中的租房合同、交房租的收据竟然都不能证明我在这里的存在。他甚至想出了一个变通的办法：他先发一封信给我的住址，我收到后写一封回信给银行，这样就能证明我真的住在租房合同登记的地址中。这也太"机智"啦。遗憾的是这家银行过两天要关门搬家，一个月后才能重新开业。

住处附近的银行一条街，和国内高大上的金融街不可相提并论

总结一下，法国人办事的画风是这样的：想办事要约到很久以后；约不约还得看自己心情好坏；约了也不一定给你办；提的要求也随时会变；甚至要求本身也根本无法实现。

　　马上就是周末了，银行们都休息，转眼到周一银行还要休息。我什么也做不了，干着急。一周又一周的时间就这样白白耗费过去，绕了一大圈，一切仿佛又回到起点。我宽慰自己：革命尚未成功，同志还需努力！

　　听去德国柏林学习的同学说，她办什么事都是当场搞定，因为老有罢工，她用了一周才全办完。才一周，所有事情就都办好了，她竟然还嫌慢。我的内心瞬时充满了羡慕、嫉妒，还有恨：在法国，一周的时间连个预约都还没等到呢。

　　原来最"认真"的不是德国人，是法国人，是"落后"的法国人！

　　在这个传说中的浪漫国度，没有浪，只有慢。

没零钞的日子

　　唉，今天去银行又没开成户。

　　这家银行是一周前预约的，已经是我能约到的等待天数最少的银行了。工作人员非但不嫌弃我的蹩脚法语，还能说比较流利的英语。深感没有银行开户账号寸步难行的我，早早准备好了来之不易的房屋合同、租金收据、相关证明等厚厚的一沓文件，就等着今天拿到关键的开户账号，然后赶紧去办理手机卡、开通网络、买保险、换零钞等，解决一系列生活基本需要。工作人员说我的材料很好、非常好（此处划重点，先扬后抑是法国人的惯用伎俩，资料再完备法国人也能提出新要求，这是法国人特有的解释学），但是还需要提供在法国其他银行的开户账号或是银行流水。当然，工作人员又补充，由于我不是法国人，也可以给他们提供我在中国的银行户头3个月的流水单，盖章并翻译成英语或法语。下次再来提交开户材料还需重新预约，最早也要两周以后。

　　这下我麻烦可大了。

　　来法一个多月，我带来的零钱几乎全用光了，剩下的只有500欧的大额钞票。就是传说中洗钱者和毒贩子最爱用、法国人都没怎么见过、来法的中国人几乎人人都有但就是花不出去的崭新的500欧元纸币。在这里人们以刷卡为主，较少用现金，大面额钞票更是鲜见，连100欧的整钱都没有超市肯收。

换零钱可以去银行啊！那可不行。因为法国银行只给在自己银行有户头的客户兑换零钞。我今天没开成户，就没资格换零钞。从国内带来的信用卡在许多地方都用不了，我全部的零钞也只剩下最后 20 欧，勉强能坚持个两三天，可无论如何也等不及两周之后再开户了。这是要逼死老外的节奏吗？一筹莫展的我便和对方理论，批评他们规定不合理、故意刁难外国人……

于是工作人员就给自己的同事打电话。终于，他给我写下了两个地址，告诉我市中心有两处地方可以兑换零钞。这真是太好了，下午就去。

来到地铁站，刷卡时才发现我的地铁卡次数已经用完了。如果续购就要买 12.5 欧的十次票，我仅有的珍贵的 20 欧现金可不能这么用。1.4 欧的单次票太贵，ZAP 短程票 0.8 欧，但只能坐 3 站。从我家到市中心共有 5 站，看来多出的两站只能靠 "11 路" 了。从第四站到第五站路程特别长，于是我先步行两站，然后买一张 ZAP 票，乘车 3 站到市中心；回来时先坐 3 站，然后再走两站回家。虽然疲惫，但是，零钞宝贵啊！

下午转来转去，终于找到了零钞兑换点，一家要收高达 8% 的手续费，剩下的那家是我唯一的选择。环顾小小的店面，排队的大都是亚非拉面孔的朋友们，换个一两百、两三百欧的。我手里捏着 500 欧的大钞，忽然觉得理不直气不壮，心中忐忑不安，生怕法国人再找个理由不换给我。

让我四处碰壁的 500 欧元纸币

用旧了的里尔地铁 10 次票

这担心真不是没有道理。话说第二次换零钞是个上午，工作人员哼哼唧唧说我的欧元面值太大，怕零钞被换光，所以死活都不肯换给我。但百折不挠的我在下午下班前又跑了一趟，成功把他们的零钞包了圆儿。

第一次换零钱总算顺利，我的 500 欧大钞变成了好厚的一叠 10 欧和

20 欧零钞。一瞬间，我觉得自己发家致富、翻身做了主人，终于可以财大气粗地一下子就买张 10 次的地铁票了！

当个有（零）钱人的感觉真好。

没网的日子

现在的生活仿佛一夜回到解放前。搬了新家，房间里空荡荡的没两件家具，关键是没网。对外联系、查资料、提交各种文件统统做不了。想开网，银行 RIB 拿来，没有 RIB 就没有网络。

没网的日子真不好过，我只能到处蹭网：蹭商场的网、蹭麦当劳的网、蹭咖啡馆的网、蹭各种公共场所的网，当然还有学校的网。全天候蹭网，节假日无休。

有一次因为赶着交工作文件，只好晚饭后去综合商场的 Wi-Fi 休息区查资料发邮件。那天忙活到商场 9 点关门，听着送客乐曲才依依不舍地收拾电脑走人。

现在总算有了 RIB，家里的网络却暂时还不能开。工作人员发现我公寓所在的建筑没装这家电信公司的网线，如果重新拉线开网，原本每月 19.99 欧的费用就要涨到 37.99 欧，实在太贵了。于是我又在房间里到处找上个租户使用的网线端口，研究它到底属于哪个电信公司。

去电信公司办理网络倒是不用预约，但需要预约工人过几天上门安装路由器。

从法国到中国，距离 12 000 公里，时差仅有 7 个小时。可现在的生活水平与国内相比，"时差"却达十几年。

没本地手机卡的日子

到法国已经一个半月了，我依旧在用国内带来的手机卡国际漫游。法国人办张手机卡也必须要银行开户账号，这实在让人无法理解。怕电话欠费就从客户的账户直接扣款，这是种多么幼稚而且蛮横的做法啊。按月缴纳话费、欠费就停机不更简单易行吗？那年在德国时，我是用护照办理的手机卡，每次买卡充值即可。记得用那张卡打国际长途每分钟只要 0.05 欧。在法国也可以买不用开户的手机卡，但在境内的通话费高达每分钟 0.38 欧，比我的国际漫游还贵。

因为法国人普遍英语差且不屑于说英语，所以我的日常交流十分依赖法语。没有本地手机卡，就不能用手机上网，外出办事连地图和单词也查不了。通常我的生活节奏是这样的：晚上，提前准备第二天跟各个部门打交道时可能用到的法语，查单词、造句子、抄下来、读熟、背过。白天，去各个部门办理烦琐的生存必需手续。先要跑来跑去找地方，不能使用谷歌导航就猛翻纸质地图，在街上一通问。与工作人员连比带画地交流或交涉。虽然在国内突击学习了一段时间法语，但水平还是不如多年没用过的英语。每当对方能说英语时，我便如释重负，感觉自己立刻能听懂了、会说话了，连呼吸也顺畅了。来法不久我的英语口语水平便显著提高了。

在法生活新篇章

里尔凯旋门

继有了自己的住处后，我又迎来了在法生活新的历史时刻：经过多次交涉，今天中午我终于得到了珍贵的银行账号！下午我立即去办理了本地手机卡。手机的月租是 19.99 欧，可以放心地打国际长途或者上网，很不错。激动之余，我赶紧给国内的家人逐个打电话。遗憾的是，打的电话都没人接。大概是因为法国手机号拨给国内后显示的都是陌生号码或骚扰号码（东莞或是重庆什么的），所以全被拒接了。

　　自从办了手机卡，感觉整个人都不一样了。出门再也不拿地图了，见人再也不问路了，只需盯着手机上的 Google 导航就行了。从此，精心收集来的地图再也不磨损了，手机再也不只是用来查法语助手了，找路时再也不用绞尽脑汁非得听明白法国人在叽里咕噜说些啥了……

　　不过，

　　这样真的好吗？

　　这也太不利于学习法语了吧，哈哈哈！

寻找 EDF

　　今天是周一，上午要赶紧去 EDF（法国电力公司）变更新住处的住户名，把上个住户的名字改成自己的。不然过几天停了水电后再重新开户就要多花几十欧的开户费。当然水电公司出具的缴费清单更是要紧，它能证明你真的存在。

　　真是麻烦。

　　市中心的那家 EDF 关着门，门上贴着张纸，说周一上午休息、下午营业，但今天这个周一全天关门。周一休息也是法国特色。法国人通常周六日休息，为方便大家，部分场所周六上午也营业。作为补偿，这样的单位周一就要休息。我只知道银行和有些邮局周一休息，没想到电力公司也懒得这么彻底。

　　不过这难不倒我，现在我可是有手机卡的人，用手机上网很快就搜到了第二家 EDF 的地址。我穿过老城一路找过去，结果却只看到一座破旧城门后的一大片荒草地，这八成是 EDF 的"遗址"吧。

　　乘地铁去找第三家 EDF 时，刚巧碰到了一个以前在超市里认识的中国人，他指点我说附近还有一家 EDF。于是我中途下车去找传说中的第四家 EDF，没有找到。经到处打听，貌似就是搬去第一家那里了。

市中心的 EDF

　　重新坐地铁，再奔第三家。它位于一座大公寓楼里比较隐蔽的位置，是一个综合办公室。询问工作人员后才知道，那里只是指导外来人员如何办理各种手续的服务部门，也包括怎样办理 EDF 的相关手续，但他们不是 EDF。已经快 12 点了，只好放弃，等明天再说。

　　比起现在对付生活中没完没了的磨人琐事，在国内办签证时开一堆证明、填一堆表格、跑几趟北京真不算麻烦，一点也不麻烦。

欢迎来北方

里尔在哪里

里尔爱下雨

柯勒练习曲

搬家了

战法二手货

我被跳蚤市场撞了一下腰

I have a dream.

里尔在哪里

　　Lille（里尔）位于法国最北部，纬度与中国内蒙古北端的额尔古纳相当。法国人大多热爱阳光明媚的南法，在他们眼中，位于法国北方气候寒凉多雨的里尔简直就是北极的化身。其实里尔不过是属于温带海洋性气候而已。

　　里尔是 Nord-Pas-de-Calais（北部—加莱海峡大区）的首府，法国第四大城市，戴高乐将军的故乡。这座历史悠久的都市是法国最大的工业城市之一，是法国北部文化、教育、经济、交通的中心。它是 2004 年的欧洲文化首都，欧洲高速铁路的重要十字路口，为多国首都环绕：法国巴黎、英国伦敦、比利时布鲁塞尔、卢森堡。

　　毗邻比利时的里尔有多条巴士线路进入邻国境内。乘红线地铁一直向东北，从终点出来再步行几分钟便能到达比利时。边境线上的标志性景观就是遍布各条街道的无数家啤酒、香烟、巧克力商店。

里尔位于西欧多国首都与大城市之间

　　里尔有世界上最早的无人驾驶地铁。无人驾驶地铁没有车头，车厢的两端装着透明玻璃，新来的乘客尤其是小朋友们都喜欢聚集在列车前进的一侧。看着自己所在的车厢沿着铁轨向前疾驰，特别是行驶在地面高架轨道上时，总让人有置身游乐场的错觉与欢乐。

傍晚的里尔大广场（即戴高乐广场）

里尔爱下雨

里尔爱下雨，十分爱下雨，特别爱下雨。

里尔人不爱打伞，特别不爱打伞，打伞的都是不里尔人。

里尔的雨很任性，说来就来，说走就走。下雨从来不打雷，十场秋雨也不寒……

里尔的一天

10月。

里尔天气一如既往的怪。上午11点总是一天里最冷的时候，下午4点是一天里最热的时候。

今天早晨又阴又冷，雨哗哗地下了一夜还不罢休，继续发威。我穿着厚厚的好几层衣服，羽绒背心早在9月里就上身了。

时近中午，雨还不依不饶，定要陪着骑自行车又没穿雨衣的我下班回家。当我一身湿漉漉地做饭时，却惊讶地发现阳光已经冲破了云层照进我的小屋。雨逐渐退却，时下时歇，最终偃旗息鼓。新鲜湛蓝的天空在不断消散的阴云后绽放，雪白硕大的云朵轻飘飘地随风而动，那蓬松而有层次的轮廓被重现的阳光照得发亮。气温越来越高，穿着在上午还会冻得哆哆嗦嗦的衣服到了下午就会热得冒汗。

下午4点左右，阳光重新耀眼而灿烂，上午的阴霾仿佛已是昨天。

里尔雨后耀眼的白云

大风来了

11 月中。

傍晚风声大作，入夜后狂风势不可挡。房间里挂着窗帘，看不到外面。风声一阵紧似一阵，越来越大、越来越响。窗外的狂风有了厚实的形体，裹挟着呼啸声扑过街巷，猛烈地冲撞着房屋。房顶上的瓦片格楞楞直响，墙壁随着阵阵狂风微微晃动，整栋房子仿佛要被连根拔起，屋顶好像随时会被掀掉。整个夜晚在令人不安的风声中过去了。

第二天的新闻说，来自大西洋的狂风袭击了法国北部地区。在里尔，大风的时速超过了每小时 100 公里。

早上出门，只见叶子厚厚地落了一地。忽觉天空格外开阔，原来树上的叶子几乎被吹光，只剩下树枝了。

以前常说大风降温，在国内大风过后多会气温骤降天空晴朗蔚蓝。但在里尔，半天狂风过后，气温丝毫未降，天气反而变得更加温暖，空中满是灰云。这些云都是从大西洋上吹来的吧！

里尔的奇葩天气

11 月底。

从昨夜到今早，下了无数场大雨，平均半小时一次；

上午，雪花在蓝天白云下飞舞；

十几分钟后，阳光照耀大地。

我问自己：现在才上午 10 点，接下来这一天还会有什么样的天气等着我呢？

天气回答：4 次鹅毛大雪 + 蓝天白云阳光普照 + 下雨无数。

他处方一日，里尔已四季。

任性的冰雹

1 月中。

好任性的冰雹！大冬天里一天下 3 回，哪次来前也不打招呼。雨滴还没来得及往下落，冰雹粒就小豆子般噼里啪啦洒下来了。抬头看看天，一半的天空还蓝着呢！

恒温的里尔，如影随形的雨

1月。

如图。

周六 1/2	☁️🌧️ 9°/5° 可能有雨	56%
周日 1/3	☁️🌧️ 9°/5° 可能有雨	57%

1月4日 - 10	高温/低温		降水
周一 1/4	🌤️ 8°/4° 晴间多云		20%
周二 1/5	🌤️ 8°/4° 阵雨		55%
周三 1/6	☁️🌧️ 8°/4° 间歇性降雨		66%
周四 1/7	☀️🌧️ 7°/4° 一场阵雨或雷雨		55%
周五 1/8	🌤️ 8°/4° 云量增加		25%

1月11日 - 17	高温/低温		降水
周一 1/11	🌤️ 8°/4° 云量增加		25%
周二 1/12	☁️🌧️ 8°/4° 可能有雨		58%
周三 1/13	☁️🌧️ 8°/4° 可能有雨		57%
周四 1/14	☁️🌧️ 8°/4° 雨		96%
周五 1/15	☁️🌧️ 8°/4° 间歇性降雨		65%
周六 1/16	☁️🌧️ 8°/4° 可能有雨		58%
周日 1/17	☁️🌧️ 8°/5° 间歇性降雨		68%

周一 1/18	☁️ 8°/4° 低云	41%
周二 1/19	☁️🌧️ 8°/5° 间歇性降雨	65%
周三 1/20	🌤️ 8°/5° 多云转阴	41%
周四 1/21	☁️🌧️ 8°/4° 间歇性降雨	64%
周五 1/22	☁️🌧️ 8°/5° 间歇性降雨	65%
周六 1/23	☁️🌧️ 8°/4° 间歇性降雨	65%
周日 1/24	☀️ 8°/4° 晴间多云	25%

1月25日 - 31	高温/低温	降水

骑自行车还是乘地铁

5月初。

里尔的天气在晴天与多云中稳定了相当长的一段时间。但自从我买了自行车，里尔的老天爷就心理失衡了。

买车的当天，下了一夜雨。

第二天清早出门时天空湛蓝、云朵轻舞，转眼间又大雨哗哗，把我狼狈地堵在半路上。

天气一分钟一个样，三天两头在下雨。

我只好收起自行车，带上折叠伞，乖乖乘地铁。

里尔地铁的地面轨道

雨前的里尔佛兰德火车站

里尔的春天

5 月中。

刚 3 月底，里尔的花便到处绽放。一个半月过去了，气温仍在低点徘徊。马上进入 5 月下旬，我的秋裤也只脱过半天。今天出门还加了件小棉衣。春天的花开过又谢了，里尔的春天啊，你在哪里?

春天里的某个里尔区政府

柯勒练习曲

这是我到法国后最难熬的日子，没有顺利的事情，Alles nie in Odernung（［德］一切都不好）。我从来没有这么渴望买张机票飞回国去。

北方寒凉的雨下个不停。今天通话时听到了小朋友吹奏这首柯勒练习曲。已经记不得有多少次听小朋友吹它了，穿越网络的熟悉旋律一下子把我带回到万里以外干燥温暖的家中。陪着她练长笛的时光涌到眼前：在那间宽敞的卧室里，她站在大床边的木地板上，盯着架上的乐谱，拿着银亮的长笛，一遍又一遍地练习。这是她最近练习的一首曲子，有些难，反反复复吹不好。为这我没少说她，她不服气，我们还有几次闹得很不愉快。

现在的自己仿佛困在这小小的空间里，轻快优美的旋律跨越了遥远的距离，才离开两周多的家中时光显得那么珍贵而又不真实。还没来得及阻止，泪水已经涌出了眼眶。种种困扰使我质疑自己此行的前景，但无忧无虑的小朋友正充满着希望，她吹奏的旋律就是幸福，此刻正围绕在我的身旁。小朋友，你永远是我最亲爱的宝贝。

搬家了

今日艳阳高照。

我，搬，家，了！

来法一个月后，我终于有了自己的住处，颇费周折、百感交集又欢欣鼓舞。明媚的阳光下，背着鼓鼓的背包、牵着当年在德国到处搬家时用的灰狗旅行箱、箱子上绑着彩色的打包带，我兴高采烈。

新家在一家超市的侧后方，一个3层的Maison（房屋）被隔成了7户一室一厅的公寓。每户的使用面积虽然只有不到30平方米，但包括了客厅、卧室、卫生间等相对独立的小空间，比法国人习惯的40—50平方米的Studio（大开间）用起来方便多了。昨天看了房子立刻决定租下来，今天就搬家。

房间里的东西有灶、几个小橱柜，

然后，就没有然后了……

不过，沙发椅子会有的、床会有的、枕头会有的、锅碗瓢盆会有的、吃喝用具会有的、电视会有的、浴帘窗帘脚垫会有的、自行车会有的、台灯咖啡机会有的、银行户头会有的、电话卡会有的、网络会有的、保险会有的、该有的终究会有的……

在法国的生活终于真正开始了。

拖着大包小包的行李搬家

战法二手货

手机能上网后我赶紧登录"战斗在法国"网站的跳蚤市场淘些日用品。有人卖高压锅，正是我需要的。我立刻用新手机号联系，约了时间，当天晚饭后就去了对方家里。对方最近要回国，他胖手一挥说，房间里的东西随便挑，也包括他自己正在用的物品，不过后者要等他走时再去拿。感觉特别奇怪，在别人家里随便挑挑拣拣，就像鬼子进了村。最后买了一个高压锅、一个蒸锅、一个烤箱。

两周后再去，熟门熟路的我就不客气啦。我连买带拿搬回了好多东西：豪华垃圾桶、豆浆机、过滤水壶、盘子、漏勺、挂钩、鞋架、表、装饰画……

家里渐渐奔小康啦。

二手 DVD 摊位

我被跳蚤市场撞了一下腰

今天是个星期日。法国的星期日和中国的很不一样。国内每逢周六日，商场里满满都是人，街上满满都是车。在法国周六就意味着要抓紧时间采购，不然等周日商店都关了门吃喝便全无着落，到了周日呢，要想不无聊就只有出去逛。

周六晚上我认认真真做了功课，把从旅游局拿回来的各种小册子翻了个遍，用法语助手查了无数个词，终于做了份让自己满意的市内观光计划，还包括能参与的艺术活动呢！心中颇为得意。

早上醒后一直在下雨，我带上雨伞就出发了。一出门便觉得不对劲，门外街上为什么有这么多人？平时车多人少的街道上现如今摆满了摊位，杂七杂八地堆放着各色物件，人群在小雨中不紧不慢地向前挪动着。

我赶紧跑过去看热闹，原来有跳蚤市场！近处一侧的路口已经封上了，整条马路变成了一个大市场，一眼望不到头。没搭棚子的摊主们丝毫不在意细细密密的雨丝，任由它们落在自己以前用过的书籍海报、玩具摆设、钟表电器、瓶瓶罐罐上。雨中的行人们则兴致勃勃地挑挑拣拣。

跳蚤市场上摆在路边的表

每逢此景，我便难以抑制心中胡乱买些什么的冲动，玩就暂放一边吧，看看有什么好东西先！先入手的是个可以摆在桌上的梯形小储物盒，有3层小抽屉，木头表面绘了花纹，贴着彩色的小羽毛，萌萌的超可爱。付钱时我发现自己总共只带了四五欧。这不行，在市场上买东西可刷不了卡，要回家拿点现金。我充分利用了家近的地理位置优势，只用半分钟冲回了家，放下储物盒、带上钱，转眼又杀回热闹的跳蚤市场。

这是颇具北方特色的社区跳蚤市场。雨越下越大，我的兴致却越来越浓。这里真是什么都有啊：锅碗瓢盆、自行车、工具、衣服、鞋、被子、枕头、日用、装饰、书、唱片、玻璃球、邮票……我刚搬家，家里什么都缺，刚好借机恶补一下。这个随雨而至的跳蚤市场啊，来得正是时候。

不啰唆了，直接列成果：

- 漂亮的小储物盒，2 欧。
- 跳式烤面包机，2 欧。（后来使用时发现它火力太猛，以至于烤面包片时经常窜火苗，只好丢弃，又花 5 欧从战法上买了一个更新更漂亮的。）
- 绘有彩色植物的有耳带盖高瓷罐，1.5 欧。（我当成筷子筒用了许久后，朋友说这是个腌小黄瓜用的容器。）
- 哈利·波特纪念版电影光盘套装，10 欧。除剧场版电影光盘外，还有扩展版、未上映场景、哈利·波特和魔法世界介绍等光盘，以及影片剧照、拍摄现场照、设计图、布景图册等。
- 大块头彩色摄影图册《全景阿尔卑斯》，2 欧，最长的一张照片有六连张那么长。为了促使我下决心购买这本几乎白送的超级棒的书，摊主还搭赠了一个白瓷蓝花小香托。
- 六个一摞的有可爱樱桃图案的碟子，2 欧。（后来送给了一个来看我的朋友。）
- 自行车前灯，1 欧。我新买的自行车正好缺个前灯。（后来我可怜的自行车还没来得及装灯呢，就被偷了。）
- 门垫，1 欧。
- 不干胶挂钩、五号电池若干，3 欧。

除了后四样东西是新的外，二手物品们质量尚可，性价比很高。为了犒劳一下自己这个新晋持家好手，我从里尔特色薯条车上买了好大一包薯条。相对于二手货们，3.5 欧的炸薯条可是有点儿贵，但是它外壳酥脆内芯软糯，实在是太香了，值！

和朋友们在一起

开启好友模式游
与朋友们一起逛博物馆
最后一茬儿南瓜和韭菜
圣诞一品红

开启好友模式游

暑假里，爱旅行的好朋友来了，带着她新出版的游记。看罢我不禁感慨："世界这么大，咱们一起走走吧！"

去哪里呢？

我们把欧洲地图铺展在大桌子上，笑看江山。别看欧洲这么多国家，其实多数比中国的省还小。区区从北京到上海的距离就够在欧洲跨越好几个国家。

因为可以出门的时间不长，所以只能在两三小时车程范围内选择目标。我们都对巴黎没兴趣，太闹，其他的城镇又太小。好友的手一指里尔北方，可以出国啊！比利时首都布鲁塞尔距里尔仅 40 分钟高铁，这是我们的最佳目的地！

虽然明天就要出发，但感觉只是去串门。去邻居家串门不需要提前做攻略，我们两人立即达成了共识。今天好友订了房，明日早点起床即可。

通常我的旅行节奏是这样的：看地图，勾画一条心仪的旅行路线；订车票；选出当地值得一游的景点；在车站与景点间的适当位置找住处，挑个有特色、带厨具的房间；仔细阅读旅行指南中推荐的餐厅、食物和消遣活动；给相机充电；收拾行李，优先带上旅行指南与相机备用电池。不过这次这么近，又和旅行经验颇为丰富的好友在一起，就不用这么啰唆啦。

次日一早到火车站买好车票，不到一小时我们就站在了比利时的土地上。比利时真不愧是西欧的十字路口，火车站里的指示文字都有三或四种语言：法语、德语、英语、荷兰语。这么多种文字，来往的各国人民总能看懂一两种。

我们准备先乘地铁去住处放下行李，但打开手机时却发现完全没有信号，不能接打电话、不能上网（后来才知道我这家法国电信公司的默认设置是离开法国就暂停服务），没法谷歌去旅馆的路线。

地铁站里没有咨询处，入口有一张巨大的标有地铁线路的市区地图。我们只知自己的旅馆是在市中心，但它在地图上的哪里就不得而知了。订房地址上的路名与门牌对我们来说如同一个秘密坐标，隐藏在这座城市深处。

因为没带旅行指南，不知道市中心在哪个区域，也不知道相应场所的英语或法语名称，好友建议直接打车过去，而我觉得这事关自己资深旅行者的美誉，于是执着地在地图上寻找。首先被找到的是市中心的大广场，然后我们一条条核对周边道路的名称，终于发现了旅馆所在的街道。

接下来就是查看附近的地铁站、地铁线路、行进方向、摸索着在售票机上购票。纠正了一次乘车方向后，我们总算从正确的站点来到了地面。

环顾四周，我惊讶地发现，这里竟然是几年前来布鲁塞尔时曾经停留并拍过照片的地方，前方是著名的 Marriott（万豪）酒店。旅馆顺利找到了，不过前台接待处与公寓并不在一起，领到钥匙和公寓地址图后我们又走了一个街区，终于来到了住处。

仅凭一个地址，不使用手机、不询问他人、没有中文地图，我们成功解锁了住处！

公寓相当棒，两室一厅。非常温馨舒适。厨房烹饪用具一应齐全。好友见了非常喜欢，当即表示明早为我们下厨。

真没想到只有半个多小时车程的地方，却花了这么久才安顿下来，原本以为下了火车就能开逛呢。我心里有些急，觉得浪费了不少时间。好友却处之泰然，说不急的、慢慢来，这就是她通常的节奏。我们边吃饭边商量下午去哪里玩，好友说不要安排了吧，随便走走就挺好的，喝喝咖啡、逛逛小店。也难怪，她上本游记的书名就是《走走停停的世界》呢。她觉得每天必去的景点有一两个就可以了，其他随便逛。

于是，吃饱喝足的我们撑开伞，在淅淅沥沥的小雨中，悠哉游哉地向着大广场方向溜达。一路上，有没打伞的人急匆匆跑过，有穿着光鲜的游客停下来自拍，有热情的小店主笑脸招呼客人，也有无甜不欢的我们见了巧克力商店就挪不动步。

布鲁塞尔，不，整个比利时，真是巧克力爱好者的天堂，遍地都是巧克力店。而我们几乎逛遍了路过的每一家。

布鲁塞尔的街巷　　　　　　　　各种巧克力中还有金属工具造型的巧克力

　　一家巧克力店就是一个小小的巧克力世界。在这里，巧克力终于摆脱了传统条块球的单调外形，被塑造出新的形态，被赋予了新的生命。生活中的许多物品都有了它们的巧克力版本，出现在商店橱窗里，吸引着来来往往的人忍着口水驻足欣赏。

　　在一家商店里，我看到整块的厚巧克力板，配着大木槌，估计必须动用武力才能吃到嘴里。柜台里还有很多锈迹斑斑的硕大螺母、螺钉，放大版的扳手、钳子。我叫它工厂风巧克力店，还有软萌风、卡通风、甜美风、节庆风、华丽风等风格各异的巧克力店。

　　果然，不用去景点打卡人就变得闲适放松，用不着纠结什么时候要去下一个景点，也不用总盯着路牌确保路线正确。游客成了探访者，旅行变得随心所欲。哪里老建筑多就朝哪里走，哪边小巷深就往哪边拐。离开了游客大部队、没有了一定要去哪里的念头的牵绊，身体松弛下来，脚步不再匆匆，眼睛看到了更丰富的细节，与本地人有了更从容的交流，身体与精神没有阻隔地感受着这座城市的节奏与氛围。

　　我们路过布鲁塞尔大广场，用眼睛而不是相机，上上下下、仔仔细细地欣赏每一座古老精美的建筑。我们路过旅游办公室，拿取地图和旅游指南，兴致勃勃地听本地人给我们的建议。我们路过小尿童于连雕像，逗留许久却没有合影，来来往往摆姿势拍照的游客们都是风景的一部分。

　　我们看到建筑外涂满绘画的墙壁，惊喜地发现漫画人物丁丁的身影。我们停留在每一面绘有《丁丁历险记》的墙壁前，充满喜悦地回忆年少时的故事。

绘有《丁丁历险记》图画的建筑外墙　　大家入乡随俗都去看一眼的小尿童于连

　　我们留意到街边不断出现的教堂指示标识，对究竟是什么样的教堂如此重要的好奇心将我们引向了布鲁塞尔最大的教堂。圣米歇尔－圣古都勒大教堂的宏大华丽震撼着每一位来客，雨果曾赞扬它是哥特风格最纯美的花朵。

　　我们发现地面上嵌着一个又一个金色的贝壳图案，这是朝圣之路的象征标志，虔诚的信徒在这些金色贝壳指引下行走在自己的朝圣路线上，而我们则沿着金色贝壳走进一家又一家历史悠久的店铺。

　　7月里忽至的冷风裹挟着雨丝，把我们送进了一间老字号咖啡馆。这里的咖啡浓郁香醇、比利时啤酒冰凉醇厚、鲜奶瓦夫饼可口香甜。我们窝在壁炉旁的沙发里，暖暖和和，自在地享受这惬意的下午时光。

与朋友们一起逛博物馆

　　博物馆是个好地方。在自己喜欢的博物馆里、在每一件展品前流连忘返总是让人心满意足。一千个人眼中有一千个哈姆雷特，每个人眼里都有个不一样的博物馆。亲爱的好朋友们与我一起度过了许多美好的博物馆时光。

　　好友阳是个出色的领导者，擅长统筹，关照着每一个人。多年前那个夏末，我们来到德国莱茵河边的葡萄酒小镇吕德斯海姆。镇上最古老的布

　　勒姆瑟城堡内部如今成了莱茵高葡萄酒博物馆。一进博物馆我的眼睛就不够用了，展品从这座千年城堡的历史开始，接下来是葡萄的种植与葡萄园，一路展示了葡萄酒生产的各种工具与机械、酒桶的制作、葡萄酒的酿制与陈年，更有自罗马至今的酒具。庭院里放置着大大小小的葡萄酒桶与老式压榨机，庭院外的葡萄园铺满了山坡。

　　我一张张看图片、一件件端详展品，结果大家参观结束时我才看完一半，又像往常一样拖了大家后腿。阳和大家在庭院里边吃午饭边等我，提醒我别错过城堡顶层展室里的好东西。果然，著名葡萄园的老年份葡萄酒、包装精致的香槟、美轮美奂的古董酒杯酒壶、隔着葡萄园俯瞰莱茵河的露台风景都看得我欣喜万分，舍不得错过每一个细节。

　　时间就这样溜走了，等我出来时庭院里已经空无一人。接待处的工作人员笑着叫住了我，说你应该就是那个独自出来的中国人，然后递给我一张字条和用漂亮玻璃杯装着的半杯红葡萄酒。阳写道，她买了杯葡萄酒，喝了一半、剩下的半杯给我，喝完记得把酒杯带走；她们先行一步去逛画眉鸟巷，然后 2：30 大家在游莱茵河的船码头碰面。于是我心满意足地坐在城堡庭院里的长椅上，望着大树下的葡萄酒桶，举起酒杯，喝掉了这杯最难忘的葡萄酒。

院中古老巨大的葡萄榨汁设备

葡萄酒博物馆中的古董酒杯与窗外的葡萄园

　　大学好友是个不折不扣的博物馆爱好者，造访当地的博物馆是她旅行的必选项。她到里尔后我最先安排的就是一起参观里尔美术馆。里尔美术馆是法国建立的第一个美术馆，是仅次于卢浮宫的法国第二大美术馆和博物馆。在这个宫殿式建筑里收藏着鲁本斯、戈雅、莫奈、毕加索、罗丹、梵高、雷诺阿、马蒂斯、高更等大批著名艺术家的重要作品，有中世纪与文艺复兴时期的各类艺术品，有绘画、雕塑、瓷器、古董，还有数百年来不同时期比利时与法国城镇的巨大模型。

　　大学好友非常喜欢这个博物馆。她徘徊在每个作品前，从头到尾地听着导览器里的英语介绍，有时流露出一副感慨的神情，有时还会频频点头，真是乐在其中。我总觉得自己很能逛博物馆，但和她相比我只能甘拜下风。于是我给自己找了个舒服的位子，喝些东西，从从容容地等着她，一如当年的好友阳。

　　谈到爱逛博物馆，不能不提我的一位画家朋友，我们曾在里尔现代艺术博物馆参观意大利艺术家莫迪里阿尼的生平绘画与雕塑展。不夸张地说，美术馆就是她的前沿阵地。她看展通常分两步，如果有我在场就变成三步。第一步，看：她看画特别细致，除了像普通参观者一样站在画前欣赏外，还会反复凑近了看细节、退后看整体效果，见到好画时便十分陶醉。第二步，拍：与一般参观者不同，她不跟画作合影，而是先给作品拍一张四平

里尔美术馆

里尔美术馆藏有多幅鲁本斯的巨作

里尔美术馆展厅

八稳的"证件照"，再拍一张有作品信息的"名片照"。第三步，讲：她会给我讲不同展览作品的风格、绘画技巧、画家特点，这让我的观展水平从看颜值、看热闹的层次明显提高了不少。自然，我们的参观时间可比旁人长了很多。

接下来她要去参观大师作品云集的里尔美术馆，我觉得还是让她自己去更加明智。午饭后她就出了门，约好晚些时候我们逛逛里尔老城再一起吃晚饭。4个小时后我打电话给她，她才刚刚看完美术馆的三分之二。她这不是看得慢，而是压根儿没打算出来，她太喜爱那里了。一个多小时后，她终于走出了美术馆，带着一脸的遗憾，原来闭馆了。

又一个夏天到了，我在国内的酷暑中奔波，而这两个热爱博物馆的朋友一个从德国、一个从奥地利先后发来信息，给我讲述她们的旅行见闻。闭上眼睛我就想象得出那情景，在凉爽的欧洲，她们行走在各自的风景中，流连在一个又一个博物馆里，沉醉其中。

里尔现代艺术博物馆一角

里尔现代艺术博物馆外的雕塑

最后一茬儿南瓜和韭菜

出来混，有朋友总是好的。出了国还有十分要好的朋友，那便是格外的好，或者说，是幸福。

深秋时节，我应邀去朋友家做客。去前特地叮嘱她，给我留些南瓜。

　　诺曼底的朋友家有片大院子，那里是花、果、蔬菜的乐园。春天里的鸢尾花有好多我从没见过的颜色，除了蓝紫色外，也有鲜艳的黄、玫红、紫红、深红、白色，甚至还能见到多色花纹和复合色。前院和后院各有好一大丛马蹄莲，盛开时硕大的白色花朵直径超过一拃。地里来不及被吃掉的朝鲜蓟都绽放成漂亮的紫红色花球。

朋友家花园中硕大的马蹄莲

　　院子四周种着桃树、梨树、苹果树、李树、樱桃树，还有香椿树。地里的草莓、覆盆子等各色小浆果们从夏到秋一拨又一拨儿地成为餐盘里的水果或是玻璃罐中的新鲜果酱。当然，餐桌上颇受欢迎的韭菜、茴香、南瓜什么的也都来自后院那片可爱的菜园。

菜园里茂盛的朝鲜蓟

马上到万圣节了，我打算从朋友家的菜园里抱个南瓜回去刻南瓜灯。其实她家的南瓜早就熟了，朋友老公特地留了一些在地里，等着我亲手来摘。

大南瓜们早已从菜园里退场，正干干净净地在屋后窗台上晒太阳。绿色菜地里的小南瓜们圆圆扁扁、色彩鲜萌，每只南瓜下面还垫着一片扇贝壳。我用园丁剪刀颇费力气地剪断韧性十足的瓜蒂，和朋友家的小朋友一起抱着南瓜走过泥泞的菜地，在小朋友的指点下把南

朋友家的小朋友在认真地晒南瓜

瓜们丢进一只大水桶，给这些漂在水面上的圆家伙好好洗了个澡，让它们躺在窗户前和大南瓜们一起晒太阳。

南瓜们都摘完了，院子边上还有几棵苹果树，我们踩着梯子上去，把比较大的苹果全都摘了下来，剩下的就留在树上过冬吧。

午饭后，朋友端来了一些覆盆子，说是今年的最后一拨儿，再想吃就要等明年了。

傍晚时分，诺曼底的雨丝从空中飘落。小朋友们穿上雨衣雨鞋，带上剪刀，又来到菜地旁，这次我们对韭菜下手了。不一会儿，朋友家今年的最后一茬儿韭菜也全部躺进我的菜盆。

回到屋里，厨艺了得的朋友做了很多特别好吃的菜。朋友老公和了面、用一个两头尖尖的擀面杖速度惊人地擀出了大量饺子皮，我们一起包韭菜猪肉馅儿饺子。这可是我来法国后头一次吃到韭菜馅儿饺子，用最后一茬儿韭菜做的饺子，味道分外鲜美。

万圣节前夜，我把带回的南瓜刻成了一只南瓜灯，在挖去瓜瓤的地方放了一支小小的蜡烛。蜡烛快燃尽的时候，我闻到了一股香甜的气味，那是来自诺曼底的味道，幸福的味道。

圣诞一品红

在德国，一品红是圣诞节里最受欢迎的花，几乎家家户户都会买上一盆。我出门之前，阳从圣诞气氛浓郁的超市里满心欢喜地捧回了一盆精致的一品红。花盆小小的，在透明的礼品纸包裹下，绿色的叶子簇拥着红艳艳的叶片，叶片上撒满了金色的小点。阳把它当个宝贝似的养着。转眼她就要动身去圣诞节中的意大利了，启程之际只好将它托付给了坤。坤信誓旦旦地向颇不放心的阳承诺：我在花在！从此以后，他天天浇水，对其呵护有加。

新年第一天，我在镜子前见到了一盆陌生的植物，有四片红红的叶子，一时没有反应过来——坤啥时也讲情调啦？后来才想到，这不会就是原来那盆花团锦簇的一品红吧？坤哀叹连连，不知怎样向大姐交代。下午浇水的时候，我不小心把花碰到了水池里，拿起来时屈指可数的叶子只剩下了三片。我只好安慰自己，没关系，反正多数都是被别人养掉的嘛！

下午，阳终于回来了，风尘仆仆的她立即发现了状况，但失望之余仍很有风度地对坤同学说，没关系，花没被养死已经不错了。然后，她心疼的把花从卫生间转移到自己房里，沮丧地搁在书架上。就在这时，在轻微的振动下，又一片叶子落了下来。这可是她自己干的！我们先是一愣，然后忍不住放声大笑。妞妞用小手轻轻地指着花说，姐姐，这花的叶子不会这么容易就掉的吧？我来摸摸看。没想到，倒数第二片叶子也应声而落。阳忍不住大喊，妞！妞！

临睡前，我们把只剩一片叶子的植物供在了卫生间的镜子前。在镜中影子的映衬下，枝叶方略显繁茂。

第二天睡足懒觉起床洗漱，镜前的植物已经惨不忍睹，小小的花盆里只剩下光秃秃的一根杆儿，就在我们酣睡的时候，最后那片叶子也追随先逝的叶子而去……

圣诞一品红

最后的 Aux Moules

不识庐山真面目

在那个初夏的正午，于我而言，Aux Moules 还不是里尔当地大名鼎鼎的 Aux Moules，它只是一家老佛爷商场对面无名的餐馆，一家挤在老商业步行街中的餐馆，一家支起了宽大的遮阳篷又在街边摆放了许多舒服藤椅的餐馆，一家能喝着冰镇啤酒打量过往行人的餐馆。路过它的行人们正满心欢喜地拎着大包小包在老佛爷和旁边满是打折广告的商店里进进出出，我也就在其中。

在食客们漫不经心的注视中，我推开了餐馆的门，甚至都没抬头看一眼它的招牌。餐馆挺深，四下里弥漫着老派的气息。房顶裸露着道道木梁，低垂的吊灯散发着柔和的光，台面上铺着深红色的桌布，到处传来餐具相碰的轻响，窗边坐满了轻声细语的食客，高脚圆玻璃杯里透出啤酒的冰凉，浓烈的阳光透过雕花的玻璃温顺地洒在餐桌上。

一位身着黑制服、系着长围裙的中年男侍者快步走来，一只手端着装满了物品的托盘，另一只手熟练地摆好餐具，之后傲娇地递过菜单，瘦削的脸上不露一丝笑容。菜单看起来倒比那位男侍者更亲切些，像张褪了色的报纸，汤、前菜、主菜、特色菜、甜点、饮料、酒水分居各版，还配着手绘的插图。经过询问，几乎不与我们进行目光交流的男侍者很不情愿地快速而简短地给出一些菜点介绍，随后便面无表情地等待我们讨论，俨然一位颇不耐烦的考官。最后，我们点了牛舌、Moule（发音为牡勒，法语中指贻贝）和鸭肉，当然还有一杯色泽橙黄的冰啤酒。惜字如金的男侍者迅速记下后麻利地收走了菜单，毫不迟疑地转身走了。看样子我们刚刚通过了这场法语点菜测试，荣获就餐资格。

很快，刚才的男侍者端来了我们的菜肴，以不容置疑的姿态和动作将主菜、酱汁、调料、薯条、面包、饮料等一应食物安置在餐桌的不同位置，小小的餐桌立刻变得满满当当。在男侍者职业化的就餐祝福后，我们拿起刀叉开动。

厚片的牛舌围成一圈摆在盘中，浇着浓浓的白色酱汁，中间是绿叶小装饰。牛舌细滑软嫩、入口即化，令人惊讶难忘，完全颠覆了我以往对中餐里凉拌牛舌的味觉印象。

非常美味的牛舌

Moule 上桌时盛在一只黑色深底盆里，上面盖扣着一只圆底黑色搪瓷碗，很烫。盆的两侧有宽厚的把手、外壁印有白色的花体字"Les Moules"（牡勒）。翻开扣在上面的碗，露出冒尖儿的一盆 Moule，黑黑的壳包着鲜橙色的肉，朵朵绽放在乳白色的奶油汤汁里，混合着半透明的洋葱粒，散发出鲜美浓郁的香气。

薯条是吃 Moule 的固定搭配。刚炸好的薯条棱角分明，满满地装在边儿上一只小碗里，撒好了盐、焦黄黄的，

招牌菜葡萄酒洋葱煮牡勒

微硬的外壳入口酥脆，白色的薯肉又软又沙，热烘烘的薯条粘着细细的盐粒，一丝咸香若隐若现。这，正是我最心仪的薯条。酥脆的薯条与鲜嫩的 Moule 一起便是完美的一餐。

此餐之后，Moule 配薯条便成为我心头之爱。后来才知 Moule 是里尔当地的代表性食物，每年 9 月的第一个周末便是盛况空前的 Moule 节，这我已是后知后觉了。

有朋自远方来

有朋自远方来，就要请她吃我最喜欢的！

好友不远万里来看我，定要好好吃吃逛逛。我们一起参观了颇有声望的里尔美术馆后便直奔我心仪的餐馆，那家有着美味牛舌和 Moule 的餐馆。

小雨下的老街清清静静，长长的步行街上没什么人。我这才想起，今天是周日，商店们都关门。哦，我们的牛舌和 Moule，你们会在吗？

快步走向那个街角，远远望见唯一开张的就是那家餐馆!

我们开心地推门而入，左顾右盼之时，一位彬彬有礼的男侍者来到我们面前，他比上次见到的那位侍者更瘦、更多一丝微笑，却就站在一步之外，丝毫没打算让我们进去。他说餐厅两点闭餐，而现在，已经是 14∶13 啦，巴拉巴拉……

入门而不得食，此真人生憾事!

好朋友的发现

终于，我们又有了机会，再探牛舌与 Moule。

盛夏的傍晚，约莫 5∶30，我们兴高采烈地坐到了餐馆外面的餐桌前。要求点菜时，过来的竟然又是第一次吃饭时遇到的那个傲娇脸男侍者，他拉着脸对我们嘀里嘟噜就是一通念叨，说什么现在为时尚早，7 点才有晚餐，现在不许点菜，只能喝咖啡和饮料。我认真地看着那个侍者，使劲儿地回忆，自己究竟欠了他什么? 怎么连半毛钱的欢迎之意也感受不到呢?

此时微风渐起，斜斜的阳光明亮而不灼热。对牛舌与 Moule 的期待冲淡了所有不快，我们坐在老街边上，先喝个餐前下午茶，悠哉地等待 7 点的到来。

风中传来一阵喧闹，一群黑人和阿拉伯人正从老街的另一头走来。他们敲着象脚鼓，有节奏地齐声喊着口号，手里

菜单上的老照片

拉着横幅，大意是要求给没有身份证件的人社会保障。他们来来回回走了两趟便离去了。

差 10 多分钟 7 点，几个侍者过来手脚麻利地更换餐具，重新布置每一张餐桌。这给将至的晚餐平添了一份仪式感，貌似在这里饭也不是可以随随便便吃的。

开餐后，好友兴致勃勃地给 Moule 和牛舌拍照。她指着菜单说真没想到这家餐馆已经有 80 多年的历史了，我这才注意到菜单上还有张好像很早以前的照片，完全是历史照片的范儿。

一抬头，人家的招牌上赫然写着：

CAFE

Aux Moules

1930

BRASSERIE

（"牡勒"咖啡啤酒馆，自 1930 年）

一个巨大的 Moule 壳造型就挂在招牌下方。原来这里可是如假包换的老字号呢！虽然走过吃过，却从来没有注意过它家的招牌。餐馆开业已经 85 年，以做佛兰德地区风味菜肴和各种贝类出名。它家的 Moule 口味多样，一年四季都有新鲜的 Moule 供应——即使在其他餐厅没有 Moule 的季节里。这家餐馆专心做菜，再无分号，店名 Aux Moules 就是自己的特色菜 Moule。我的敬仰之情油然而生。也许，这就是那位侍者傲娇的缘由吧。

餐馆的招牌

Moule 节里的 Aux Moules

　　里尔人钟爱跳蚤市场，除了多雨的冬春，全城各个社区都会定期组织自己的跳蚤市场，场地就是社区里家门前的街巷。每年 9 月的第一个周末，刚歇完暑假的里尔人便会倾城而动，组织一年一度的 Moule 节暨里尔超级旧货节（La Braderie de Lille）。老城的大街小巷都变成步行街布满旧货摊位，市场总长度超过 100 公里，整整两天不间断营业。摊位上摆满了里尔居民的旧货、法国各地居民的旧货以及欧洲多国居民的旧货。城里同时举办各种文化活动，河边公园里还有庞大的嘉年华。这是欧洲最大的跳蚤市场，是里尔人的重大节日，连政府部门也放了假，让大家安心过节。地铁里少见的人挤人人挨人。慕名而至的里尔人、法国人、德国人、比利时人、荷兰人、英国人把这里挤得水泄不通。

Moule 节中的里尔老城挤满了人

　　外国游客的个子明显超过本地居民，面部轮廓也更硬朗分明。下雨的时候，在人群中撑着伞的就是他们。

　　节日里的人们不仅要卖卖卖和买买买，更要吃吃吃和玩玩玩。这个时候最重要、最受欢迎的食物就是 Moule 配薯条，所以这个节日更广为人知的名字是 Moule 节。一个周末到访的游客能超过 200 万人，全城吃掉 500 吨 Moule、数百吨薯条，喝掉 30 万升啤酒！

　　老城里的每家餐馆都推出了自己的 Moule 套餐。为了证明自家最受欢迎，餐馆纷纷把客人吃剩的 Moule 壳倒在门口堆成一个庞大的壳堆，这就是 Moule 节里最闪亮的招牌。以 Moule 为名的 Aux Moules 餐馆更是当仁不让，无数次在 PK 中拔得头筹。

　　在 Moule 节就要到 Aux Moules 家去吃 Moule!

　　这是我的心愿，也是许许多多里尔人和游客的心愿。

　　中午的雨时紧时歇，餐馆前的步行街上行人越来越多。我转到餐馆背后的小巷，还差两个拐弯时，就看到人们三三两两排着队、打着伞、聊着天。绕过人群才发现，原来队伍的源头就是 Aux Moules。

　　食客的队伍从餐馆的门里一直排出来，长龙般盘绕在街上。初秋的风裹着淅沥的雨丝落在人们脸上，人们神情热切、翘首企足，盼望着大口吃 Moule、痛快喝啤酒时刻的到来。

小雨中的人们热切盼望着吃上 Moule

　　餐馆门外已经堆起了一个巨大的 Moule 壳堆，店员不时地走出来把大桶里的 Moule 壳用力抛上已经一米多高的堆顶。惊奇的路人纷纷驻足围观，感叹、拍照、合影、发社交圈。

　　给 Moule 壳堆拍完照后，我再次目测了下队伍的长度，估计就算口水流光也排不到我，只好转身离开去找别家餐厅。

餐馆门口高高的 Moule 壳堆

最后的晚餐

中国春节到了，我们打算吃顿 Moule 庆祝一下。周日晚上 7 点多，空荡荡的步行街上所有的商铺照例都关着门，果然只有 Aux Moules 家还在营业。餐馆里座无虚席，橙色的灯光弥散出来，进餐的欢声笑语不时传出店外。等在门口的客人排起少见的长队，队伍里多是本地面孔，人人都心平气和地在寒风中等待着。这情景除了在 Moule 节还从没见过。

终于到我们了。领位的男侍者笑容满面地把我们引到一处靠墙的座位，放下菜单后又赶紧去招呼其他客人。餐桌边的墙上挂着一张多年以前里尔城区的俯视图，五角公园的模样与现在还很不同。周围墙上挂着很多黑白照片，是不同年代系围裙戴白帽的厨师与服务生在老餐馆前的合影。屋顶主横梁上贴满了小幅招贴画，细细望去，竟然是世界著名旅行评论组织推荐餐厅的认证证书，每年一张，排得整整齐齐。

今天餐馆里所有的餐桌旁都坐满了人，服务生们忙得脚不沾地。傲娇脸男侍者快步走来给我们点菜。在格外忙碌的情况下，他态度一如既往的平淡，动作一如既往的专业麻利，菜肴也一如既往的美味，我们吃得心满意足。

电视里的 Aux Moules

第二天边看电视边做饭时，本地新闻里出现了熟悉的面孔，这不就是那位傲娇脸男侍者吗？他身后正是餐馆 Aux Moules。新闻里播放了餐馆、厨房的画面，展示着一张张老照片，采访了多位正在工作的服务人员、就餐的客人以及街上的行人。

究竟怎么了？我赶紧仔细看字幕。

创立于 1930 年的 Aux Moules 餐馆已进入它营业的第 86 个年头，现任老板即将退休，由于无人接手，这家陪伴里尔人多年的著名餐馆只好关门。里尔居民纷纷前去就餐，向他们喜爱的餐馆道别。

原来，昨天的晚餐便是 Aux Moules 的谢幕一餐。

恐袭之后

一刻也不消停
面对着恐怖主义的郊区
里尔是哪儿
傍晚的"炮"声
Valerie

一刻也不消停

从 11 月 13 日起，我每天醒来第一件事就是看订阅号的欧洲新闻，感知一下周边的危险程度。巴黎恐怖袭击后，10 多天的时间里发生了许多事情：警察在巴黎郊区围剿恐怖分子，里尔等大城市进行大规模搜捕排查，戴高乐号航母载飞机轰炸 ISIS 基地，德国科隆酒馆发生枪击案，里昂发现军火库，比利时原来就是悍匪的老窝，恐怖分子的欧洲大本营就在布鲁塞尔的莫伦贝克，巴黎医院防护服被盗，巴黎垃圾袋中发现自杀式腰带，布鲁塞尔实行最高级别警戒，里尔逮捕嫌疑分子，土耳其击落俄罗斯战机，里尔附近小城加莱难民营发生大火。短短的时间里安全事件频出，让人应接不暇，住在法国比利时边境城市里尔的我们非常揪心。8 月里在阿姆斯特丹开往巴黎的列车上的枪匪被制服后在里尔南侧城市阿拉斯被押下车，搏斗时列车正经过布鲁塞尔—里尔这个区域。

住在这个做着地铁就能去比利时的城市，想到那些恐怖分子就在布鲁塞尔和巴黎之间往返、从里尔旁边呼啸而过，真不知哪天又会查出这里还有些什么。我内心深处恐惧的浪花在不断涌动。一夜之间突然意识到，原来我们就守在法兰西的北大门，猛然感到自己肩上担子好重，想想也是醉了。

单位门口增设了警察，检查每个进入人员的证件，办公楼外也多了站岗的保安。里尔看似风平浪静，但街上和商店里人都很少，到处都有开包查验的警察，进入电影院和政府部门还要解开长袍或大衣检查。圣诞市场冷冷清清，专为节日而架设在大广场的漂亮摩天轮上空无一人。新结识的法国朋友强烈建议我们不要去家乐福、圣诞市场、大广场等人多的地方，就待在家里好好享受生活。她的警察朋友最近从一早工作到很晚，风吹雨淋，在这个天天都有无数场雨的季节里，为了大家的安全辛苦工作着。现在里尔的 TGV（法国高速列车）乘客进站也要通过安检门，是个好消息。这里的安全措施越来越像北京和中国，期待他们的地铁也早日进行安检吧。

圣诞节前的老城冷冷清清

刚刚得知昨天里尔的鲁贝区发生了劫持人质事件，那里是我常去的中国超市"巴黎士多"所在的区域。这个世界还能不能有片刻安宁？

面对着恐怖主义的郊区

几天来法国电视台连篇累牍地播放着有关比利时的报道。电视上能够看到空无行人的布鲁塞尔街道上到处是装甲车与荷枪实弹的士兵；法国戴高乐航空母舰上的飞机频繁起降；炸弹们雀跃着直扑地面目标；主持人与嘉宾或情绪激昂或神情严肃……

这一切都聚焦于布鲁塞尔的一片郊区：莫伦贝克。这片面对着恐怖主义的郊区从此有了各种称号：国际恐怖主义后院、欧洲的恶人谷、恐怖的摇篮、恐怖分子巢穴、欧洲圣战分子温床、圣战者的武器超市等。

大家这才发现，原来欧盟正在与恐怖分子们共用着同一个首都。三教圣地耶路撒冷远在 5000 公里之外，反全人类的恐怖宗教在欧洲的大本营却只距离我们 100 多公里。是时候认真窝在家里，发掘与珍视生活中的各种美好了。

里尔是哪儿

上午见了老师，做圣诞前最后一次讨论。

禁不住问老师对里尔的安全怎么看，之前我也问过一位法国朋友同样的问题。他们的第一反应很相似：略皱眉、稍低头复又抬起、一言难尽却又迅速坚定的模样，然后关切地问："你感到害怕了吗？"

Bien sûr! Pourquoi pas？（〔法〕当然啦！为什么不呢？）我在心中默默地说。

老师说里尔处于多座大城市之间，旁边就是伦敦、布鲁塞尔、巴黎。周围有那么多的国际大都市，都是人们和某些人关注的焦点，谁知道里尔是哪儿啊！Who knows？又有谁会跑到里尔来呢！

言之有理！我茅塞顿开，多日的担忧烟消云散。老师果然令人佩服。

女神圆柱是为了纪念 1792 年市长率领全城英勇抵抗奥地利人围攻里尔城而树立的，
如今的里尔人依旧乐观勇敢

傍晚的"炮"声

傍晚回来，我坐在房间里。6点多时外面传来了放炮的声音。真奇怪，法国人也被允许放炮吗？但是，这炮的声音也实在太不像炮了。闷闷的炮声"砰砰"作响，炮声时远时近、时断时续也连不上个气儿。这不是鞭炮声，更不是二踢脚。上午老师的话犹在耳畔，却也阻挡不了我迅速脑补外面的场景：在楼下超市前方街区中，警察正与恐怖分子持枪激战，借着房屋的掩护，法国警察步步紧逼，恐怖分子且战且退并不断有人中枪倒地……大约20分钟后，外面终于恢复平静。紧接着听到许多车辆开走的声音，可惜从房间看不见，于是我又自行脑补了小型装甲车满载着全副武装的警察班师回朝的情形。

这20分钟里，楼里一直很安静，而我满脑子都在想这到底是不是枪声、是不是枪声……如果是枪声，我要不要蹲下来；如果是枪声，明天无论如何不能去单位，要待在家里；家里吃的东西还很多，坚持个几天没问题。

住处附近

电话响了，邻居也担心这是枪声。我从窗口向外看，开过去的汽车比平时略多些，个别走过去的行人看起来也没什么异样。赶紧打开电脑，谷歌里尔的新闻，中文的和法语的。看到今天中午在 Lille Europe 火车站发现了可疑的箱子，封锁检查时耽误了不少旅客的行程，治安较差的 Wazemmes 区前天晚上有栋楼起火。其他的，就没有了。倒是昨天，法甲比赛里尔足球队三连胜，里尔人民非常开心。

接下来我每天都认真看里尔新闻，也没什么动静，估计就是那天里尔足球队又赢了球，激动的球迷在放炮吧！

回国后有次看电视，里面传来一阵枪声，我心里猛地一揪，这明明白白就是在里尔听到的"炮"声。那天在里尔，究竟发生了什么？

Valerie

巴黎恐怖袭击过后，人心惶惶。一段时间以来，我都感到十分不安，甚至考虑要不要买张机票飞回国去，直到那天见到了 Valerie，我保险公司的资深办事员。我非常想知道里尔的法国人是怎样看待这场袭击以及接下来的安全状况。Valerie 表达了她的震惊与担忧，但是，她神态坚定地说，生活要继续，现在就是最好的时候，感受生活中的一切美好，和所爱的人在一起，做自己最喜欢的事，吃自己最喜欢的东西，让自己快乐和幸福。

直到现在我还能够清晰地记起，走出她的办公室后，我原本焦虑的心已然温暖又平和，寒风中的漫天冷雨也变得令人愉快。

恐袭之后萧条的圣诞市场在逐渐恢复人气

德
国
秩
序

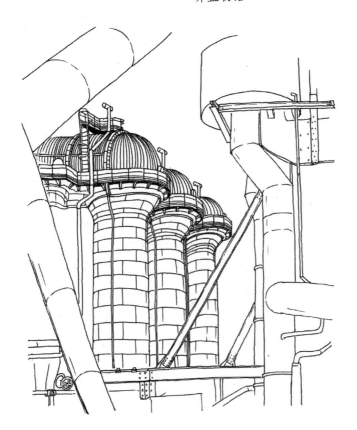

"笨死"的德国人

Mercedes-Benz 是德国汽车公司梅赛德斯 – 奔驰，Benz 在德语里的发音是"笨死"。

到德国后不久，我们学会了一句话，"你怎么笨得像德国人一样？"德国人真的都是笨死的吗？

德国情况入门老师提醒说，德国人的的确确是一张张数钱的。不久，我们就在会计那里眼见为实了。德国人通常是一只手抓着要付出的钞票，另一只手从最上面拿走第一张摆在柜台上，嘴里还念念有词："一十。"然后再拿第二张摆在刚才那张钞票上，嘴里继续说："二十。"接下来又把第三张摆在第二张上，三十，……三十一，三十二，三十三，……这真的是奔驰国度的人吗？

一次同学付 600 欧元给车站售票员，她在一只手里把 6 张 100 欧元的纸币向上弯叠，自下而上用双手的大拇指迅速点清了这区区 6 张纸币，就像你我平时数钱那样。对面的售票员老兄却看得瞪大了眼睛，目光中满是敬佩，由衷地称赞："真是太厉害了！钱数得这么快！"巨汗！德国人果然是笨死的！

看来他们肯定也没听说过点钞比赛，随便咱们哪个银行出纳都能横扫德国了。善用筷子和现金交易的中国人的手指果然训练有素，单是对小朋友来说易如反掌的用一只手的 5 个手指数数也会难倒多数德国人。德国人数数非常直观，像小孩子在掰着指头算算数。伸大拇指是 1，2 加上食指，3 加上中指，4 加上无名指，5 再加上小拇指。超过 5 的数字就需要另一只手来帮忙了：6 是一只手全张开然后加上另一只手的大拇指，7 加上另一只手的食指，8 再加上中指，9 加上无名指，10 就要张开两只手的全部 10 个手指。听说有德国人在中国吃饭，跟服务员比画要啤酒，他伸出大拇指和食指想要 2 杯，结果，来了 8 杯……

再说刚才那位仁兄，他倒是超有耐心。在去巴黎的火车票特别抢手的季节里，为了让我们 6 个人能买到更便宜的 ICE 高铁往返票，他不厌其烦地在电脑上查找各种可能性：早一班车、晚一班车，散客票、团体票，二等席、头等席，会员、非会员……在其推荐下，我们每人填了一份表格，拍了照片，办理了一张 Bahnkart（火车票优惠卡）。苍天不负苦心人，终于给他找到回程的超优惠车票：一等席有 5 折优惠，我们 6 人刚好组成一个团体，再 5 折，还包括一顿车上晚餐！可惜去程就只能用优惠卡买 7.5 折票了，二等席。

为了给我们说明究竟便宜了多少，他列出了如下算式：

回程头等席车票原价 ×6　　　　　算式 a（每人 200 多欧）

+ 去程二等席 7.5 折票价 ×6　　　　算式 b（每人 50 多欧）

＊　＊　＊　＊

— 回程头等席 6 人团体票价　　　　算式 c（a ＊ 50% ＊ 50%）

— 去程二等席 7.5 折票价 ×6　　　　算式 d（这不还是算式 b 嘛）

＊　＊　＊　＊

大家看得都有点傻眼，直接用算式 a 减去算式 c 不就得了？干吗如此大费周折呢！晕死！我们互相大眼瞪了会儿小眼后，都张了张嘴，又把话咽到了肚子里，真不愧是"笨死"啊！

萨尔布吕肯火车站超有耐心的工作人员

最终，算式还是得到一个让大家喜笑颜开的数字，他也绽放出灿烂而得意的笑容。德语我没听懂，但显而易见，他相当有成就感：为我们这几个肯定会去巴黎的中国人以极为优惠的票价订到了 ICE 的座位；成功地为自己服务的公司减少了可能的收入——把 6 个头等席以大致二等席的价格推销出去了。爱死了，这个一心为客户着想的"笨死"的德国人。

　　前前后后折腾了快两个小时，虽然还有一些顾客在耐心地排队等待，虽然柜台上只有两个工作人员，虽然他的上司皱着眉头过来让他快点儿，虽然我们自己都有些过意不去了，他却耐心依旧、笑容依然。后来有一次，我甚至看到他给一个女顾客办业务时友善地看着她的宝宝在自己的柜台上爬来爬去。最后，数钱的同学把我们学来的最地道诚恳赞美人的话"Das ist aber nett von Ihnen!"（[德] 您真是个好人）送给了他，这可把他给乐坏了。

遍地都是奔驰

斯图加特奔驰博物馆里的大眼奔驰

　　上课的时候，外面传来一阵汽车的轰鸣，大家转头向外看去，窗外有一辆超神气的大型垃圾清运车正在工作。车体巨大结实、车漆光鲜洁净，颜值很高。看看车标，原来是辆奔驰。

　　白天乘车时，我发现德国的公共汽车相当人性化。车厢里对着中门的位置很宽敞，边上的座位无人使用时能自动折叠起来，可以停放购物车、轮椅或是婴儿车。周围一圈是有弹性的背板，站着的乘客能舒服地靠在上面。下车按钮安装在各处扶手立柱和一些较低的位置上，乘客不用起身、也不用狼狈地挤到后门就能通知司机下站停车。汽车的前后门都没有台阶，

奔驰公交车翻开活板后方便轮椅上下

地面平平的，停车时整体车身会向着站台缓缓倾斜，乘客便能轻松上下。碰到使用轮椅、婴儿车、老年手推车的乘客上车，司机会翻开地面上的活板，将另一端搭在地面形成一个小斜坡，有轮子的车、椅就都能无障碍上下车了。仔细看车标，基本上都是奔驰。

街上的出租车也是奔驰。私家车更是各种年龄的奔驰大汇展。

遍地都是奔驰。

慕尼黑街头的奔驰 Smart

按部就班

在 8 月清晨里的小城萨尔布吕肯，静寂中吹来的风如苹果般清新，脚下黝黑的路面延伸向远处山坡，晨曦中公交 153 路的车灯又准时闪烁在路的尽头。

坐在被暖气烤得热烘烘的窗边座位上，搂着大背包，早起的我禁不住哈欠连天。一天的旅行又开始了。我把下巴搭在鼓鼓的背包上，睡眼惺忪地看着窗外。浓密的松树林随着山坡迅速退后，一家一院的小别墅显露出来，高高低低的窗台上满是盛放的花朵。蹓狗的人还没出门，偶尔会有个把人候在站台边，怕冷地裹着薄薄的小棉衣，上车脱去外衣后露出和大家一样的短袖 T 恤。

今天是周末，休息的日子，商店不开门、人们不工作。一早大家都酣睡家中，晨起锻炼的人还要过一两个小时才会起身，关着门的商店把安安静静的街道留给了我们。时间还不到 5：30，我乘的这趟公交每周只发一班，总在星期日早晨的 5：14 准时抵达 Carl Duisberg Haus 站。也总是我们这几个人不等天亮就爬起来，用钥匙串上每人都有的第三把小钥匙打开沉睡中的公寓楼大门，背着沉甸甸的旅行包跟头咕噜地跑到公交站台，登上温暖的车厢，奔去火车站。下一班能去火车站的公交 107 路要到 7：34 才来，如果想好好逛一整天，153 路就是我们的不二选择。

住处楼下贴着各线公交车的时刻表

　　公寓楼下面贴着所有经过的公交车的时刻表，上面详细列出了一天里每小时段汽车到达的时间，精确到分。时间安排共分三栏：周一至周五是工作日，车次较多，到站时间位于第一栏；周六的位于中间栏，通常商店在这个休息日中只开业半天，车次要少些；周日的单独位于最后一栏，由于它是纯粹的休息日（所有的商家都不营业），所以车次格外少并且发车晚、收车早、间隔长，有些车次干脆就停开了。不仅是公交车，地铁、火车也有类似状况。为了解决我们这种旅游控赶火车的问题，德国人专门开了这班153路。我总在想，做个153路的司机也不错啊，虽然要在休息日工作但毕竟一周只上一次班。

　　有了汽车抵达的准确时间，出门时就无须提早很多。如果还要换乘，提前看好时间表、算好两车的时间差就行，如果公交不能直达，就再加上前后步行所需的时间。确定了早晨出门的时间，你就可以算出换乘若干次后抵达目的地的准确时间。每个人都能根据时间表安排好自己的日程，从容地出发。让人佩服的是，公交车也总会在标明的这一分钟抵达车站，火车也是如此（偶尔也有晚点）。德国人恪守着时间，你甚至找不到什么车子不来、堵车、晚点等迟到的借口。生活就像精确计算的公式，德语 Alles in ordenung（一切都好）的本意便是一切都在秩序中。

　　如此态度，生活反而变得像直线般简单。凡事都可预料：汽车准点进站、地铁匀速运行，行动总有计划、做事必有步骤、休息时间不必工作、没有预约不会拜访，每逢打折必定优惠、产品质量罕有问题……一切都按部就班、鲜有意外。生活沿着它不变的平静轨道从容运转，波澜不惊。

　　每当我用心观察他们的生活时，早年喜欢的科普读物《宇宙与人》中对星系的描述便会浮现出来。德国社会像极了一个老年星系，悬臂自扫门前雪、脉络清晰运行稳定、

晨雾中的萨尔布吕肯

鲜有新星诞生。干净利落、平稳顺畅的氛围洗去了人的浮躁，带来安宁与沉静。但沉静之下遮盖的是机会稀少、门庭冷落。中国则像一个年轻的星系，新星诞生恒星消亡，悬臂内外你追我赶，超新星红巨星爆发此起彼伏，生生灭灭熙熙攘攘。与一派热闹景象并生的是每个人的奋斗、增长的压力、规则与不规则，折线般舞动的生活轨迹带来巨大压力的同时也让人憧憬着难以预知的未来。青菜萝卜各有所长，沉浸在细节中方能领悟不同生活各自的美妙。

我和导师

和实习导师 Herr Hülsmann 在一起时我总是有点紧张。身为系主任的他已经快 60 岁了，全白的头发让他看起来年龄更长、更有权威，使刚到实习学校时德语说得还不熟练的我总怕做错。这么说恐怕对他老人家不太公平，另一位同事 Herr Zimmermann 才 50 出头，天生一头银发，也丝毫没掩盖他年富力强的样子。

对我的蹩脚德语，导师总是很有耐心，在不断称赞我的同时，仔细把每节课的时间、教室号码、老师名字都给我写在一张纸上，还要反复问我清楚了吗。不停地在迷宫般的教学楼里转向了多日之后，我终于能得意地跟他说，您告诉我教室号码就行了，我能找到。看着他惊喜的神情，我总喜欢加上一句"Kein Problem（［德］没问题）"！后来我发现，并不是每个老师都熟悉教室的号码，当他们谈起某个教室、教师休息室、实验室时，我便询问是否是某某号码的教室，有些老师竟一脸茫然，我不禁暗自窃喜。

前几天写信给他，他说要把信在 Kaffeepause（即茶歇，德国人的喝咖啡休息时间）时念给老师们听，接着他又不忘啰唆一句，9∶15 Uhr, Raum 127（上午 9∶15，127 房间）。难道他还怕我忘了那天该什么时候去教师休息室吗？ 127，就是实习 3 个月里最不好开锁的那个房间啊。每天上午休息时我都会坐在那里喝咖啡、吃学生和老师做的小甜点，看同事们聊天。从只能看懂表情，到悄悄地能听懂他们的对话；从记不清系里来回变换的许多教师的面孔，到和他们一起在摆了鲜花的长桌上切 Christiana 为我烤的生日蛋糕……

和导师在一起最开心的事就是去参观巧克力博物馆。去年我们从萨尔布吕肯长途跋涉去科隆时竟然没有找到巧克力博物馆，非常遗憾。没想到，今年竟然能由身为甜点师专家的导师带着去，真是太理想啦！

这个系甜点师专业的学生每次进行 Schokolade Projecktwoche（巧克力项目周）前都会去科隆参观巧克力博物馆，收集资料、增进认识。导师带着几个叽叽喳喳的年轻学生和我这个老外就钻进了莱茵河岸边人工小岛上的巧克力博物馆。嘴里嚼着检票处发的巧克力，我们看那些可可果实、装运场景、加工机器、模具；观察巧克力制作的全部过程，从可可豆到浓稠的巧克力浆再到一块块的巧克力；站在船型小岛博物馆的"船头"，赞叹伫立在玻璃窗前的金色可可"树"，以及从中涌出的美味液体……

在河畔喝过导师请的咖啡后，女同学们去逛街（科隆的购物街在德国颇负盛名），男同学们去教堂了。我通过国际长途向孩子解释完巧克力博物馆是什么样之后，导师便带着我去认识他眼中的科隆老城。在曲折的石路上、古老而有风格的建筑间，我见到了历史悠久的啤酒厂、当地最高档的两家五星饭店、德国的重要电台，知道了这里最有名的啤酒、人口的多少、购物街的别名，穿过了许多精致的小广场，走过了无数的啤酒座和咖啡座，聊起了我的女儿，感受到了导师对自己工作在杜塞某个能源公司的女儿的自豪，对比了中德教学中的种种差异。这是我和导师交谈最多的一天，他就像个敬业的导游，愉快又细心、耐心又健谈。

导师请同学们在莱茵河边喝咖啡

从科隆大教堂塔顶上俯瞰莱茵河

最难忘的还是爬科隆大教堂的塔楼。他都快 60 的人啦还向我挑战，我当然说没问题，结果还是呼哧呼哧地落在后面。他脚步平稳，看着一点儿也不吃力，还不停地介绍这介绍那，大钟啊、整修啊、酸雨侵蚀啊什么的。唉，我气儿还喘不匀呢！只好赶紧调整呼吸装作若无其事。

此时，科隆老城已经尽在脚下，大教堂塔尖触手可及，莱茵河徐徐展开在眼前……

蛋糕里的乌珀塔尔

这是一个蛋糕，也是一件考试作品。

蛋糕的制作者是一位来自德国职业中学甜点师专业的学生，她在毕业考试中设计完成了这件作品。通过了这场考试，她就可以获得甜点师的从业资格。对德国人来说，无论在什么岗位就业都必须具备相应的职业资格。职业学校的毕业考试就是对在校学生们进行的职业资格认证测试，因此每个学生都非常重视它。

参加评定的主考官们都是业内专家，分别来自行业协会、企业和职业学校。在持续一天的考试中，考生先在规定的时间内完成若干小型甜点作品，如烤制酥点、制作慕斯，然后完成一项综合任务，这次考试的要求是设计制作一款创意蛋糕。考生们都提前构思表现主题，设计蛋糕外形与口味结构，画出展台布置图，反复练习各种制作手法。

宽敞的面点厨房

考生们在配备着大量专业器具的面点厨房里专心地制作自己的毕业作品。各色各样的蛋糕逐渐成形。"钓鱼协会五十周年纪念"主题蛋糕在流经两岸草地的河流上架起了一座蛋糕独木桥，坐在桥上的彩色点心老人正拿着鱼竿垂钓，鱼线垂进河里，岸边是躺在花生碎奶油浴巾上晒太阳的青蛙。"海滩"蛋糕的主体是碧光粼粼的蛋糕大海和岸边的金色沙滩，点点黑色糖霜礁石没入海中，水中红色珊瑚旁的烤甜点章鱼开心地守着宝箱，水面上露出了鲨鱼的黑饼干背鳍，一只点心海龟正费力地爬上烤饼干砂糖海滩，椰林婆娑的沙滩边两条彩色夹心饼鳄鱼正在亲吻，脆饼干椰树下的扁曲奇石板上用巧克力酱书写着它们的爱情宣言。

旁边的台面上还有正在制作中的"吸血鬼"蛋糕、"颓废的音乐"蛋糕，最特别的要数"欢迎来到乌珀塔尔"蛋糕，从设计图上看，这位考生想用蛋糕展现乌珀塔尔的标志性景观——空中轨道电车。

乌珀塔尔是我刚刚去过的一座老工业城市，也是恩格斯的故乡，位于北威州鲁尔工业区中部。方圆 40 公里内环绕着它的知名城市有一大把：多特蒙德、波鸿、埃森、奥博豪森、杜伊斯堡、杜塞尔多夫、勒沃库森、科隆等。这座沿河而建的城市形状狭长，德语名称是 Wuppertal，Wupper 是流经这个城市的乌珀河，Tal 的意思是山谷，中文里颇有趣地将其音译为巫婆塔。

乌珀塔尔最闪亮的名片就是它的 Schwebebahn（空中轨道电车）。100多年前，为了缓解这座繁华城市的交通压力，人们试图建造一个有轨电车系统，但狭窄的街道和特殊的地下结构却造成了大难题。德国工程师们独辟蹊径，极富创造性地提出建造一条悬空铁路。很快，世界上第一条悬挂式单轨铁路便穿越在乌珀河与市区街道上方。每每看着电车从半空中驶过，总有种进入未来世界的幻觉。

乌珀塔尔的空中轨道电车   跨越乌珀河的电车轨道

空中轨道电车的独特魅力吸引着人们前去欣赏、体验，它自己也经常出现在绘画、摄影、雕塑艺术中，马上它又将成为这件甜点作品的主角。小女生的蛋糕设计图使我十分好奇，她将如何做出一份悬浮的蛋糕呢？

她做了大量准备工作：烤制大大的长方形蛋糕基座；将调制好的绿色糖浆浇在平盘里放进冰箱冷冻；仔细地制作各种颜色与形状的小饼干；用嫩绿色的奶油将烤好的蛋糕装扮成绿草如茵的河岸，中间流淌着清澈的蓝色果冻河水；用橙色面皮包裹在长条蛋糕外，贴上白色车窗和蓝色窗框，做成可爱的电车车厢；接下来对照着设计图用直尺在凝固的厚糖片上切割出几个造型奇特、长长的绿色半透明厚糖片，拿刀小心翼翼地刻画图案；用巧克力酱在烤好的糖霜饼干上写字；用调色糖片制成乌伯塔尔的象征——双尾伯格之狮。终于，她开始进行最后的组装了：先用透明的 n 型有机玻璃架在果冻乌珀河上托起电车车厢，然后将绿色厚糖片轨道安装在车厢上方，半透明的绿糖片支架与轨道连接好后稳稳地跨越在两侧蛋糕河岸上，再一番装扮之后，蛋糕"欢迎来到乌珀塔尔"大功告成。

　　每个人都喜欢逗留在这个作品前细细端详，连一直不苟言笑的主考官也禁不住在颁发毕业考试合格证书时对它发表了长篇大论的评价。亲眼看着自己喜欢的风景以美味佳肴的形式逐渐重现，那种感觉格外神奇。原来美妙的食物不仅仅是为嘴巴存在的，也是为眼睛存在的。

马格德堡的冬天

窗外楼下雪地上的有轨电车

　　北方降温了，今天一开窗，干干凉凉的风就灌了进来，像极了马格德堡冬天的气息。不过随着冷风涌进来的是含混在一起的汽车行驶声、不耐烦的喇叭声、楼下商场换气装置持续的轰鸣声，提醒着我这是在国内自己生活的城市，不是那个冬天里的马格德堡。在那里，透过凝滞的空气传进我房间的是有轨电车的铃声与行驶中的咣当声。

　　刚坐着大巴车从慕尼黑南部的 Feldafing 来到原东德地区马格德堡时，我对这个城市怎么也喜欢不起来。暮色中映入眼帘的盒子楼就好像多年前的中国建筑，放到现在的中国充其量也就是个小镇的建筑水平。大家不由得对苏联控制时期的东德经济发表一番感慨。

　　原本一起的同学们分住到了不同地点的宿舍中。在疲惫不堪中、在大家的帮助下，我从 Feldafing 带来的大小 9 件行李终于全部搬进新住处。房间不大但五脏俱全，单元结构的房子带来了久违的家的气氛。房东早就给我预备好的硬木板已经铺在了床上，让我的腰不必在未来的 4 个月中饱受折磨，好欣慰。德国的床垫都是重磅海绵、床架是排骨架，睡久了我的腰痛就会犯，因此每次搬家前都联系对方要一块硬木板。不解的德国人们给我准备过五花八门的替代品：硬纸箱、小木板、大木板，甚至还有单独住在其他旅店的建议。马格德堡的硬木板是最合我心意的，第一眼见到时我便考虑四个月后再搬家时能否把它带走。

　　窗外不时传来哐当哐当的声响，有车辆滑过轨道、稳稳地刹车停下，然后又响着铃离开。原来楼下是个有轨电车站，这种听起有些久远的声响成了寒冷冬天里最让人心里踏实的声音，每天伴我入眠。马格德堡的生活就这样温馨地开始了。

　　德国纬度较高，冬季里 9 点钟以后天才会大亮，而下午 3：30 就可以欣赏夕阳了。整个冬天里我对早晨的印象都是这样的：嘴里边嚼着最后一口早餐边蹬上鞋，套上厚外套，吃力地背上装有笔记本电脑的笨重双肩包，抄起装了一盒饭菜和一只水果的午饭袋儿，冲出温暖的房间，丁零当啷地锁上门，心急火燎地按电梯，乘电梯时施展一下不照镜子涂口红的绝技，推开公寓楼重重的侧门，在扑面的冷风中彻底清醒过来，吱嘎吱嘎地踏着雪，一步一晃（当有个重重的双肩包在背后晃来晃去时总是这样）地跑向街道对面的电车站，气喘吁吁地和早到的同学打招呼，看着动作竟然比我还慢的同学狼狈奔来，然后大家一起钻

冬天里戴红色毛线帽的广告柱

上电车在清晨黑漆漆的"夜色"中向学校驶去。

　　与其他城市相比，马格德堡的风景并不出众，但雪始终是她最好的朋友和装饰品。冬天里频繁而至的纷飞雪花给这个城市带来了妩媚的神态，洁白的积雪遮盖了一切杂乱，勾勒出一冬纯净的世界。

井盖物语

　　井盖这东西，脏乎乎不起眼、铺在地面上踩在脚底下，我从未注意过它。直到有天傍晚散步时，在德国萨尔布吕肯的一条小马路上，它吸引了我的目光。黝黑的柏油路面上，嵌着一个坚固的井盖，外圈的金属部分非常厚实、花纹清晰规整，中部是圆形的灰白色混凝土，看起来特别耐用。我以前从未见过质量这么好的井盖，当时心想，不过一个井盖而已，有必要这么讲究吗，大概这个井盖有些特殊吧。我不断地前行，注意到了更多的井盖，每一个都结实、美观，我感到十分新奇，便拿出手机拍了照片。

最初留意到的井盖（德国　萨尔布吕肯）

　　然后，事情变得一发不可收拾。

　　走路的时候我不断地看向地面，仔细端详遇到的每一个井盖。我惊喜地发现，井盖的样子各有不同。由金属外圈和混凝土构成的井盖算是入门版，全部用金属制成的井盖就是升级版，根据当地特色专门设计的井盖是城市定制版，为某

豪华版铜芯井盖（德国　慕尼黑）

个事件制作的形似井盖的地面镶嵌物算作纪念版，还有极少量铜质内芯的豪华版。

满怀喜悦地欣赏着这美妙的脚下风景，从各个角度给它们拍照，再给照片标注信息，我已然成为一个井盖的视觉收集者。这些可爱的井盖们，除了在人行道上的之外，有些是在草丛中发现的，有些是在河边见到的，还有些是位于道路中央、朋友们看着两侧没车我赶紧跑过去抢拍的。受我的影响，朋友们走路也时常留意地面，见到与众不同的井盖就大呼小叫，"快来——这里有个没见过的井盖！"她们爱屋及乌，连镶嵌在地面上的纪念标志也不放过。

伴随着旅行的脚步，越来越多美好的井盖出现在视野中，我的视觉藏品中不仅有本地品种，还增加了其他城市和国家的品种。最初我只注意到了图案的精巧，但面对着几年来拍摄的好几百张形态各异的井盖照时，不由得想，这些图案除了能防滑和提高颜值外必定另有深意，那究竟是什么呢？

我在网上几乎找不到答案，只好用些笨办法，先辨认出井盖图案里的细节，再将它们与所在城市的各类信息一一比对，搜寻其中的关联。

寻求答案的过程也是重新认识这些城市的过程。很多城市将自己的历史与文化铸刻在了井盖上：在德国最古老的城市特里尔，井盖上是手持开启天堂之门钥匙的城市守护神圣彼得，这里被称为阿尔卑斯山以北基督教的起点；在历史悠久的科隆，井盖上的双头鹰图案起源于领土横跨欧亚大陆、兼顾东西两个方向的拜占庭帝国，后成为神圣罗马帝国及其后人的标志；莱茵河畔小镇宾根井盖上的骑士图案城徽来自中世纪的欧洲；在法兰

德国　特里尔　　　　　　德国　科隆　　　　　　德国　宾根

克福的罗马广场，地面上井盖造型的铭牌是反省纳粹焚书行为的焚书纪念碑；在鲁尔工业区小城奥博豪森，井盖上的图案是象征工业的铁锤、钳子与齿轮；杜塞尔多夫井盖上的一对侧手翻小孩是当地传统习俗的象征，从最初孩童们的讨钱方式到现如今的全城大赛，侧手翻是杜塞尔多夫引以为傲的标志性艺术；在瑞典首都斯德哥尔摩，井盖上头戴皇冠、眼神俏皮的人是圣·埃里克，瑞典的守护圣人，这位曾经的国王推广基督教信仰、参与北方十字军东征、促使瑞典真正地成为一个国家。

德国　奥博豪森　　　　　德国　杜塞尔多夫　　　　瑞典　斯德哥尔摩

从井盖上还能看到当地的风景：在德意志之角科布伦茨，井盖上喷水的小孩是深受当地人喜爱的申克尔喷泉，因为它喷水既不定时也不定点，行人常被捉弄，所以得名淘气鬼喷泉；颇为自己风景骄傲的德国首都柏林则在井盖上荟萃了城市的重要景观，国会大厦、柏林电视塔、勃兰登堡门、胜利女神柱、凯撒·威廉教堂等赫然在列。

德国　科布伦茨　　　　　申克尔喷泉　　　　　　德国　柏林

　　汉萨同盟[①]城市的井盖上常绘有帆船图案：在挪威最大的港口卑尔根，井盖图案中有高大的帆船、中世纪的码头木屋、与索道相连的山峰和象征着"雨城"的空中云朵；在北海沿岸德国的自由汉萨城市不莱梅，井盖图案是漂亮的三桅帆船和海中的游鱼，其中一面船帆上还绘有市徽不莱梅钥匙；在波罗的海之滨的罗斯托克，井盖上的城徽图案则是神气的城市守护神狮鹫站在象征汉萨同盟的红白双色条带上。

| 挪威　卑尔根 | 德国　不莱梅 | 德国　罗斯托克 |

　　动物形象历来受到欢迎：瑞士首都伯尔尼在德语中的含义为熊，熊城井盖图案的常客就是熊；法国布列塔尼的海盗之城圣马洛，井盖中心图案是它的城徽，守护着城堡财富的貂系着斗篷从栅栏上跑过，下方写着"永远忠诚"。出镜率最高的动物是象征着勇气的狮子：德国布伦瑞克井盖上侧立的狮子是强大的狮子亨利[②]为自己选择的徽章；受到布伦瑞克王朝分支汉诺威王朝的历史影响，双狮怀抱城徽成了汉诺威井盖上的图案；德累斯顿的井盖上也有狮子图案，因为传说中力大无比的萨克森国王奥古斯特一世喝着狮子奶长大；在瑞士洛桑、匈牙利布达佩斯等地的井盖上，则是双狮在守卫着各自的城市。

---

① 汉萨同盟起源于12世纪德国北部，是为谋求商业利益而组成的城市同盟，后逐渐演化为经济—政治—军事同盟，在欧洲中世纪历史上具有举足轻重的影响，17世纪解体。欧洲波罗的海、丹麦地峡、北海沿岸地带及欧洲大陆通航河流两岸多个国家的百余座城市曾先后加入过汉萨同盟。

② 狮子亨利即萨克森及巴伐利亚的狮子公爵亨利，是德国布伦瑞克王朝与汉诺威王朝的祖先。

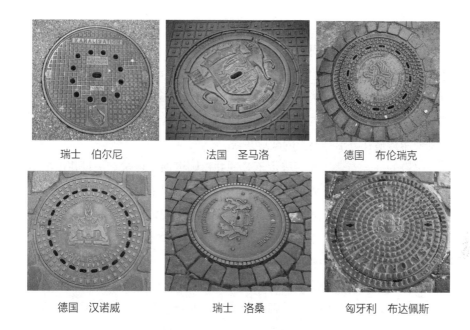

瑞士　伯尔尼　　　　　法国　圣马洛　　　　　德国　布伦瑞克

德国　汉诺威　　　　　瑞士　洛桑　　　　　匈牙利　布达佩斯

　　城堡图案也频繁地出现在井盖上并被各种形象所守护：在捷克首都布拉格，伸出城墙紧握长剑的手臂图案象征着布拉格城的坚不可摧；在德国易北河畔马格德堡，手举花环的姑娘马格德站在城堡上守卫着它；在德国半木屋小镇奎德琳堡，守护它的是羽翼丰满的帝国之鹰。

捷克　布拉格　　　　　德国　马格德堡　　　　德国　奎德琳堡

　　经过长期观察，我发现成就一只出色的井盖并不容易。材质是造就一只好井盖的基础，厚重结实的金属井盖质感最好，即便图案简单也会形成质朴的美感，让人感到踏实稳固。图案精巧别致的井盖最能引人注意，与侧重彩绘的日本井盖风格不同，欧洲各国的井盖图案均由金属一体铸造而成，更有浑然天成之美。

但这还远远不够。井盖是地面的一部分，嵌入后与周围地面契合自然才能让人百看不厌，不会像黏在地上的补丁。德国的井盖一眼望去大多十分自然：柏油路面上的井盖能够平整无缝地嵌入路面；碎石路面上的井盖先用一圈小石块环绕，再与周围地面的纹路自然地融汇在一起；在方砖地面上则使用铸造在方形基座上的圆形井盖。

出色的井盖有迹可循，气度不凡的井盖则可遇不可求。一只井盖与周围环境营造出的独特意境与氛围，能形成出尘脱俗的气质（参见彩页）。在德国的巴登－巴登，井盖是完美地隐藏在草丛里的密室入口，井盖上枯黄的树叶带来了浓浓的秋意；在马格德堡，井盖是宿舍楼外雪中的秘密；在埃森，井盖享受着傍晚幽静的克虏伯花园；在林道，井盖也想望一望蓝色的博登湖；在陶伯河畔的罗腾堡，井盖像只魔环镇守着色彩斑斓的浪漫古镇；在帕森霍芬，井盖指引着通往茜茜公主家的曲折之路；在挪威不知名的小镇，大山下的井盖沐浴着北欧的阳光；在奥地利萨尔茨堡，萨尔茨河畔的井盖淡定地坐观流水；在瑞士洛桑，井盖上两只可爱的小狮子正在暮色中的古老街巷上欢度圣诞；在法国普罗旺斯的卢尔马兰，小店前的井盖见证了著名作家彼得·梅尔[①]的无数脚步。

井盖无言地讲述着一个又一个故事，吸引着我沉迷其中，收集着、欣赏着、探究着，乐此不疲。

---

① 彼得·梅尔（1939—2018），著名英国作家，旅居法国南部普罗旺斯地区，曾长时间居住在小镇卢尔马兰。主要作品有《山居岁月——普罗旺斯的一年》《恋恋山城——永远的普罗旺斯》《重返普罗旺斯》《有关品味》《一年好时光》《茴香酒店》《追踪塞尚》等。

坐上火车去旅行

坐着火车去旅行

德国奎德琳堡火车站

　　细数下来，各个德国城市里我最熟悉的地方就是火车站。周末的两天里我经常会出门两次、进出起止车站和转乘车站若干次，所以每次德语听力考试中关于车站广播的部分我总是十分拿手。

　　在德语学习阶段，每到周一德语老师们都会让我们用德语讲述自己怎样过的周末。一位德国老师坚定地认为，利用周末学习是对他平时教学任务安排的不信任，走进德国人的环境才是学习德语的最好方法；另一位德国老师则认为，不能认真休息放松的人不可能做好新一周的工作。于是我们就在每个周末坐着火车踏上探索德国之旅。

　　德国的铁路运输极为发达，这在地图上一目了然：德国境内蛛网般密布的铁路与周围波兰、法国、意大利等国稀疏的铁路形成了鲜明的对比。在德国旅行乘火车最为便捷，听从美国回来的朋友说在那里旅行多是乘飞机，估计是因为国家大小不同吧。

　　德国的火车种类特别多，按照行驶区间的远近有不同的速度，越远途的火车速度越快，短线火车大都是慢车。列车种类按行驶速度由快到慢依次有：ICE（城际特快列车）、IC（城际列车）、EC（欧洲快车）、RE（区域快车）、RB（区域慢车）、S-Bahn（城市快速铁路）等。

最舒服的是 ICE，IC 也不错，可惜票价太贵，我们只好买周末票乘坐龟速的 RE 和 S-Bahn，还总得换乘。不过 RE 车虽慢，但内部设计十分人性化，乘坐体验舒适。二等席车厢门口旁有自行车的停放位置，残疾人专用卫生间特别宽敞，座位有普通单人座、多人座、较胖人用的加宽座、母婴座、半封闭座、甚至还有包厢座。

经常坐火车便会发现在德国乘火车与在国内有许多不同。

进站

相信大家坐火车时都在进站口听到过"请大家凭票进站上车，大包小包一律过机安检"的录音，在国内没车票是不能进站的。德国的火车站却是"我家大门常打开，开放站台等你；有票没票都是客人，请不用客气"，火车站随便进，火车随便上（除了 ICE）。

查票

没人检票可不等于能白坐火车，发车后列车员会来抽查车票。在国内没票可以上车补票，在德国却行不通，除了 ICE 其他车都只能上车前买票。如果没票就完了，罚款 40 欧元！罚款固然多，但更丢不起那个人。

换乘

在德国除了昂贵的 ICE 外很少有直达列车，所以买票后务必打印一张行程单作为换乘提示。购票时电脑会自动给出若干行程组合，详细注明需要换乘的车次、车站、抵离时间、抵离站台、全程耗时等信息。我最长的一张行程单上有整整 8 趟列车的信息，意味着要换乘 7 次，这对谁来说都是个不小的考验。

车厢少、行程短

为什么总要换乘呢？德国有大量支线列车，速度越慢的行程越短，大多仅在州内行驶。如果本地没有高速列车或者使用了只能乘慢车与普通快车的州票、周末票就只好不停地转车了。由于乘客不多，支线列车的车厢数量就少，有些列车甚至只有两节车厢，而仅仅这两节车厢还说不定在哪站就会被丢下一节，只剩一节车厢驶去终点。没有经验的外国人经常会错过更换乘坐车厢这类广播，于是我们便不止一次被剩下、坐在停驶的一节车厢里自己纳闷儿。相比之下中国那连绵不绝的列车就显得颇为壮观。

只有两节车厢的地区小火车　　　　　　自行车也可以上火车

车票

德国的乘客持有五花八门的火车票，这对查票的列车员也是个考验。最常见的是普通票，车票信息除了车次区间外，还会注明一等席或二等席、是否预订座位、能否携带自行车等。

为了鼓励大家利用公共交通出行，DB（德国铁路公司）的优惠票种类繁多：有配合各级 BanhCard（火车票优惠卡）使用的优惠票，有打对折的团体票，有将扫描代码打印在 16 开纸上的乘车证明，有签名后才生效的单人州票、五人州票、单人欢乐周末票、五人欢乐周末票，有欧洲火车通票、多国组合通票，还有能在相邻城市间乘坐火车的大圈公交月票，以及与月票一起使用的 Zusatz（附加票）等。与此同时，使用多数火车票还能免费乘坐当地公交。

以德国西部经济最发达的北莱茵—威斯特法伦州（即北威州）为例，在这个市镇密集的庞大城市群中往来交通，有多种低成本出行的方式。住在奥博豪森（就是曾经准确预测南非世界杯比赛结果的章鱼保罗所在地）的人如果有一张附近大城市杜塞尔多夫（下文简称杜塞）的大圈月票，就能实现每周去杜塞买菜、每天在杜塞莱茵河边晒太阳的生活。如果加购一张 2.3 欧的 Zusatz，只要朝着同一方向，可以在 2 小时内乘慢车随便坐到哪里。如果一天里多人同行去本州的几个城市，20 多欧的州票最合适，最多 5 人可以在一周里的任意一天使用。我曾用州票与朋友一日逛遍北威三城：早饭后从埃森出发，去波恩早市买樱桃、在波恩大学前喂鸽子、看雨中莱

茵河，中午到科隆造访大教堂、沿
莱茵河散步，傍晚在杜塞莱茵河畔
的酒吧听着音乐喝啤酒。

　　坐着火车去旅行，就是我心目
中走遍德国的最佳方式。

欢乐周末票

　　如同哈利·波特的咒语，再
没有别的词能像它一样立刻唤醒我
在德国旅行的几乎全部记忆了。35
欧一张的 Schöneswochenende Ticket
（欢乐周末票），可以让 5 个人在周
末的一整天里乘坐慢车到德国的任
何地方。

德国海德堡火车站外的列车员塑像

　　德国的车票好贵，从北端波罗的海之滨到南缘阿尔卑斯山北麓的距离
还不如纵贯河北河南省的路程远，不用说时速 320 公里的 ICE 了，时速才
100 多公里的 IC 的车票价格都要远超过 100 欧。幸好德国人少，德铁公司
总用各种优惠票鼓励人们结伴出游，于是欢乐周末票便成就了我们的无数
个欢乐周末。

　　为了节省，我们形成了旅行 5 人组。小组成员分工明确：有人负责安
排旅行目的地、有人负责规划游览线路、有人负责提拿行李、有人负责给
大家拍照，还有人专门负责摆姿势上镜。

　　单独的德国人有时也会利用周末票出行。有一次我们坐火车出门时只
有四个人，一个德国年轻人就来和我们商量，他付我们 10 欧，周末票可否
算上他。

　　欢乐周末票的功能十分强大，在大多数城市里，用它还可以免费乘坐
全市的公交车、地铁、有轨电车和城市快速铁路。谁让铁路与公交都是德
铁公司一家的呢。对我们来说太合适啦，要知道一张市内公交 5 人天票也
要 10 欧左右，这可着实替我们节省了不少欧元。

一次去紧邻德国边界的奥地利城市萨尔茨堡，我问同伴们用周末票能乘萨尔茨堡的公交不？结果被她们好好嘲笑了一番：拿着德国火车票还想坐奥地利公交呢！Warum nicht（［德］为什么不行呢）？我心有不甘，萨尔茨堡人不是也说德语嘛。

贝西特斯加登的鹰巢

鹰巢位于巴伐利亚最南端的贝西特斯加登地区，在阿尔卑斯山脉环抱之中，屹立于 1834 米高的上萨尔茨山顶。山下是湛蓝如镜的国王湖，眺望可见奥地利的萨尔茨堡。实际上，希特勒很少前往这个他 50 岁生日时收到的礼物。如今这里依然保持着原来的面貌，只是已成为美国人最喜欢的景点，德国人并不喜欢这个风景如画的世外桃源。

我们无此顾忌，向来只对美景趋之若鹜。乘坐了半天隆隆作响慢得出奇的火车，饱览了阿尔卑斯山区的小镇风光后，我们又从贝西特斯加登火车站搭乘公交，在半山腰换乘专用客车，看着一路的松林沿着崎岖的山路向上来到了鹰巢入口大道。这是一条 124 米长的隧道，从坚硬的花岗岩中凿穿，冰冷而牢固。隧道的尽头是金碧辉煌的能容纳 53 人的电梯，笔直向上 124 米，只用 41 秒，便来到了希特勒的私人别墅 Kehlsteinhaus。作为历史的见证，这里一切完好无损，别墅内有餐厅、咖啡厅，当时的客厅和会议厅，墨索里尼送给希特勒的红色大理石壁炉，相关图片和文档的陈列……

别墅外景色迷人，瞬间将人带出对战争的回忆，心情完全融入山中美景。我们在阳光明媚的庭院散

藏在远山深处的国王湖

以鹰巢为界，左侧是德国，右侧是奥地利

步、攀爬山岩、看阿尔卑斯的乌鸦在风中翱翔……独耸的上萨尔茨山峰使一切变得宁静，对面高高仁立的雪山犹如一道屏障，阳光从山顶倾泻而下，藏在远山深处的国王湖闪着耀眼的光芒，山脚下的小丘与村庄像大地上的图案，满山的黄叶渲染着秋天的色彩。这里是德国与奥地利的分界，向远眺望，能辨认出一片小城在一座树木葱郁的山丘庇护下沿着河流伸展，那儿就是莫扎特的故乡、《音乐之声》的拍摄地，前一天我们刚刚去过的童话之城萨尔茨堡。

风雪维也纳

　　去维也纳的清晨，地上早已一层冰雪，无数的雪花从黑黢黢的空中扑向车窗。天还没来得及蒙蒙亮，我们的车早已摸着黑冒着雪跑过了阿尔卑斯山。渐渐的，周围的群山显露出自己的身形，童话般的世界出现在我们眼

风雪中维也纳街头的马车

前。白茫茫的山坡上仁立着座座木屋，屋顶上覆盖着厚厚的雪，屋旁的雪堆下是成垛的木柴，高处山脊上茂密的树木全身银白，肩并肩手拉手地呵护着这片安宁的小天地。

　　雪，时落时歇，风却凛冽。维也纳用吹面刺骨的寒冷迎接着每个来到音乐圣地的人。茜茜公主出嫁后的新家——美泉宫是我们维也纳之旅的起点。典雅的宫殿舒展在山坡上，将面前小小的圣诞市场拥入自己怀中，历史与现在、传说与生活在此时此地交融。有着圣诞树的绿的彩色市场，顶着风雪，温暖着每个来到此地向心中的美人"朝圣"的旅者。我的脚步流连在圣诞小屋前，快要冻僵的手指还在顽强地按着相机快门，脑海里浮现出自己手捧漂亮的瓷杯啜饮热巧克力的情形，仿佛温热香滑的液体正顺着喉咙直暖到心口、沁入脾肺、流入四肢，连脚也暖烘烘的了。

　　呵呵！别做白日梦了，赶紧上车吧！

独自旅行

复活节假期开始了！

今天是颇有纪念意义的一天，我第一次在德国独自乘坐火车出门，一路上会多次转乘火车，心情有些忐忑。以前连一个人坐 S-Bahn 去慕尼黑都会害怕的我，也拿了单人周末票硬着头皮上路了。

由埃森到多特蒙德的铁路沿线景色不错，别致的小房子赏心悦目，色彩一如既往的鲜艳，与马格德堡附近的建筑相比前者更有德国特色。

车行不久，一群年轻人涌上了火车。他们拎着装满了酒的篮子、大声开着音乐，快乐的旋律瞬间回荡在整个车厢，令人愉快而振奋，为我今天漫长的旅程打上了开端的引号。接下来还会有什么有趣的经历呢？

火车停在某个小站时，对面站台上坐着一个面庞清秀的高个儿男子，留着长长的卷发，身穿黑外套、宽脚裤、戴一副细边眼镜。看到我们这侧的火车进站，就起身遥遥地对着车窗玻璃映出的自己照镜子。他一边女里女气地整理自己蓬松的卷发，一边来回转身做自我欣赏状，旁若无人，最后满意地转回身坐到他的一大堆箱子之间。

不知什么时候对面坐下了一个德国女孩儿，她竟然向我这个老外询问，这趟车是否去多特蒙德，她是否乘对了车，还说她必须要在那儿转车，但以前从未转过车，也不知道怎样再买票，一脸担心和焦虑的样子。结果反而是我劝她 Keine Sorgen（［德］别担心）。想想自己以前转过那么多次的火车，还有今天将要走的路程——要转六七次车吧，心里相当得意，原来本地人也还不如我。

换车之后，车厢里有几个年轻人在摆弄几面中国国旗，于是我忍不住凑过去问问。我竟然也会主动找人搭话了，也许对于独自生活的人来说没人可以说话就是搭讪的最大动力。两个小姑娘有点不好意思地说要参加演出，扮中国人，手里还拿着个黑色的圆锥形帽子，据说是中国人的帽子——她们心目中典型的中国人的帽子，有点像清代的官帽。这回见识到了，如同《东西相遇》[①]里画的一样，的的确确那就是德国人乃至欧洲人对中国人的印象。就像中国人认定德国人都是巴伐利亚猎人：头戴有羽毛的帽子、吃着香肠、喝着啤酒。当然了，我还是有义务给德国同学们澄清一下……

平时出门就没有碰不到中国人的时候，今天怪了，始终也没有，都哪儿去了？

车厢里的小宝宝"啊啊呀呀"地在走道里"狂奔"，尽其所能发出最大声的"吼叫"。"啊——"这是他又跑过来了，不知疲倦。这会儿他为什么又不跑了？仔细一听，原来他跑得直打嗝儿，只好回到妈妈身边小憩一下。

忘了在第几趟车上了，座位很宽敞，原来周末票也能坐这么舒服的慢车，不错！但为什么新上来的人大包小包地挤在门口过道上不来坐空座位呢？下车时才发现，原来那是一等席啊！查我票的列车员竟然连问也没问，哈哈，难道因为我是个老外，被优待了？

每次转车都会有上趟车的一些熟面孔一同换乘，甚至还会互相打个招呼；但是到了下一次、再下一次，这些刚刚熟悉的面孔便都消失不见了，旅程就在不断更新的面孔的伴随下向前展开着。乘客的面庞变得宽阔、面色更加红润、气质越发朴实，外面的景色也蜕去了精巧的样子，渐渐显露出寂寥开阔、树林丛生、人烟稀少的北德乡村风貌。

疲倦逐渐代替了新奇，不再数着已经换过了几次车、还要再乘几趟车，旅程在疲惫中坚持。我有些麻木地拖着行李在荒凉的车站上寻找换乘站台。总共没几个站台的小站竟然有个编号是两位数的站台，周围芦苇丛生，和煦的风就从高高的苇丛中拂面而来……

---

① 《东西相遇》作者为华裔设计师刘扬，该书以作者的生活经历为基础，用一幅幅简洁有趣的画面展现出了中德两国人民在社会生活中方方面面的差异。

原来，一个人的旅行是很好的经历，让自己可以全身心地体验与感受……

"今天的梦想决定将来"，旅途辛苦，还是先睡一会儿吧！

终于最后一趟车了，我看着列车员收拾车厢做返程准备、给座位摆上已预订的牌子，心中满是愉悦，期待着即将到来的复活节。

在火车上喝香槟庆祝生日的乘客

德国的父母河

德意志之角曾是想而未到之地。那年秋天，游览完莱茵河却没能住进巴哈拉赫的城堡青年旅社，我们只好放弃下一站德意志之角返回萨尔布吕肯，第二天改去了卢森堡，科布伦茨就此错过。

科布伦茨的德意志之角

多年后的这个夏天，我终于来到科布伦茨，来到了德国的母亲河摩泽尔河与父亲河莱茵河的相会之角。这里水丰气秀，青山簇簇、水波荡漾，河中有船舶游弋、河面上有缆车跨越、山顶有城堡可以眺望。

莱茵河的盛名远不止来自河谷两岸如画的美景，也包含着无尽的历史与举足轻重的经济实力。莱茵河流域内有无数声名赫赫之地，上自瑞士最古老的小镇库尔、德瑞奥三国共有的博登湖、国际结算银行所在地巴塞尔，途经法国彩色半木屋之城科尔马、欧洲第二首都斯特拉斯堡，以及德国的选帝侯之城美因茨、温泉胜地威斯巴登、葡萄酒小镇吕德斯海姆、德意志之角科布伦茨、联邦德国首都波恩、历史超过两千年的科隆、经济大都会杜塞尔多夫、欧洲最大河港城市杜伊斯堡，下至著名的二战战役发生地荷兰阿纳姆、面向北海的欧洲门户鹿特丹。广阔流域中的自然与人

法国小镇科尔马

莱茵河畔德国小镇林茨在过耶稣升天节

文、历史与经济浑然一体，汇聚成了莱茵河的迷人风情。

相较之下，摩泽尔河显得更低调、更深沉。最初，摩泽尔河于我只意味着品质优异的德国白葡萄酒。后来，探访申根小镇时见识了摩泽尔陡峭河谷边无数的葡萄园，以及它们所环绕的秀丽斑斓的小镇。如今，就在我面前，摩泽尔河欢腾着汇入莱茵河。若由科布伦茨一路回溯，可以见到她带着座座精美的城堡，途径马克思的故乡特里尔、划出德国与卢森堡的边界、穿过有著名教堂彩绘玻璃的梅茨、流经拥有最精致广场的南锡，在孚日山脉以北 Rue du Ballon d'Alsace 公路的注视下汇流成河。

德国的母亲河发源于法国阿尔萨斯地区，在两个硝烟不断、彼此不屑的国家间宛转流淌，最终与德国的父亲河融为一体。特殊的历史使她流域中地处德国西南、面积最小的萨尔州更像法国，而位于法国东北、面积也是最小的阿尔萨斯省则有着鲜明的德意志风格。多次归属权的交替使这两个地区成了各自国人眼中的异域，但混血的土地带着质朴随和的个性，兀自活泼轻快地绵延。

又见科隆

掰着指头算算，这已经是我第五次来科隆了。最早是与我们的欢乐周末票五人组一起，在一个下着小雨的中秋节前夕。那天刚出火车站，肃穆宏伟的大教堂就震撼了每一个人，大家嘴里瞬时涌出了无数对大教堂的赞美之辞。可惜的是当时没能找到巧克力博物馆，抱憾而归。火车沿线的莱茵河景致迷人，大教堂里唱诗班的歌声犹在耳畔。8个月后，实习学校的导师带着我再次来到科隆，主题就是巧克力博物馆，令人难以置信地完美弥补了前一次的遗憾。

时隔7年，科隆，我又来了。

科隆大教堂精美的彩绘玻璃

大教堂风采依旧，游客多了不少。以往见到的三三两两的中国人变成了热热闹闹的许多中国旅行团。当年在教堂正门外受雇摆摊抗议的人早就没了踪影，总在广场上互相竞争的行为艺术表演者们也不知所踪，倒是从侧面广场上传来的笛声让人欢乐轻松。

这座建立于罗马时代、德国最古老的大城市变得热闹了、拥挤了。用中文写着"免税"、有中国店员接待客人的商店冒出来好多，有些不太像原来那座伫立在莱茵河边风格纯粹的德国城市了。

　　天气热起来，我坐在巧克力博物馆外莱茵河边，让暖煦的风吹走烦躁，就着冰镇苹果汁，把眼前的科隆和过往的科隆叠加在一起，重新放回到记忆中。

科隆大教堂内

科隆大教堂正门旁的雕塑

城堡皮埃尔丰

Château de Pierrefonds（皮埃尔丰城堡）位于巴黎以北、贡比涅森林附近。这是一座初建于600多年前的防御性城堡，历经战争、洗劫、拆毁与重建。它出现在《走遍法国》某页的一角，书中对这座城堡的介绍很短，但小小的照片却让我有些心动。于是我按图索骥，绕过山丘、穿过森林，来到贡比涅附近的小镇皮埃尔丰。

下车、关门、抬头，整座城堡瞬间占据了我的视野。我目不转睛地注视着它，那震撼心魄的力量使人忘却了话语。

那是怎样的一座城堡啊！皮埃尔丰城堡傲然雄踞于山峰之上，气势恢宏。陡峭的城墙将巨大的城堡稳稳托在空中，高高耸立的环形塔楼将城堡团团守卫。山下的小镇如同它脚边纤弱的小草，蜿蜒的河流、密布的树林是它秀气的装饰。

自山脚环步而上，我仰头仔细端详，距城堡越近，敬畏之心越强。

山顶上的皮埃尔丰城堡入口

进入城堡的唯一通道是山顶吊桥。凛冽的风从吊桥下方深深的堑壕里猛地灌上来，提醒着来人这座中世纪城堡的险要。城堡内的建筑都背倚围墙环绕庭院，凛然静默，让人不觉敛声收步，生怕惊扰了沉睡于此的魂灵。

　　城堡的主体建筑外环绕着回廊，四角与四边都有高高的塔楼，构成了坚固的防御工事。透过深而细窄的射击孔可以看到远处的树木河流，向下望去，令人目眩的高度差就是那个年代中难以撼动的防御优势。

　　城堡内外繁复的建筑装饰、连续不断的房间、绚丽的墙绘、精美的挂毯和壁画、各式的廊柱、栩栩如生的木雕都倾注着巴黎圣母院修复者重建这座城堡时的心血，体现着当时的最高水平。

　　宽大的会议厅装饰奢华，中间的桌椅摆设却早已不见踪迹，墙壁高处依然整齐地排列着骑士们的家族徽记，在大厅尽头罕见的双通道壁炉上，华美的雕塑群像讲述着旧日盛况。来人稀少，木地板上清晰地回响着自己的脚步声。长窗外是无人的庭院，庭院深处是座礼拜堂，入口台阶前的骑马雕像帅气英勇，可惜空对着一片沉寂的中央庭院，周围的建筑里悄无声息，英雄也寂寥。

　　回廊后的房间里收藏有多个建筑物的塔尖，这些塔尖曾经远离地面高高在上，如今近在咫尺、触手可及。展室中陈列着大量设计图与绘画，不同时期的建筑外观代表着这个军事堡垒和离宫的历史变迁。

皮埃尔丰城堡庭院

　　步入城堡的地下室，仿佛进入了一片隐秘之地。阴湿的空气弥漫在深邃的空间里，周围整齐地排列着不少石棺。每座石棺上都有雕刻精巧的人像，大多是仰面而卧沉睡着的男人或女人，脚下踏着一只动物。少数石棺前还有姿态各异的人物立像，想来逝者生前相当重要。不同色彩的光线在幽暗的空间中逐渐变幻着，映照在石棺与雕像上。一些呢喃的声音从这个三进地下墓室的不同角落传来。移步至各个石棺前，便能听到不同的低沉声音在慢慢述说。石棺前有逝者的介绍，导览手册中也有部分逝者位置的标识，只可惜对法国历史的浅见薄识让我无法评价这个大规模集体墓室的重要程度。以往参观的教堂大都设有地下墓室，过往主教的精致棺椁早已演化为宗教符号，隆重安放在教堂的地下室或大厅中。此地的石棺也都是精心制作，显示着逝者不凡的身份，但它们却没有独立的墓室，全都安置在一起。埋葬在此的究竟是些什么人，在历史上有着怎样的故事，我不得而知。

带着很多困惑的我踏上台阶，拍了拍全身，离开了。

夕阳西下，余晖照亮了城堡的雕花屋脊，四周墙壁上蜥蜴造型的排水管自下而上逐渐隐入了昏暗的光线中，蜥蜴们大张着嘴，静候着属于它们的时刻。

时间之外的贡比涅

贡比涅宫殿下方走廊外就是花园

如果用一个词来形容贡比涅，我想到的只有凝滞——时间的凝滞；如果有哪个地方曾带给过我这种感觉，那只有贡比涅。

绕过低矮的山丘森林，踏着小镇早已磨圆的地面石块，穿过颇有凡尔赛风格的街巷建筑，旧日的王宫就沉睡在那里。纵使繁华褪尽、喧嚣不再，它散发着的皇族气息仍历久不衰，伴着车轮碾过路面的声响，弥散在夏日午后贡比涅的空气中。

宫殿厚实的墙下是阴凉的走道，耀眼的光线穿过隔栏后安静地洒落地面，暑气被无形地阻隔在外。花园里热烈的阳光下花影斑驳，碎石子在脚下细簌作响，高大的乔木投下清凉的树影，宽阔的草地绿毯般铺向远方。躺在草地上仰望，湛蓝的天空中没有云朵，只有纵横交错的飞机的白色尾迹。人很少，只听得到自己的声音。空气凝滞在周围，包裹着身体、轻压着鼓膜，耳朵里堵堵的。人被这安静隔离了，隔离在自己的声音之外，隔离在嘈杂的现实之外，隔离在时间之外。

修建王宫的路易十五、第一次见到自己妻子的拿破仑、在此狩猎的拿破仑三世、两次世界大战中签订德法停战协定并相互仇恨的元帅将军、设立集中营的纳粹都已消散在时光中。唯有这小镇，环抱着昔日的宫殿素颜而眠在时间之外。

冷酷雪山与芬兰围巾

盛夏的北欧之行正是当时。由挪威的最南端一路向北，驶过雪山与瀑布，跨越海岛与峡湾，进入北极圈，直到陆地的最北端，然后掉头向南，穿过芬兰的密林抵达瑞典，由北大西洋沿岸来到波罗的海之滨。这里偏居欧亚大陆一隅，磅礴的自然风光和寒凉的气候都与温婉精致的欧洲大相径庭，仿佛是另外的世界。

规模巨大的冰川裹挟着岩石与碎屑摩擦北欧大地后留下了数不尽的湖泊与千峰万仞，与斯堪的纳维亚半岛上高大绵长的山脉一起造就了东西两侧迥然不同的风光。挪威尽占壮阔的雪山冰川、大海峡湾，芬兰与瑞典则在葱郁斑斓的丘陵湖泊间自成一派天地。

大自然善调丹青，挪威色调冷酷，青白蓝绿墨灰棕，色彩极为纯净。深邃的蓝色是旷远天空与浩渺大海，是夏季里散落在裸露山岩间的冰冷湖泊。苍劲的墨色是巍然矗立的陡峭山峰，是积雪消融时显露的斑驳山体。

冰冷的白色是远方的茫茫雪山和在凝固中流动的坚实冰川，是倏忽而落的高山涓流与怒吼奔腾的耀眼瀑布，是漫山而至的雾气使人仿若在云中穿行。浓郁的青色是脚边静谧的峡湾，是漂浮着小艇、倒映着群山的海水，也是隽秀与雄伟并存的海中山岛。深暗的绿色是冷峻高耸的松林，柔和的绿色是在短暂的夏季里迅速绽放、铺满山坡与荒原的顽强植被。斑驳的灰棕色是有驯鹿出没的白桦林，是寒冷北方的广漠冻原。变幻莫测的色彩是云和天空，是透过缥缈的薄云洒落在海面上的绮丽光影。

　　越过高大山脊的晨曦拂过水面，峡湾中一片静寂。峡湾映出的斑斓小屋像是微不足道的装饰，人类的一切都显得渺小。巍峨的群山提醒着久居城市的人们，大自然才是这个世界的主宰。

远方的雪山和云（挪威）

奔腾在公路边的双子瀑布（挪威）

由挪威至芬兰，如从仙境重回人间。

芬兰色调明快爽朗、色彩浓醇。进入芬兰境内，起起伏伏的道路从森林间穿过，两侧树木葱茏，橙黄、青绿、火红、棕褐多种颜色缤纷交错，层林尽染。车辆随着无穷无尽的丘陵波动，在五彩绚烂的林海中破浪前行，灰色的道路是车行的尾迹，一层又一层的彩色波浪向路边涌动。这里没有蓝色的大海，取而代之的是若隐若现在林间的无数湖泊。湖周遍布水生植物，密密匝匝地围着湖面，徐风吹过，水面微澜，无人的小舟漂在岸边。这里没有峡湾尽头大山脚下的小巧房屋，山丘背后的湖泊密林就是幽静的家园。

山与林的轮廓、云与水的色彩，一切都变得温顺和煦。自然在这里隐去了锋芒，展现着自己的脉脉温情。

挪威仿若不食人间烟火的仙女，肩披飘逸的丝巾，清淡辽远。芬兰则似田园中的成熟女性，头裹民族风情的围巾，明艳动人。

欧洲大陆的北方尽头

欧洲大陆的最北端位于挪威马格尔岛的北角，它是斯堪的纳维亚山脉向北延伸的终点，隔斯瓦尔巴群岛遥对着 2000 多公里外的北极。大西洋与北冰洋在此地交汇，北角海岬伸入大海，划开了挪威海与巴伦支海，由此大西洋暖流转为北角洋流。

在挪威由南向北行驶，到处是巍峨的高山与茂密的松林。进入北极圈后，斯堪的纳维亚山脉的高度逐渐降低，天气也随着纬度的增加越来越寒冷。修长的松林不见了踪影，一切植被都俯下身来，不断低矮着迁就大片的荒原，大自然逐渐显露出它原始的风貌。登上挪威最北部的马格尔岛，除了遥远的云，海与天之间再无阻隔，广袤无垠的大洋团团围住这座小岛，湛蓝色的海水不停歇地拍打着山脚边裸露的岩石，弯曲的道路像条灰色的带子挥洒在起伏的冻原。离北角越近，人烟越稀少，这里是陆地的北方尽头，已经不适合脆弱的人类居住。没有房屋、没有居民，人类终于在自然面前谦恭地退却，地表植物只留有夏季的地衣，屹立的只有沉寂的山。

从海岬的内侧远远望去，雄伟的北角悬崖如同一位远古英雄，在辽阔的北冰洋前昂首挺立，悬崖上的道道岩层就是他被凛冽的风吹起的层层衣衫。悬崖上观景台的最前方是北角的地标——地球仪雕塑，镂空的地球仪宛若一颗剔透的水晶球，在海天一色的壮丽背景前散发着光芒。

冰冷的海风猛烈地吹向陆地尽头，不尽的云层在远方翻涌。大自然可敬可畏，人类不过是这壮阔天地间的一粒微尘。

北角

舍弃赫尔辛根默斯肯去观鲸

在挪威诺尔兰郡北极圈以北，有一片宽阔的海域内分布着大量岛屿，仿佛是陆地将许许多多的高山猛烈地喷入了海洋，溅起一座又一座山峰耸峙的海岛。在地图上，这些岛屿构成了一朵怒放的鲜花，面朝大洋灿烂盛开，我给它们取名开花群岛。

开花群岛最下方的花瓣与花萼相连，是拔地而起、层叠交错的险峻山岛，如同一道高高的屏障远远探入大海深处，组成了风光壮美的罗弗敦群岛。这片群岛是北挪威著名的度假胜地，群岛南部的雷讷入选了几乎所有欧洲十大最美小镇名单。开花群岛花瓣的最南端有座 Hellsegga 赫尔辛根山，Mosken 默斯肯小岛就像从这片花瓣上滴落的一颗水珠，附近海域的

Moskenstraumen 默斯肯大漩涡 ^① 在科幻迷心中有着特殊的意义。这里便是科幻小说《三体》中云天明的童话里赫尔辛根默斯肯的所在。在开花群岛的另一侧，北面的花瓣是安岛，花瓣的最顶端是去外海观鲸的出发地安德内斯。

在开花群岛盛放的花瓣上，南端是科幻迷的心中圣地，北端是欧洲的观鲸圣地，两点间直线距离只有 200 多公里，但行驶路线曲折且翻山越岛渡海颇为不易。鱼与熊掌不可得兼，最终我忍痛舍弃赫尔辛根默斯肯而取观鲸。

安岛上民居稀少，到处都是山。与陆地上的崇山峻岭不同，这里的山挺拔隽秀轮廓明晰，山坡划着优雅的弧线直接没入海中。放眼望去，大海里远远近近地挺立着座座小山，它们仿佛刚刚跃出海面，爽朗俊俏。

安岛最北边的安德内斯虽是个小渔村，却有个极为专业的鲸鱼中心。在中心与观鲸船上，有些讲解员自己就是科研人员。中心里最引人注目的展品就是那副占据了整个展室的抹香鲸骨骼。抹香鲸的头骨像一面向内凹陷的巨大盾牌，扁平的上颌骨远远地伸向前方，长有牙齿的下颌骨又窄又长，很难想象抹香鲸那硕大头部的下颌骨竟然这样细窄尖直。

出海的天气并不理想，天阴沉着，风很大。没有蔚蓝色的大海，满眼都是灰蒙蒙的，海浪不停地翻涌，乘客们身上的橙色救生服是唯一的亮色。随着观鲸船驶向外海，风浪开始显露它的威力，不大的船身随着海浪忽起忽落，乘客们的胃也只好跟着坐过山车。

船驶向一片鲸群活跃的海域，远处海面上不时出现一团团的水雾，工作人员介绍说那是抹香鲸浮上水面来换气。随着观鲸船的不断靠近，抹香鲸露出水面的背鳍已经清晰可见。大家都站在船头张望，第一次近距离见到抹香鲸的人们禁不住一阵欢呼。这头身躯庞大的鲸在广袤的海水中惬意地游动着，斜斜地向前方喷出一股水雾。在波浪中海水从结实泛光的深色鲸背上涌过，就像涌过一艘刚刚浮出海面的潜艇。感觉过了许久，它的头部沉了下去，身体弓起来，从背部到鲸尾根部依次从海中浮现又沿着一道

① 默斯肯大漩涡曾出现在多部科幻小说中，如儒勒·凡尔纳的《海底两万里》、埃德加·爱伦·坡的《大漩涡底余生记》、刘慈欣的《三体》。在《三体Ⅲ·死神永生》中，云天明用童话中的赫尔辛根默斯肯这一地名引导程心等人看到默斯肯大漩涡，借此指明人类躲过黑暗森林打击的方法。

弧线滑入水中。又宽又阔的黑色尾鳍终于扬出了水面，带起的海水像珠帘般顺着平滑的尾部落入海中，大大的鲸尾倒竖着，好似一面宣告"本鲸在此"的旗帜，然后慢慢向下沉入海中。

抹香鲸下潜时扬起宽阔的尾鳍

大家惊叹着拍照、录像。海风冰冷刺骨，我举着相机的手已经僵硬得要按不动快门了。

继两头并肩喷着水游动的抹香鲸下潜后，这片海域的鲸基本都换气完毕。工作人员利用船上的设备搜索附近海域其他鲸群的行踪，观鲸船继续向外海深处进发。

船身颠簸越来越强烈，前方船舷与海平面形成的夹角一会儿大一会儿小，一侧的船舷有时猛地高过海平面、转眼却又低了下去。随着观鲸船前俯后仰、左右摆动、上下起落，我的胃里就如同这挪威海的海水一般汹涌波动。看着甲板上的乘客们淡定地吃着点心、喝着工作人员提供的热汤，我感到不可思议，仅仅闻到装在深色搪瓷杯中的蔬菜汤的味道，就足以让此时的胃翻江倒海了。

坐在旁边同样脸色苍白的一位年长女士，看着我把工作人员递过来的一粒碧幽幽毒药般的晕船药吞下去后，建议我不要盯着船舷，而要望向远方的海平面。视线的改变与药物共同发挥了作用，看着远方灰色的海面，想象着自己是所有晃动中不变的中心，其他物体只是围绕着自己运动，这感觉使我体内的各个部位渐趋平静。

鲸宝宝和鲸妈妈在一起

就在这时，一对母子鲸出现在右舷外。两头鲸挨在一起，鲸宝宝紧跟着妈妈，寸步不离。鲸宝宝体长约为妈妈的一半，体积却小了许多，换气时只喷出了小朵小朵的水雾。很快鲸妈妈换完气，高举着宽宽的鲸尾从容下潜，鲸宝宝也连忙弓起背部向下，小小的鲸尾刚刚翻平还来不及完全离开水面就已浸入海中。抹香鲸母子潜入海中游走了，我们的船开始返航。

回到港口站在大地上，我感到前所未有的踏实。鲸群出没的灰色大海依旧在头脑中起伏涌动，胃似乎还留在晃动的船上。我无比迫切地想要远离安德内斯，远离安岛，远离开花群岛，至于赫尔辛根默斯肯的大漩涡还是让它继续存在于想象中吧。

圣诞的清晨

圣诞清晨 5∶30，我拖着行李走出家门。街道静寂、天色黢黑，只有圣诞街灯装饰在寒风中闪烁，我加快了脚步。地铁进站了，我惊讶地看到明亮的车厢里已经坐了很多乘客，几乎每个人都背着大大的行囊。地铁前行，上车的人越来越多，携带着大包小包的乘客只增不减，车厢里少见地挤满了人。火车站到了，大家纷纷下车，车厢瞬时变得空空荡荡。

火车站里早已汇聚了更多的人群，不少都是男女老幼全家一起出行。6点刚过，热热闹闹的车站与外面冷清漆黑的街区已宛若两个世界。站台上人头攒动，寻找车厢的乘客说说笑笑。有些年轻人背着超长的行李袋，看来大家的目的地都差不多，但他们是去滑雪的，而我们是要去玩雪的！最近一直忙忙碌碌，其实对早已计划好的假日之行略感有些压力。在这一刻，我忽然找到了本该有的兴奋，久违的旅行的感觉在慢慢苏醒。

圣诞节清晨的街头

　　列车开动了，车上座无虚席。孩子们满脸兴奋地跑来跑去，大人们在节日中小小地纵容着他们，车厢里到处都能听到孩子们开心地笑嚷。旁边的一家四口切开了一整只烤鸡，在一堆面包、饮料以及昨晚没有吃完的蛋糕中隆重地进行早餐。

　　初上车的兴奋劲儿一过，乘客们渐渐睡眼惺忪。天色尚暗，我也先睡一会儿吧。

　　9点左右，天色渐渐发白，远处银色的圆月低低地悬在原野上，用它柔和的光装扮着自己完美的身影。这就是那个让欧洲人民等了38年的圣诞满月。

　　列车向着东方疾驰。圆月渐渐隐去，鲜红的太阳从云层中挣脱出来，华丽丽地把自己展现在世人面前。淡蓝色天空的下缘被初升的太阳映成了浅玫红色，远山青黛，晨雾给起伏的绿色草地拢上了薄薄的纱。久未旅行的我都快忘记自己有多喜欢法国的乡村和原野了。

　　坐在对面的老夫妇看着窗外的景色亲密地交谈，来回探索的孩子们高兴地唱着歌，车厢里欢快热闹、充满了旅行的喜悦。

圣诞安纳西

圣诞节下午，我们来到法国东南阿尔卑斯山区的小城安纳西。酒店就在小镇上历史悠久的圣弗朗索瓦教堂建筑里，经过教堂才能进入房间。教堂面对着小镇的中心广场，不大的广场外侧有运河流向安纳西湖。

商店里的圣诞节装饰

400多年的老教堂改成的酒店房间虽小，但位置绝佳。3楼的房间两面有窗，正面的窗对着跨过运河的石桥，桥对岸的石板巷绕过河边的老房子直通山上的安纳西城堡；侧面的窗对着运河中央的小岛，岛上三角形的小城堡先后做过领主宫殿、法院、监狱，现在是座小型历史博物馆，这是安纳西标志性的明信片景观。在房间里只需推开窗，便能拥有这全部美景。

楼下的小广场和运河边排满了圣诞小屋，熙熙攘攘的人群聚集在每一个摊位前。巴黎恐袭后人们被警告尽量不要去人员密集的场所，法国多地的圣诞市场因此备受冷落。但这个山区小城宛若世外净土，浓郁的圣诞气氛与里尔的风声鹤唳形成了鲜明对比。

圣诞午后的阳光正好，暖暖地照在每个人身上。我端着传统圣诞饮料热红酒从一个个圣诞小屋前走过，小朋友拿着一大块水滴形的炫彩脆壳巧克力，又选了一个冰淇淋外形、香气扑面的蜡烛，仔细地看糖果屋里比手掌还大的彩虹棒棒糖，空气里弥漫着熟悉的炒栗子味道。

圣诞市场里、安纳西湖边到处满满的都是人，每个人脸上都洋溢着欢欣的笑容，这笑容轻松愉悦、毫无保留、感染力强大。远处白雪皑皑的阿尔卑斯山与我之间隔着欧洲最清澈的湖水，圣诞节里的圣诞老人与我之间只隔着一个欣喜的微笑。湖边的圣诞老人频频向我招手，想必是读懂了我笑容里的真诚。他用木头拐杖敲敲自己黑色的大鞋，指给我看松开的鞋带，原来这位盛装的圣诞老人没法弯腰，他能满足每个小朋友的心愿却也需要别人的关照。我连忙蹲下身，帮这个一把年纪的圣诞老人系好鞋带。圣诞节的第一天就帮助圣诞老人系了鞋带，这一定会带给我好运吧！

圣诞夜色中的安纳西

I am a master

昨日很晚抵达洛桑，未能得见日内瓦湖真颜。今早醒来大雾，日内瓦湖完全隐藏在雾气中，对岸阿尔卑斯山踪迹全无。跨湖的船刚刚驶离，坐船游湖的计划全被打乱，时间便空了出来。湖边的游乐场成了小朋友最好的消遣。

小朋友发现岸边的空地上有几副棋盘，黑白相间的地面是国际象棋棋盘，旁边是些半米多高圆底座的木头棋子。我们把包扔到一边儿，开心地跑去下棋。小朋友以前学过一年多国际象棋，我连三脚猫都不是，有些规则还不太清楚，只好仔细考虑认真应对。我们把笨重的木头棋子搬来搬去互相进攻，不一会儿，棋盘两边就排上了好几个被吃掉的棋子。原本冷得发抖，现在也暖和起来了，下棋真是种健康的运动。

旁边远一点的棋盘里，是些喧闹的年轻人。

天气寒冷，来往的人不多且都步履匆匆。一对夫妇却停下脚步，站在小朋友身后不远处看我们下棋。俩人该有五六十岁吧，个子都高高的，穿着长外衣，戴着竖条纹围巾，女士气质极佳，男士颇有风度。看到我正在犹豫怎样王车易位，男士走来指点，帮我搬挪棋子。他称赞小朋友下得不错，问她学了多久，并略有不满地指出，那边棋盘里的年轻人们实在是不懂下棋。

小朋友走出一步，男士提示她可以向斜前方多走一格，小朋友想了想，便依言将木头棋子搬到了那个位置，原本胶着的局面一下子就变得对她极为有利了。小朋友和我都对他十分佩服。他略低了下头，双手插在外套口袋中、微微地晃着挺直的身体，意味深长地看着我们，声音中掩饰不住自己的骄傲，一字一顿地说："I am a master（国际象棋大师）。"

小朋友在摆棋子

在瑞士说什么

瑞士分为 4 个语区：西侧的法语区，中北东大部的德语区，南部的意大利语区和东南部的罗曼什语区。我们的旅行路线由最西侧的日内瓦进入瑞士，沿日内瓦湖畔、洛桑东行，经过中部地区的因特拉肯、卢采恩、安德马特，到达最东侧的库尔，然后向北离开瑞士。那么，在瑞士我们该用什么语言呢？我觉得应该是英语。

雾中的日内瓦联合国总部

日内瓦——法语区

以前觉得自己的法语不好英语好，现在离开了法国，终于可以痛痛快快说英语了。可让我万万没有想到的是，买食物、问路、买票、参观，每一次脱口而出的竟然全都是法语。这法语水平先放在一边，看来经过一段时间的磨合，我已经变得习惯于说法语了。

洛桑——法语区

我们住进了一家背包客旅馆。一楼左侧是片公共会客区，对面是个很大的厨房，不知道能否自由使用。于是我问两个刚从里面出来的中国人，这厨房是公用的吗？对方看着我，完全没有反应。难道是韩国人？那应该会说英语吧，于是我脱口又问，Parler vous Englais？（［法］你说英语吗？）对方依旧没有反应，难道来瑞士的外国人连英语也不说吗？我只好再试着问，Sprechen Sie Deutsch？（［德］你说德语吗？）一脸懵圈的对方这次开口反问，Can you speak English？原来她们会说英语。小朋友轻轻拉拉我说，你为什么要用法语问人家会不会说英语呀？我这才明白为啥刚才对方不吭声，原来自己的法语比英语溜达出来得快多了。

从瑞士洛桑眺望日内瓦湖南岸的阿尔卑斯山

火车上

从洛桑乘火车去位于瑞士中部的小城因特拉肯。上火车后，周围的乘客们都在用法语嘀嘀咕咕地聊天。我已经习惯了周围有人聊天而自己大都听不懂。列车停靠了几站，乘客们上上下下。忽然之间，我发现乘客们的一些聊天内容自己竟然听懂了。原来，列车正驶向瑞士中部，说着咕咕哝哝法语的乘客们纷纷下车，说着粗声粗气德语的乘客们陆续上车了。

周围乘客们的德语像是层层波浪，不停地冲刷着我的大脑，脑海深处的德语在逐渐苏醒，我被"洗脑"了。最早醒来的都是些单词，我勉勉强强用名词、动词拼出半句德语，剩下的半截话还没来得及凑齐，法语脱口而出就给补上了。

伯尔尼——德语区

在伯尔尼换车，站台上的标识已经全部成了德语。站台名称从法语的 Voie+ 数字都变成了德语的 Gleiss+ 数字，英语的 Platform 我早就想不起来了。各种商店名、指示文字中的开音节、闭音节等法语符号（如 é，è，ê，ç）都不见了，重新看到了德语字母上亲切的两点（如 ü，ö，ä）。

上车前我向一位老先生确认车厢，好不容易说出了句完整的德语，但一句 Merci（[法]谢谢）还是露了馅儿。

因特拉肯——德语区

清晨出发时天色黑黢黢的，空中闪亮着的是远山顶上的一颗圣诞星。

我们来到公交站，不知道应该在马路哪侧等车，这里没站牌没车也没人。对面有一群中国学生，我便跑过去问，应在哪边等去东火车站的汽车？对方回答我，Excuse me，can you speak English？原来是群韩国人。我们用英语确定了乘车的方向，还是应该回到原来一侧等车。

这时旁边走来一男一女，像是两个中国人。男青年过来，开口用英语问我，是否在等去东站的汽车。我给了他肯定的答复后便与小朋友聊天，当然是用中文。男青年走回去，年轻女孩便问他，人家明明在说中文，你刚才为什么要跟人家讲英语？男青年说，我刚刚看到她们俩人从对面韩国团队里跑过来，还以为她们两个也是韩国人呢。在瑞士，连中文也不能好好说了吗？

因特拉肯东火车站

今天这么早出门是为了赶到火车站，购买当天去少女峰的火车票。少女峰被认为是阿尔卑斯山区中最美的山峰，慕名前来的既有观光游客也有滑雪爱好者。每到冬季火车票就格外紧俏，当天的车票卖光后就不能上山了。从小镇到山顶有两条线路，都需换两次车，历时大约两个半小时，最后一段路程要乘坐齿轨铁路火车攀上陡峭的山坡。由于是海拔最高的火车站，少女峰火车站被称为"欧洲之巅"。

说一口流利英语的售票员老兄递给我们少女峰铁路护照和一张详尽的全天乘换车时刻表，并用笔重点圈出我们要乘车的站台编号：2B，然后笑眯眯故作深沉地说："To be or not to be（2B or not 2B），that's a question."生存还是毁灭？这是个问题。果然，不会引用莎士比亚名句的售票员不是好哲学家。Je服了you（Je为法语"我"）。

少女峰斯芬克斯观景台餐厅

来到欧洲之巅少女峰，在观景台最高处的餐厅吃饭是个非常诱人的想法。餐厅的入口排起了长队，餐厅里坐满了正在就餐的快乐人群。环绕餐厅的大玻璃窗外景色壮丽，挺拔矗立的是迷人的少女峰，在巨大的山峰间逶迤而下的是欧亚大陆上最长的冰川阿莱奇。

服务员边用德语问候我们边递来菜单，我用德语点了奶酪火锅。小朋友用新学的法语询问菜单上的饮料，服务员马上无缝切换成法语为她介绍。邻桌的夫妇貌似中国南方人，却用英语向我们借盐，他们自己聊天用的语言我从来也没听过。旁边的一家像是东南亚人，但他们口音浓重的英语连服务员也听不懂。后面餐桌的几个人在用中文聊天，回头看时，一个中国年轻人却在用意大利语向服务员点菜。

小小一个餐厅里的客人长着世界各地的脸，说着世界各地的语言，我很难以貌取人分辨他们。模样相似的人不一定来自相同国家，来自相同国家的人又会因为生活在欧洲不同国家而说着不同的语言：法语、德语、意大利语、西班牙语……

阿尔卑斯山少女峰

你总是猜不到他会说什么语言。

在瑞士究竟该说什么呢？

少女峰脚下欧洲最长的阿莱奇冰川

寻找元旦的晚餐

元旦一早，我们便出发转车去安德马特，在新年的第一天中午登上了大名鼎鼎的冰川特快，下午 3：30 到达了本次圣诞之旅在瑞士境内的最后一站——小城库尔。

冰川特快的沿途风景

库尔位于瑞士最东南的德语区，是瑞士最古老的城市。冰川特快的中文广播说这里是瑞士酒吧密度最高的地方，也有很多特色餐馆。我努力用心地记了些广播中介绍的地方菜，过年了，总得吃点好的吧。

下车后，我们买好次日车票，拿了手绘风格的免费地图，看好了路线。走出车站，环顾四周才发觉，这里被壮丽的雪山团团环抱着，高高的山坡上密密匝匝全是落满了雪的松树。太阳已经不见了踪迹，淡白色的圆月远远地挂在山边儿。山坳中的库尔城清静内敛，一派集天地之灵气、聚日月之精华的模样。

旅社 Hotel Franziskaner 就在小巧的老城里。节日里的老城空荡荡的，行李箱的轮子滚动在石块路面上发出响亮得令人吃惊的声音。穿过几条窄窄的巷子，我们很快就找到了住处，这是提前一个月好不容易才预订到的。先看到的是饭店的侧门，门关着，敲不开。于是我们又转到前面正门，大门也紧闭着。我们探头探脑张望了一番，店里一副关张大吉的样子，没有丝毫生气。门上说今天过节，工作人员都放假了。不会吧？

正在这时，走来位背着旅行包的美女，元旦出门的她竟然没有订房，想到这家饭店来碰碰运气。好心宽！她发现侧门的玻璃里面贴着张纸，写着今天要入住的客人的名字和房号。我们高兴地找到了自己的名字和房号，但是，怎么进去呢？纸上说取钥匙要按门铃什么的，我们使劲儿地把那个破乎乎的门铃按了又按，却没有任何反应。

美女自告奋勇打电话，说因为她会讲德语。她语速快、口音怪，这瑞士话我啥也没听懂（其实瑞士哪儿有自己的话，是我糊涂了）。不过渐渐地，透过她浓浓的卷卷的大小舌音的迷雾，我忽然意识到她说的真是德语！Oh, my God，这难道是瑞士东南德语的口音吗？一通叽里呱啦之后，美女一把掀开了门铃盒。原来，门铃就是个伪装，盒子里面放满了贴着房号的钥匙。竟然还有这么多客人也没到呢！找到自己的钥匙后，我们赶紧把伪装复原。祝美女在其他地方有好运后，我们终于进了旅社。

客房挺简易，墙边有个水池但没有卫生间，地板还有点儿斜。因为屋子把角，所以两侧都有窗，垂着纱帘，这个让人喜欢。从窗口望出去是两边房子的阁楼，下面就是我们刚才转来转去的两条小巷的交汇处，静悄悄的。出去逛逛吧，去看看元旦的库尔！

出门之前的老习惯，先烧壶热水。瑞士的插口比欧洲其他国家的细，我带来的转换插头不能用，这几天都是在前台借个插头，但是今天，这里的前台都放假了。这就意味着，不能给相机充电，不能给手机充电，关键是，没热水喝！好吧，出去逛逛，吃个晚饭，喝好热水再回来。

库尔城不大，静静的。建筑古朴清雅，苏黎世的圣母教堂俨然有这里教堂的影子。很多建筑的墙面上绘有恬淡的图案或是几百年前的年份数字。除了几间酒馆，大小商店都关着门，我们只好看着漂亮橱窗里的圣诞火腿、圣诞美酒、圣诞糖果艳羡不已，这可同昨天熙熙攘攘的卢采恩形成了鲜明的对比。摆放着巨大圣诞树的主广场上只有我们两人，啃着苹果互相拍照。

天色暗下来，灯光渐次亮起。星星状的圣诞灯饰黯淡地照着冷清的街巷，寥寥无几的行人全是游客的模样。转来转去，来来回回就这么几个游客，都算上也超不过20个。真是奇怪，订房时那么难，可现在人们都去哪儿了？还好有个亮着温暖灯光依旧开着门的地方，原来是当地博物馆。我们高高兴兴走了进去，却被告知今天过节，已经结束参观，明天请早。

好吧，既然逛无可逛，虽然还不到 5 点，也还是先把晚饭给吃了吧，冰川特快上的三明治早就消化殆尽啦。

我们边走边四处打量这个酒吧密集之地，回忆着冰川特快里介绍的当地美味，盘算着元旦的大餐。走过一条又一条曲曲弯弯越来越僻静的巷子，餐厅倒是见了几家，却没有一家开门的。今天不是周日啊，只是元旦，难不成大家统一都放假了？那人们都吃什么？我们旅社的房间里没电没热水的，能吃的只剩下苹果了。算了，元旦大餐就不奢望了，去酒馆里吃点三明治什么的凑合凑合吧。

俩人沿着路往回走，去找来时看到的那些酒吧。但是，为什么有几家酒吧已经关门了？刚刚还看到有人坐在里面喝酒呢。还好，有两间仍然开着门，我们选了大些的那家进去。屋里的服务员正在收拾椅子，吧台的女生说 5 点就要打烊，不卖了。我们别无他选，只好走进最后一家酒吧。酒吧招待热情地说："我们这里还要半小时才关门，你们想喝点什么？"其实，我们只是想吃东西。招待又说："我们的厨师已经下班了，你们看，连厨房都已经收拾得干干净净了。但是我们有喝的，想喝点什么？"天啊！我们真的只是想吃东西……

我们失望地离开了最后一家开着门的酒吧。元旦的晚餐啊，你在哪里？东张西望、寻寻觅觅，我们绕到了有大圣诞树的广场，忽然发现广场边上还有家酒馆的灯亮着，这可是柳暗花明又一村！赶紧走过去，推开门，抬头就看到一张熟悉的脸，那个告诉我们 5 点打烊的女生正笑眯眯地望着我。原来这是她家酒吧朝向广场的另一个门。

元旦傍晚的库尔

这可是新年第一天啊，我绝望地想，难道要饿着肚子欢度元旦？

漫无目的地走了一会儿后，我们决定离开老城去火车站碰碰运气，估计怎么也会有车站羊角面包什么的吧。反正老城里也没有可去的餐厅，我们就沿着老城的外墙向火车站走。群山包围的天空几乎全黑下来了，街灯暗淡，远处有一小片灯光明亮醒目，原来是几家餐厅的灯光装饰。唯一开着门的那家店熟悉的名字跃入眼帘：SUBWAY。天无绝人之路，元旦的晚餐就是它啦！

店里温暖的灯光使人幸福感顿生，熟悉的订制式汉堡点餐方式让人倍感亲切，服务员给的满满两大杯热水也让我有片刻感动——直到看见那张一杯热水 3 法郎、两杯 6 法郎的账单。好吧，这就是瑞士，各种贵的瑞士。这让我都有点儿想念法国了。

二等公民法铁 SNCF

昨天听冰川特快的广播说世界上乘火车最多的就是瑞士人，换了我在瑞士出行也会首选火车。

瑞士的火车相当舒服，座椅宽大弹性好，车厢里明亮整洁，连车厢外的车体装饰也干净漂亮。很多列车竟然还配设儿童车厢，里面有城堡滑梯小船等游乐设施，装饰风格卡通，座位间的桌面上印着各种游戏棋盘，还贴心地为家长设置了面向游乐区的环形座位。沿观光路线行驶的景观列车更是舒适，车窗玻璃宽大明亮方便赏景，窗台有向车厢内凸出的弧形小桌板，上面印着列车线路途经地区的彩色地形图，详细地标有景观和地名。乘车购票也有各种优惠，特别是瑞士通票，用它既能坐火车搭公交乘船，也能随时参观博物馆，还能带有家庭卡的孩子免费出行。

瑞铁列车窗外风景如画

窗边桌板上印着列车行驶区域的景观地图，标有冰川特快与马特洪峰登山火车的运行路线

今天从库尔回法国，在法瑞边境城市巴塞尔转车。站台的指示标识很有意思，1—15 站台是德语标识，30—35 站台是法语标识，后者是去往法国的火车停靠的站台。我们要在 31 站台上车，于是跟着指示箭头一路左弯右拐上上下下，走啊走地竟然离开了车站大厅，绕到了车站外树丛旁的一个站台，才看见 31 的标志。这个站台有些破败，我感觉自己瞬间从城市穿越到了农村。此处乘客的穿着明显没有车站大厅里面的乘客那么讲究，站台上出现了熟悉的黄色打票机（这是法国火车站的标配），典型法国火车站的模样。列车车身上赫然印着 SNCF（法国铁路），不再是 SBB（瑞士铁路）了。还没上车，我就感受到了法铁火车浓郁的乡土气息。瑞铁列车是光鲜漂亮的城里妹妹，法铁列车像个风尘仆仆的乡下表哥，瑞铁与法铁之间就是城乡的差距。

没有比较就没有伤害。与瑞铁列车相比，法铁列车的座位不再舒服宽敞，车厢不再那么干净明亮，播音不再有英语和德语、只剩下我听不太清的法语。法铁列车的播音风格自成一派，无论男女所有播音员都在用一种完全没有标点的方式播报信息，无论长短定要一口气读完中间绝不停顿。以至于每次播音总是语速越来越快、声音越来越小，每个播音员都拼命地赶在自己背过气之前把所有的内容全读出来，我总怀疑法国人自己能否听得明白。

无论是整体水准还是在瑞士车站里的待遇，在傲娇的瑞铁面前，法铁就像个二等公民。对我来说，瑞铁虽好，可是法铁的一切都透着亲近，只有它才能载我回到里尔的家。

法铁区间车

法铁普通列车车厢内部

吃喝这点事儿

撬开一只生蚝

一直幸运

法国人的小可爱

弗雷德家的绝妙烤蛋白霜蛋糕

埃兹的胖主厨

香槟易得，午餐难寻

烤鸡大饼

中餐、中餐！

撬开一只生蚝

生蚝, 丑陋, 外表岩石般嶙峋, 壳体坚硬, 边缘锋利;

生蚝, 味美, 汁液清爽透亮, 肉质软嫩, 滋味鲜甜。

法国人钟爱生蚝, 它是法国圣诞晚宴里不可或缺的开胃菜。生蚝在法语中叫 Huître, 冬季正是吃生蚝的好季节。一入秋冬, 超市里便蟹起鱼涌, 牡蛎、扇贝、三文鱼、面包蟹、龙虾, 各色各样好吃的海鲜们轮番登场, 生蚝始终是其中娇"贵"的一种。超市售卖的生蚝大多装在薄木盒里, 盒面上印着生蚝的信息和产地的标识与图案。法国海岸线长、水质洁净, 是世界著名的优质生蚝产地。在法国北部城市里尔见到的生蚝大多来自布列塔尼产区和诺曼底产区, 包装上不时能见到圣米歇尔山的美丽身影。生蚝按尺寸分级, 0 级是最大的, 4 级则最小。

整盒的生蚝对我来说显然太多了, 于是我请超市卖海鲜的人帮忙挑选一些。系着胶皮围裙的大叔一只手撑着塑料袋, 另一只手在生蚝堆中翻翻捡捡, 疙里疙瘩的生蚝们互相磕碰着就像石块们在碰撞。袋子里的生蚝又圆又厚差不多有我一只手那么大, 看起来真棒, 可还有些却又长又弯一副没完全长开的样子。后来发现, 蚝不可貌相, 这种弯弯窄窄的蚝壳里往往包裹着最饱满的蚝肉。

想吃美味需要一样工具: 撬开蚝壳的刀。超市很贴心, 海鲜柜台旁边就摆着一些蚝刀, 便宜的只要 1 欧元。蚝刀的刀身又厚又短, 双侧刀刃和坚硬的刀尖形成一个三角形, 刀身略向上翘, 便于用力。刀柄圆厚, 刀柄和刀刃之间装有较大的隔离片, 以免蚝刀打滑时弄伤手指。

为了能顺利地撬开一只生蚝, 我特地上网搜索各种视频认真学习技术。有人喜欢从生蚝一侧略有凹陷的位置将刀插入, 然后用力扭动刀身撬开上下壳; 也有人喜欢将刀从生蚝尖头部分的缝隙插入, 然后沿侧边快速下划, 割断蚝肉, 打开蚝壳。

待撬的生蚝

　　略作尝试后，我赶紧给自己戴上厚厚的厨房手套，否则左手便有被右手蚝刀扎到的危险，右手也随时可能因用力过猛戳到坚硬锋利的蚝壳而被划伤。当我带着两只大手套笨手笨脚终于打开一只生蚝时，却发现被撬坏的蚝壳边缘的碎片已然落在蚝肉上，原本不多的蚝汁也大半洒在厨房手套上，蚝肉的口感大打折扣。像这样开蚝 10 分钟、吃蚝 10 秒钟，根本无法实现我痛快吃蚝的愿望，摸索一条适合自己的开蚝之路已是当务之急。

　　若是从生蚝的尖头下刀，着力点小容易打滑，对手笨的我来说挺危险。若是从生蚝的侧边下刀则比较容易，但需要通过用力扭动刀身拉断蚝肉。手劲小的我只能撬开几毫米的缝，眼看着透亮的液体在蚝壳下流动、玉嫩的蚝肉若隐若现，可就是吃不到。怎样才能把连接蚝壳韧性十足的蚝肉弄断呢？一把牛排刀！这就是我的解决之道。我有一把长而窄的牛排刀，刀身很薄，刀刃有锋利的锯齿。蚝壳刚被撬开一条缝儿时，用牛排刀从生蚝的圆头贴着蚝壳上缘内侧探进去，靠刀刃上的锯齿轻轻划断坚韧的闭壳肌，蚝壳就被毫无压力地掀开啦。10 秒钟一个，无须手套、轻松省力，动作优雅地完美打开每一只生蚝。

　　接下来简单了，等不及的我放下刀便就着壳把蚝汁一饮而尽，鲜而咸的蚝汁带来了大海清新的味道。再吸入鲜嫩多汁的蚝肉，那顺滑柔和的口感完全不同于以往任何食物。蚝肉肥美甘甜，细致的咸味中还带着丝丝乳香，鲜美的滋味在口腔里弥久不散。

是时候从容对付剩下的生蚝了。先在盘子里铺上碎冰，再把打开的蚝一只只稳稳摆好。蚝肉的边缘紧紧贴着蚝壳，呈现出放射状的深色纹理，蚝汁闪闪发亮，玉白色的蚝肉富有光泽和弹性。最后切一角柠檬，挤上几滴新鲜微酸的柠檬汁便大功告成。

如果不愿费事，市场、餐馆都有人代劳。圣诞市场上就有专门销售生蚝的摊位。在铺满冰的大餐盘上，开得清爽利落的生蚝被整齐地围成一圈，餐盘中间摆着切好的柠檬和漂亮的装饰。时常看到有人就站在摊位边上，面前一盘生蚝，手里一杯干白葡萄酒，旁若无人地大快朵颐。

我更喜欢自己动手，从冰箱里摸出几个沉甸甸冰冰凉的生蚝，在自家餐桌边舒舒服服地坐下，从容地打开，慢慢地享用，那才是最新鲜的美味。

一直幸运

圣诞节快到了，超市里最显眼的货架上摆满了一种装在方盒子里的甜点。盒子又扁又大，外面印着电影《小王子》里主要角色的图案，有系着可爱围巾的小王子、会开飞机的老爷爷、勤奋学习的小姑娘，还有红色的小狐狸。

买回家打开来，里面是一个又大又厚的圆起酥点心，层层叠叠的起酥内夹着馅料，表层酥皮压有细密的条纹、烤得焦黄酥脆。

我用一把长长的刀从甜点中心切下去，刀尖刚划破表层的酥皮便碰到一个硬东西。取出看时，原来是颗白色的星星，上面印着《小王子》里的飞行员老爷爷，看起来像一颗光洁的酥糖，只是有点硬。我让小朋友咬一咬，她说，哎呀，硌牙。我捏着这颗鼓鼓的白色星星，在桌子上敲一敲，似乎它并不能吃，像是一块白色的瓷。估计是幸运星吧，悄悄放在饼里用来硌幸运者的牙，就像中国冬至饺子里的幸运钢镚儿。

这个点心很好吃，酥酥软软的，有杏仁味，不是特别甜。

小朋友希望能得到一颗印有小王子图案的星星，于是第二天我们又买了一盒。再切甜点时我不想切到星星，于是改从旁边下刀，沿着一道条纹切下去，"咔嗒"一声，刀刃又重重地切在了星星上。咦，怎么会这么巧。这次我们得到了一个有小姑娘图案的瓷星星。

晚上看朋友圈，发现有朋友也在吃这个点心，旁边还放着一个金色的纸质王冠，和我们甜点盒子里的一样。

原来这叫国王饼，是法国人为庆祝主显节（1月6日）吃的传统糕点。这种烘烤得芳香四溢的酥皮饼里会藏着一个小雕像，吃到它的人幸运地成为当天的国王，带上王冠坐在主位上，得到额外的蛋糕。

我可真幸运。

国王饼里的幸运星

过了些日子，我们去朋友家做客，晚餐时朋友给大家准备了国王饼。分派任务时我负责切饼。切了第一刀后，我就给大家讲了无知的自己让小朋友咬饼里的星星的笑话，然后只听"咔嗒"一声，这第二刀又切到幸运物啦！难道我就是传说中国王饼的幸运杀手吗？大家说我的使命就是专职切国王饼，第二天的国王饼还由我来主刀。

第二天，万众瞩目的切饼活动又开始了。我辜负了大家的殷切期望，直至分好最后一角饼也没能再切到小小的幸运物。于是大家每人都认真选了一块国王饼，先在上面按一按，再从侧面看一看，最后咬一咬，看看自己是不是今天最幸运的人。轮到我时只剩下最后一块了，我拿起来，也从侧面向里瞄了一眼。咦？里面隐约有个蓝色的东西，我赶紧把酥皮掀开，哈哈，里面赫然躺着一个小小的雕像，它就是《怪物工厂》里善良可爱的蓝色怪兽！

原来，我就是那个一直幸运的人！

法国人的小可爱

　　一位对食物充满热爱、厨艺出色的法国朋友告诉我，若想尝尝地道的里尔菜，有家本地人钟爱的地方菜餐厅不容错过，于是我带上好朋友和小朋友专程前去体验。

　　餐厅就在老城里。我们踩着石子路绕来绕去，穿过一段不起眼的巷子，迎面见到一座小小的院落，枝枝桠桠的树下有几张木桌椅，树枝后面就是餐厅的门。里面服务员正忙着摆台，告诉我们7点开餐，一小时后再来。

　　7点刚过，餐厅里小一半的桌子便坐了人，还有几张桌子摆了已预订的座签。经过大半年在法国点餐的练习，菜单上的菜我已经能大致看明白了，但今天这份菜单里地方风味菜部分实在是没有头绪，猜不出是什么，于是请餐厅的服务员来帮忙解释。这个正在忙碌的年轻人立即放下手里的事情，兴高采烈地为我们介绍起他餐厅的特色菜来。菜单上这一页共有7道菜，他仔仔细细地介绍了每一道菜的材料、烹调的方法和菜肴特色，虽然我的法语只是马马虎虎，但伴随着他生动又充满自豪的表情、语调和手势，道道美味的菜肴逐渐浮现在眼前。看他的样子，每款菜都很好吃呢！我们强忍着口水认真琢磨，好朋友和小朋友都选了第一种，我则看中了他推荐的包含了4种菜式的拼盘，这样各种菜都能尝一尝。服务员刷刷地记下了她们点的菜肴，听到我点的菜后喜出望外，对我大加赞赏，太棒了！你真是太会点菜了！你点的可是我们这里最棒的菜呢！我们餐厅好吃的菜都在这道菜里呢！他不停地夸赞太好了，这让只是接受了他的推

里尔老城小巷深处的餐馆
Les Compagnons de la Grappe

荐菜的我既有点难为情又有些小感动。一脸赞许的他热爱着自己餐厅精心准备的菜肴，把欣赏美食的客人视同识马的伯乐。

法国人对食物的热爱果然名不虚传，让人品尝到美味的食物竟是这么美好和荣耀。生活节奏的快慢无妨，生活的品质才是追求的目标。

弗雷德家的绝妙烤蛋白霜蛋糕

里尔大广场是全城的核心所在，广场正中矗立着女神圆柱，周边围绕着老证券交易所、《北方之声》报社、里尔歌剧院等老建筑，还有各色各样的商店、餐厅、面包店、咖啡馆等。在广场的西南角有一家甜品店 Aux Merveilleux de Fred（弗雷德家的潮人），虽然它的转角隔壁就是我喜欢去的汉堡快餐店，但我却从未留意过这家装饰低调的甜品店，直到一位法国朋友极力向我推荐它。

Aux Merveilleux de Fred 于 1982 年在里尔创建，近些年在巴黎、布鲁塞尔、纽约陆续开了分店。它的招牌甜点 Merveilleux 自创制后迅速成为法国著名甜品之一。在某著名旅游评论网站上它是比利时布鲁塞尔排名第一的甜品店。

Merveilleux 在法语中的含义有不可思议的事、时髦女性、绝妙的、卓越的等。弗雷德家的甜点 Merveilleux 是奶油夹心烤蛋白霜蛋糕。法国人爱吃蛋白霜，我曾经好奇误入了一个，却又大又蓬鬆吓死人甜。Merveilleux 不可思议地颠覆了那种传统口味。每一颗烤蛋白霜蛋糕个头不大却都圆嘟嘟的，表面上的黑、白巧克力碎片全靠甜点师仔细地一点一点粘在上面，可爱的让人不忍下嘴。看够了，轻轻地咬一小口，薄而酥脆的蛋白霜外壳轻甜

大个儿蛋白霜

蓬松，里面包裹着奶油夹心。夹心香甜浓郁，刚入口时像棉花糖，但转瞬便化入口中，甜得虚无缥缈，仿佛一片云。若舍不得这云飘走，便抿一小口咖啡，让甜美轻盈的薄云融化在淡淡的苦味里，萦绕在口中。

弗雷德家的奶油夹心烤蛋白霜蛋糕有 6 种口味：

"非同寻常之人"：奶油配白巧克力碎片；

"难以想象之人"：咖啡奶油配晶莹剔透的咖啡麦片；

"时髦女性"：巧克力奶油配黑巧克力碎片；

"华美之人"：果脯奶油配杏仁薄片与焦糖榛子；

"无裤党"（原指法国大革命时期的极端民主派）：果酱焦糖奶油配酥脆的碎薄饼；

"古怪之人"：樱桃果酱奶油配粉萌的樱桃麦片。

无论什么口味、无论大颗还是迷你，每颗都耐人寻味，一次一只，足矣。

吃着 Merveilleux 看大广场上人来人往

埃兹的胖主厨

埃兹（Èze）是法国东南沿海的一座古村落，位于尼斯和摩纳哥之间。村子孤立于海边数百米高的陡峭悬崖之上，酷似鹫巢，鸟瞰地中海的无限风光。村中道路狭窄而复杂曲折，石头与黄土砌成的建筑古朴别致，红瓦屋顶在宽广的蔚蓝色海面映衬下分外鲜艳。

山上村落

时近傍晚，游人寥寥。老房子改成的小店铺里摆着风格鲜明的手工艺品、当地特产和艺术作品。在依岩壁而建的房屋下沿小巷前行，甬路边、院子里、窗台上繁花盛开，暖风熏人。顺台阶而下，小巷在一座有深色百叶窗的白色房子前稍做停顿，出现了小小的一块平台。靠边有张木头餐桌和四把折叠木条椅，桌子上铺着干净的亚麻台布，摆着发亮的餐具和新鲜的花朵。小白房子里是个餐厅，一张菜单装在镜框里挂在门旁不起眼的地方。餐厅很小，但装饰得十分典雅。

埃兹的山间小巷

　　看上去 50 多岁的男侍者笑容亲切而有分寸，动作专业而有派头，仿佛是在这山间小店里客串服务生的别人家的管家。我们不禁对在这里晚餐心生期待，于是在平台边的餐桌旁坐了下来。"男管家"递过来的菜单上菜式不多，价格却让人小吃了一惊。难怪路过的游人看了门口菜单后都陆续走开了。"男管家"端来一瓶冰凉的水，倒在每个人的玻璃杯中，然后为我们介绍餐厅的菜肴。很快，每人选出了自己想吃的菜。

　　上菜花了些工夫，但端上来的菜肴惊艳了我们。每道菜都像风格抽象的油画，外形饱满有张力、色泽诱人、气味香浓。菜肴极为美味，烤鸭胸、煎牛肉呈现出了意想不到的口感与滋味，肥美的扇贝上撒着黑花纹路的普罗旺斯黑松露片，口味浓郁的烤腌渍小西红柿更是鱼肉盘中的点睛之笔。

　　餐毕，我进餐厅结账。一位年长的厨师从后面踱步出来，走到吧台边，系着一条我从未见过的那么雪白的长围裙，两手抚在胖胖的肚子上。他并未与我搭话，却故作不经意地抛来一瞥，神态中充满了自豪的期待。

　　终于结完账，胖厨师已经略带失望地退回了厨房。"男管家"向我询问用餐感受，我用刚刚查到的一系列法语词汇盛赞了美妙的食物与厨艺，并请他向主厨转达。"男管家"的脸上瞬时绽放出热情的笑容，并非常骄傲地指出，刚才那位系白色长围裙的胖厨师正是餐厅主厨本人。

香槟易得，午餐难寻

1月底是香槟地区最淡的淡季，我恰好就在众多酒窖重新开放前的一周来到香槟—阿登地区。周二清早，我从兰斯坐火车到半小时车程外的香槟圣地 Épernay（埃佩尔奈），寻访神往已久的香槟大道。

小镇早晨的阳光清冽明亮，干净漂亮的街道上没几个人。时间已过9点，市政厅的花园里绿意盎然，毗邻的旅游办公室仍然没有开门。典雅端庄的市政厅建筑彰显着小镇的富庶，这里就是香槟大道的起点。小镇声名显赫，世界上最著名的香槟大都云集于此，受益于当地这一最大的产业，居民的平均收入位列法国之首。

市政厅对面就是大名鼎鼎的 Moët & Chandon（酩悦）香槟酒厂。旅行指南提示，当地各大酒厂中只有酩悦在1月份照常开放。兴奋的我围着偌大的酒厂绕来绕去，找到了酒窖的参观接待处。不巧的是这里正在装修，下周才可以参观。

埃佩尔奈镇的市政厅

酩悦香槟酒厂

我来到刚刚开门的旅游办公室，雕满纹饰的玻璃大门后是自己所见过的最华丽的旅游办公室。这里不但旅游手册丰富多样，小镇的地图也是最精美的，厚厚的铜版纸上印着手绘的实景地图，可以清楚地看到座座葡萄园簇拥在镇子周围。衣着讲究的工作人员在地图上给我指出目前开放的酒窖位于小镇西端，并建议参观完酒窖后，再顺着向东延伸的香槟大道横穿小镇。

旅行就是这样，一切筹划总赶不上变化，一切困难自有解决的办法，淡季的萧瑟也能让人受益。我是小镇上唯一开放的酒窖的唯一客人，因此受到了热情招待。

酒厂主的女儿能说不错的英语，面对仅有的客人，她讲解得格外仔细。我兴致勃勃地听她介绍香槟的生产过程、参观发酵车间与地下酒窖。气候温凉的香槟地区土壤非常特殊，分布广泛的白垩土层造就了香槟酒的独特风味。地下酒窖的四壁也是厚厚的白垩土，摸上去潮湿微凉稍显柔软。酒窖通道两侧有若干窖室，弧形拱顶下整齐地码放着无数瓶香槟。深色不透光的酒瓶里是二次发酵中的香槟，未来将在杯中绵延的气泡正在酒中孕育。通道旁摆着许多 A 型木架，上面斜插着倒置的香槟。这是香槟生产中最特别的部分，工作人员会定时转动酒瓶，使酒中的沉淀物缓慢向下方瓶口聚集，然后冷冻瓶口、去除沉渣。这个环节烦琐而有趣。

酒窖中的Ａ型架　　　　　　　　　使用Ａ型架后沉淀物聚集在了瓶口

　　酒厂的规模虽不太大，但酒厂主人也对未来的中国市场有着满满的期待。观看完译成中文的香槟影片后，我以一杯香槟结束了美妙的参观之旅。

　　拎着刚买的香槟，带着微醺，我走在香槟大道上。埃佩尔奈地下有百公里长的酒窖，当你漫步在香槟大道时，脚下就沉睡着千万瓶美酒佳酿。

沉睡中的香槟

　　大道之上，阳光明媚，香槟酒厂林立，古典豪宅毗邻。位于起点的是古老而富有盛名的酩悦香槟酒厂，它有着庞大的酒窖、香槟创始人Pérignon修士故居以及历史博物馆，和轩尼诗干邑酒厂都是LVMH（酩悦·轩尼诗—路易·威登集团）家族的一员。它的隔壁是Perrier-Jouet巴黎之花香槟酒厂，以精致的香槟与优美的瓶身设计而闻名。走过用巨大的金属香槟塞子装饰的环岛，十字路口的一侧是Mercier梅西耶香槟酒厂，它拥有香槟地区最长的酒窖和巨大的酒桶，到访者可以乘坐电力小火车游览长达18公里的酒窖。另一侧伫立着漂亮钟楼的是Castallane香槟酒厂，登上钟楼能获得本地最好的视野，俯瞰成片的迷人葡萄园。

参观酒窖后品尝香槟

　　大道上没有其他游客，只有从旁边一所学校里涌出的一群学生。时近中午，肚子咕咕抗议，于是我掉头回去找餐馆。

　　香槟大道上只有香槟酒厂没有餐馆，我便来到小镇中心。街边有一些餐馆，但都关着门没有营业。记得早晨闲逛时在教堂后面曾经见过一家中餐馆，找到时已经中午一点，好饿。没想到这家街角的小餐馆两面的门窗都紧紧地闭着。仔细听听，里面也没有人悄悄吃饭的声响。今天不是大家都休息的周日，堂堂星期二，竟然没有好好营业的餐馆。

香槟大道上路易十三时期风格的佩里耶城堡，建于 1854 年，现为香槟酒博物馆

　　看来我只好去火车站凑合一下，买些车站小柜台里总是做得非常难吃的三明治。饥肠辘辘的我走进车站大厅，却无法相信自己的眼睛。我走出去，又从另一扇门重新走进大厅，但依旧只看到了自动售票机，没有任何小商店和柜台。卖吃喝书报的小超市是法国火车站的标配，而这里竟然什么都没有。是埃佩尔奈太小了吗？它可是法国最富裕的小镇。手拎香槟、饿得发慌的我不能死心，四处寻找可吃的东西。最后我在站台入口边上发现了救命稻草：一台自动售货机。它里面摆满了各种饮料、糖果、巧克力、小零食，还有两小袋瓦夫饼干。好吧，这小小的饼干就是我的午餐。

　　凡香槟一瓶，价十数欧，三明治一块，值三五元。然香槟可有，而午餐不易得也。

烤鸡大饼

离家不远的土耳其肉店

　　门口新开了家面馆，陕西风味，白吉馍夹肉是它家的招牌之一。馍白白的，有些薄、有点儿脆，里面再填上微咸软糯的炖肉，口感与味道有对比、有和谐，相当美味。

　　馍肉下肚后，这味道忽然勾起了我对某种食物的回忆。对啊，是烤鸡，是土耳其店的烤鸡，而且还要配上店里的土耳其大饼，这可是冬天我在法国里尔时的一大念想。

从地铁口到我住处的路上有家土耳其店。店门外边有一个透明的大烤柜，总有好多只圆滚滚、油亮亮的烤鸡在里面慢慢地转着，颜色从黄到棕、深深浅浅的，都滴着油、散发着浓浓的香气。入秋之后，我就时不时地想去买一只来尝尝。

有天我特地坐了地铁回家，这样刚好就能路过烤鸡店。过了10月底的万圣节、时间调为冬令时后，白天一下子变短了，刚5点多天就差不多黑了。暮色中，马路对面土耳其店的橙色灯光温暖诱人。去买只烤鸡当晚饭吧！

一只Poulet（鸡）8欧元，不算贵。浓眉大眼黑黑瘦瘦的店员把烤柜里的烤鸡们好好打量了一番，为我选中了一只刚刚熟透、略有点焦的鸡；把它从烤架上拆下来，装进一只隔水的大纸袋中；用一把长柄勺从烤柜底部盛了有洋葱和青红椒的汤汁，浇在袋子里的烤鸡上；折好纸袋的边儿，把热乎乎、沉甸甸的袋子交到我手上。

我克制住撕下鸡肉马上大快朵颐的冲动，神色淡定地进店结账，进门就看到摆满了清真肉食的玻璃冷鲜柜上放着一摞大饼，很大、很厚、很圆，就像国内的发面饼。正在整理商品的老板敏锐地注意到我的目光，满面愉快地露出一副资深吃货的模样，走过来问我，你以前吃过这个吗？我摇摇头。他说，你知道吗？这是我们吃烤鸡时专门搭配吃的主食。见我颇感兴趣地看了看饼，他又接着说，撕一块鸡肉、掰一小块饼，一起吃。他边说边做出往嘴巴里放好吃的东西的样子，"哇，真是太美味了！"吃完这口虚拟的烤鸡大饼，他禁不住连声赞叹。他用嘴唇亲吻着自己的指尖、咂着嘴，一脸享受的神情，活脱脱一副法国人聊起美味时的模样。受了店老板的蛊惑，我又付了2欧，"请"回一张厚厚的大圆饼。一手拎鸡、一手拎饼，带着对晚餐的憧憬，穿过逐渐暗下来的街道，我满心欢喜地往家走。

大饼好大，把我的小电饭锅蒸屉占得满满的，连蒸汽也透不出来。滋滋冒油的鸡肉带着浓厚的汤汁，配上热腾腾的大饼、虾皮炒蔬菜、小米粥，营养又美味，就在今天的晚餐。

中餐、中餐！

刚到法国，我就开始想念中国菜。最初的愿望是回国后去红鱼湾餐厅吃蒸凤爪喝皮蛋瘦肉粥。离回国还有两个月，我便日日夜夜发自肺腑地馋中国菜，虽然每天都在做中餐。在法一年，自己做的饭早吃厌了，下馆子太贵也根本不解馋。虽然肠胃从不缺肉，但却少滋寡味。如同花花绿绿的画布只剩下了三原色，存在却单调，没有层次与变化，缺乏韵律和美感。对一枚中国吃货的嘴和胃来说，这可真是场漫长的折磨。

原本给自己树立了回国后大吃大喝的雄心壮志，但当好朋友要接风问我打算吃啥时，却发现自己一点儿也不惦记餐馆里的饭菜，只想吃包子。于是被大家笑话说怎么也不想着吃点儿好的啊。

回国第一顿，根本就轮不上饺子（这个我自己在法国能做，包子不行），向爸妈千叮咛万嘱咐一定要准备包子和绿豆大米粥。于是他们就买了速冻狗不理包子，进门儿现蒸。包子一上桌我的两眼直放光，边接着电话一个包子就下肚了，香、香、香！不用说，这顿肯定吃撑了。

第二天，我路过一家驴肉火烧店，这就挪不动步啦，买完驴肉火烧没等出店门就迫不及待地消灭了一个。烧饼有脆皮儿，驴肉咸又香，真解馋！

过了两天又去父母家，孩子点名要吃姥爷做的鱼。这鱼做好了还没吃上两口，我就发现新大陆一样看见桌子边上早餐剩下的一根半油条。那还用问，风卷残云，片刻间油条就不见了。

有天中午自己回家，忽然想起马路对面有家面馆的肉夹馍很好，立时嘴馋脚痒，绕了点儿路就溜达过去。拎着肉夹馍回家时那叫一个心满意足。肉夹馍不大，只为解馋。又吃了个头天买的牛肉馅烧饼，泡了杯水果红茶，午饭就这么轻松愉快地搞定啦。说起这牛肉馅烧饼，还是那天坐公交专门提早一站下车去买的。回家就吃掉了一个，早餐又一个，午饭再一个。哈哈！

今天打车回家才11点，特地让司机停在楼下超市外，直奔久违的阿三生煎。生煎铺里已经有人在专心用餐了，但为什么不先逛逛超市呢，反正时间还早。我走过堆满各种零食的货架却始终没什么想法，直到一抬头远远瞧见了酿皮儿。卖酿皮儿的先从8种不同的酿皮儿中选出两种装盒，然后用小勺麻利地浇入蒜汁儿、辣椒油，抓入黄瓜丝、面筋、辣花生米，装袋儿后用筷子一挑递到我手里。不能再逛了，赶紧回家，不然酿皮儿泡久了就不可口啦。出门前又顺手拿了袋红薯粉丝，留着晚上用牛肉汤炖了吃。超市门口就是阿三生煎店，打包了4个，匆匆回家。左手提的麻辣酿皮儿爽口筋道、右手拎的芝麻脆底儿生煎里包着热腾腾的汁儿，都等着我回去好好享用呢！

　　仔细想想，我馋的貌似也没什么特好的东西，净是些接地气儿的小吃。偏偏就是它们，自己做不出又离不了。就是它们，给我这馋猫的画布上了色定了调。回国10天，我那馋久的胃总算打住了心慌，现在，可以稍做休整、向着更有层次的美味进发啦！

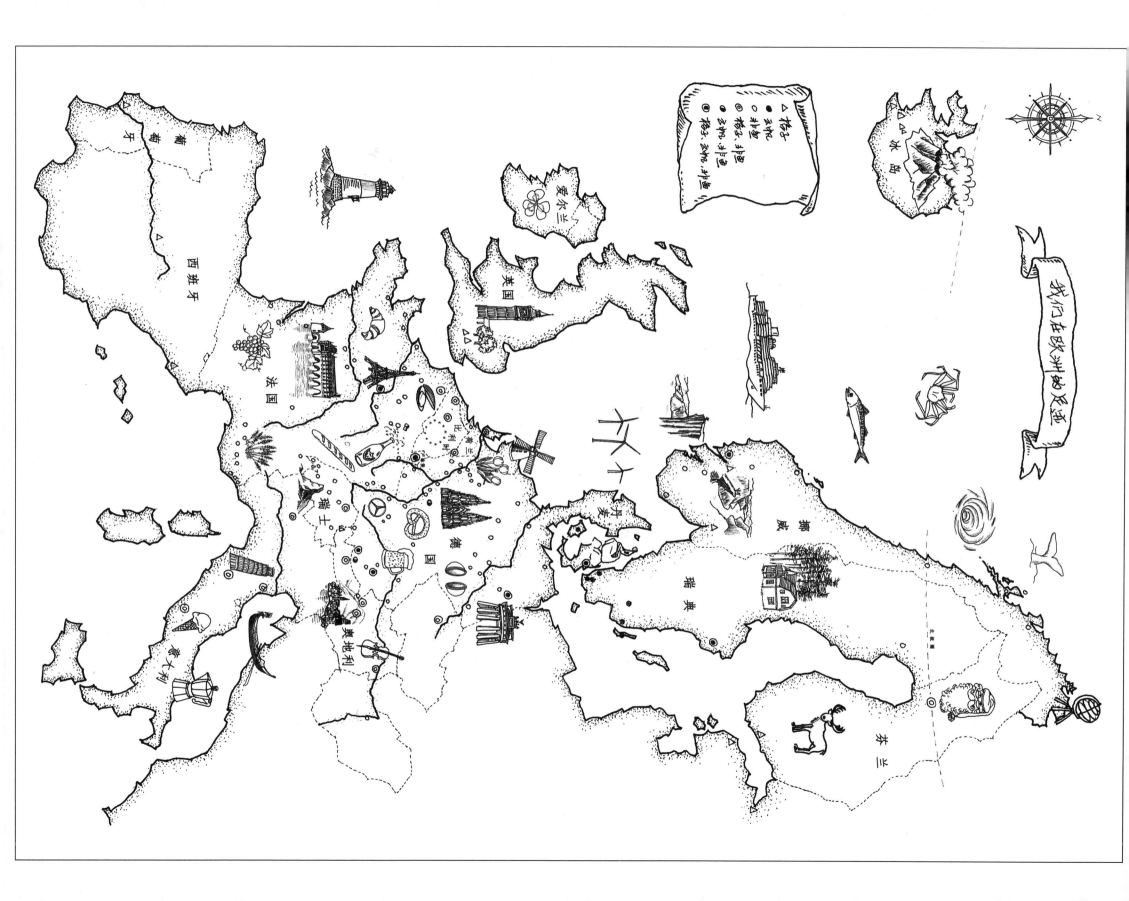